오사리잡놈

오사리잡놈
잡놈은 죽을 때도 곱게 죽지 못한다

초판 1쇄 발행 2024년 10월 5일

지은이 이시찬
펴낸이 이시찬
펴낸곳 도서출판 문학의봄
출판등록 제2009-000010호

교정 주경민
디자인 오정은
편집 오정은
검수 이주희, 이현
마케팅 김윤길, 정은혜

전화 010-3026-5639
홈페이지 cafe.daum.net/bombomspring

ISBN 979-11-85135-39-7(03810)
값 18,000원

• 이 책의 판권은 지은이에게 있습니다.
• 이 책 내용의 전부 또는 일부를 재사용하려면 반드시 지은이의 서면 동의를 받아야 합니다.
• 잘못된 책은 구입하신 곳에서 바꾸어 드립니다.

오사리잡놈

잡놈은 죽을 때도 곱게 죽지 못한다

이시찬 장편소설

작가의 말

　3년 만에 장편소설을 다시 쓰게 됐다. 3년 전에 낸 『여정(旅程)』은 1970년대를 배경으로 하는 역사 속 남녀 간의 사랑을 그린 것이었다. 그러나 반세기 전의 역사를 기억하는 사람은 드물었다. 특히 젊은 층에서는 당시의 사회나 정치 현상이 너무 낯설고 사람의 이름들조차 촌스럽다는 평부터 내놨다. 하긴 내가 '국민교육헌장'에나 있는 역사적 사명을 띠고 이 땅에 태어난 것도 아니면서, 어떤 사명감 같은 오류를 범했다. 당연히 심은 대로 거뒀다.

　이번에 펴내는 『오사리잡놈』은 역사나 정치 따위는 완전히 배제한 대중소설이다. 로맨스 소설인 것은 맞지만, 펼쳐 보면 예전에 『여정』을 썼던 작가가 맞나? 할 정도로 황당하다. 이 소설은 죄의식이라고는 찾아볼 수 없는 잡놈의 뻔뻔함이 연속된다. 특이하게 구속과 재판이 자주 등장하는데 미결수들이 머무는 구치소와 재판정의 풍경이 생생하게 그려져 있다. 이 소설 속의 주인공처럼은 아니더라도 지금도 어디에선가 또는 이웃에서 닮은꼴은 있을 수 있다. 그러나 이 소설은 누구를 어떻게 경계하라고 하지 않는다. 굳이 독자층을 묻는다면 혐오적인 용어나 행동들이 간혹 등장하므로 보수적으로 13금 정도로 해 두겠다.

사랑과 평화가 항상 당신과 함께.

2024년 가을 수리산 아래에서.
開東 이시찬 드림

목차

작가의 말 ················ 4

1. 사랑의 포로

01. 접근 ···················· 8
02. 필연 만들기 ·········· 27
03. 거미줄 ················ 30
04. 첫사랑 ················ 37
05. 실습 ··················· 46

2. 사랑의 유통기한

01. 제조일만 선명할 뿐 ···· 54
02. 다가오는 파탄의 시계 · 66
03. 의부증 ················ 70
04. 잘못된 만남 ·········· 74
05. 친자 확인 ············ 81

3. 불투명한 계략

01. 꼬리 찾기 ············ 85
02. 여자의 육감 ·········· 91
03. 착수금 ················ 96

4. 추적

01. 경고와 사고 ········ 104
02. 살인미수죄 ········· 107
03. 무죄의 무거움 ····· 118

5. 잊혀 가는 윤석

01. RH-O형? ··········· 122
02. 배다른 남매의 성장 ·· 127

6. 잡놈 다지기

01. 꼬인 여정 ·········· 137

02. 권력 따먹기 ········ 147

03. 날마다 쌓는 업보 ···· 154

04. 탈출 ··············· 159

05. 제 버릇 개 줄까 ······ 168

7. 심판

01. 연이은 희생들 ······· 172

02. 이상한 가계도 ······· 186

03. 진술 서부 ·········· 195

04. 우리가 증거다 ······· 201

8. 다가오는 종점

01. 피할 수 없는 물증 ···· 205

02. 헐값의 처분 ········ 208

03. 기로에 서서 ········ 213

04. 죽었나, 죽였나 ······· 214

9. 종점을 넘어

01. 혼란의 나날 ········ 224

02. 신작로 ············ 227

03. 버팀목 ············ 230

1
사랑의 포로

01. 접근

경칩이 지났는데 봄과는 거리가 멀었고 따라서 참가자들의 복장도 한겨울에서 벗어나지 못하고 있었다. 대기하고 있던 버스에 오르자, 2학년 회장이 마이크를 잡고 작년 엠티(M.T) 때의 에피소드를 들려주었다. 2학년은 후배들이 생겨서인지 입학 후 첫 엠티를 맞는 1학년 새내기들보다 더 설레고 신나는 것 같다. 두 시간을 넘게 달린 버스는 예약해 둔 화성수련원에 잠시 멈춘 뒤 서희를 내려 주고 어디론가 떠났다. 서희는 버스가 왜 자기만 내려 주고 떠난 것인지 이해가 되지 않았다. 그러나 2학년 회장 이야기로는 작년 엠티 때는 초등학교 때나 했던 보물찾기도 했다고 한다. 그렇다면 이것도 하나의 게임일 수 있다는 생각으로 버스가 오기만 기다렸다. 그런데 갑자기 소나기와 함께 낙엽이 휘날렸다. 이때 익숙한 목소리가 들렸다. 입학식 때부터 친해진 신나라였다.

"야, 강서희! 너 왜 그렇게 멍청하게 서 있어?"

"비 좀 그치면 갈게."

"뭐? 너 지금 낮술 먹었니. 이 맑은 날씨에 웬 비?"

서희는 북적대는 일행들을 둘러보며 이제까지 자신이 뭔가에 홀린 것 같은 느낌이 들었다. 잠시 후 스피커에서 모두 강당으로 모이라는 소리가 들렸다. 점심부터 내일 아침까지 계산하며 음식을 준비하던 몇몇 선배들 빼고는 모두 강당으로 모였다. 강단 중앙에는 화이트보드에 큰 글씨로 오늘과 내일의 일정이라는 제목이 쓰여 있었다. 그리고 밑에 역할 분담과 행동 요령 등에 대해 다시 화이트보드를 채운 뒤 지휘봉을 들고 꼼꼼하게 설명해 주었다. 그런데 사회자는 서희가 입학식 때부터 바로 반했고 그때부터 짝사랑하고 있던 과 회장 서윤석이였다. 한눈에 봐도 웬만한 텔런트에 못지않은 외모와 몸매 그리고 중저음의 목소리는 서희를 다시 한번 사로잡았다. 10여 분의 짧은 안내가 끝나고 다시 자유시간이 주어졌다. 기다렸다는 듯 여기저기서 수다가 시작되고 스마트폰으로 주변 풍경을 배경 삼아 셀카를 찍기 바빴다.

  늦은 점심 겸 저녁 식사를 마치자, 사회자인 윤석은 1학기에 형법개론을 지도할 담당 교수를 소개하면서 격려사를 듣자고 했다. 바짝 마른 몸에다 광대뼈에 뿔테 안경을 걸친 담당 교수는 눈빛도 차가웠다. 강당은 긴장으로 가득 찼고 예상은 빗나가지 않았다. 격려의 탈을 쓴 잔소리는 꿀 같은 시간을 먹어 치우고 있었다. 더구나 이해할 수 없는 것은 격려사는 어떤 틀이 정해져 있는지 성인과 지성인이라는 단어 몇 개 외에는 초, 중, 고등학교 조회 시간에 교장 선생님의 훈화를 그대로 빼다 박았다. 10여 분이 지나자, 곳곳에서 지루하다는 표정들이 보였고 이를 눈치챈 교수는 서둘러 약 장사를 마쳤다. 학우들은 도움이 됐다는 것인지 지루함에서 해방됐다는 것인지 물개박수로 답했다. 바로 국문학과 엠티에 참석한 총학생회장을 대신해 부총학생회장의 환영사가 이어졌다. 짧지만, 공감할 수 있는 입담으로 교수와는 다른 색깔의 박수를 받았다. 이제 모두 설레고 기대했던 자기소개와 장기 자랑이다. 군데군데 맥주와 소주, 막걸리와 음료수가 놓이고 식사 때 먹었던 돼지불고기와 귤을 비롯한 과일들이 추가되었다. 사회자인 윤석은 술이든 음료수든 기호에 따라 모든 잔을 채우게 하고는 잔을 높이 들고 외쳤다.

"92학번 여러분 입학을 진심으로 환영합니다. 저는 3학년 회장인 서윤석입니다. 2학년 학생들까지는 모두 아시겠지만, 오늘 이 자리는 신입생들이 주인공입니다. 그러나 신입생끼리 또는 같은 학년들끼리만 모여 있으면 엠티의 의미가 퇴색될 것입니다. 따라서 동기생들과의 친분도 좋지만, 그건 오늘이 아니더라도 언제나 가능할 것입니다. 특히 오늘은 신입생과 4학년 선배들까지 모두 모인 자리로서 오늘이 아니면 신입생들이 4학년 선배님들을 공식적으로 만나기는 쉽지 않을 겁니다. 그래서 오늘은 서로 얼굴을 익히는 것을 최우선 목표로 하겠습니다. 다시 말해 이 시간부터는 서로 서먹하던 관계를 청산하고 하나로 뭉친 법학과가 되는 것입니다. 이해하셨습니까?"

"네."

"자, 그러면 만세 삼창하고 다음 순서로 넘어가겠습니다. 제가 선창을 하면 여러분은 크게 복창하는 겁니다."

"K대학교 만세!"
"K대학교 만세!"
"법학과 만세!"
"법학과 만세!"
"92학번 만세!"
"92학번 만세!"

지독한 불협화음이었지만 아무도 나무라지 않았다. 엇박자는 피차일반이었기 때문이다. 윤석은 43명의 선후배를 적절히 배치해 원형으로 둘러앉게 했다. 그리고 자기소개와 장기 자랑의 순서는 지명이 아니고 사회자를 중심으로 왼쪽부터 시계 방향으로 차례차례 돌아갈 것이라고 했다. 명심할 것은 자기 순서가 돼도 머뭇거리면 벌칙이 있다고도 했다. 서윤석이 첫 번째 학생에게 시작하라고 손짓하는 순간 신입생 한 명이 의견이 있다며 손을 들었다. 윤석이 귀를 기울이자, 그가 말했다.

"선배님! 아니 사회자님, 사회자님 소개부터 해야 하는 거 아닌가요?"

"옳소!"

여기저기에서 동의를 표시하는 박수가 터져 나왔다. 윤석은 난감했다. 휴학하고 입대하기 전까지 성적이 전체 수석이었다는 것까지는 모두가 알고 있는 사실이다. 그렇다면 신입생들이 바라는 바는 그 외적인 것. 즉, 살아온 과정이나 연애사 등이 저들의 기대일 텐데, 윤석은 이제까지 누구에게도 과거든 현재든 사적인 일을 시시콜콜 밝힌 적이 없다. 하지만 학우들의 집중된 시선은 윤석이 피할 수 있는 명분을 만들어 주지 않았다.

"여러분의 시간을 뺏고 싶지 않았으나 피해 가기는 어려울 것 같아 여러분이 이미 알고 있는 범위 내에서 이야기하겠습니다. 우선 저는 5년 동안 하루에 잠을 네 시간 이상 자지 않았습니다. 자랑 같지만, 정말 공부 열심히 했습니다. 그 결과인지 1학년 때 사법고시 1차, 2학년 때 2차를 모두 합격했습니다. 그러나 3차인 면접을 포기하고 연수원에 들어가지 않은 것은 여러분을 만나기 위해서였죠. 하하, 여기까지입니다."

"에에에!"

"우우우!"

여기저기서 야유의 표정들이 보였고 특히 1학년들은 그냥 넘어갈 기세가 아니었다.

"사회자님 그런 거 말고요. 예를 들어 애인이 있다, 없다. 어떤 스타일의 여자를 좋아한다 등 그런 게 듣고 싶어요."

"아, 2년 동안 사법시험에 집중하고 2년 동안 군대 다녀오느라 애인을 만들 틈이 없었죠. 졸업하고 생각해 봐야죠. 자, 이만하고 진행 이어 가겠습니다."

사실 공부 빼놓고 할 말이 없던 윤석은 사회자 직권이라며 자신에 대한 사적인 질문을 막았다. 순서에 따라 첫 번째 남자 신입생이 마이크를 잡았다. 그는 증조할아버지도 모자라 고조할아버지 대까지 자신의 가문을 모조리 들춰내며 자랑을 늘어놓았다. 솔직히 할아버지,

할머니까지는 몰라도 요즘 청년들에게 증조, 고조는 전설 속의 누구일 뿐이다. 서윤석을 중심으로 임원진들이 프로그램을 짰겠지만, 자기소개로만 끝나는 것이 아니라 노래를 한 곡 불러야만 자리에 앉을 수 있는 게 규칙이었다. 장르 상관없이 좋아하거나 들려주고 싶은 노래를 부르면 된다. 노래 대신 1분 이상 춤을 추어도 된다.

드디어 서희 차례가 되었다. 몇몇은 입학식 때부터 아는 사이였다. 나머지는 오늘 아침 학교에서 버스에 오르고서야 알게 된 얼굴들인데, 평소 나서기를 싫어하는 서희로서는 긴장이 되지 않을 수 없었다. 벌칙의 내용이 뭔지는 몰라도 좋은 벌칙은 없다는 것을 잘 알기에 가까스로 마음을 다잡았다. 웃음거리가 되기보다는 2~3분만 버티면 된다는 생각으로 용기 있게 일어섰다.

"저는 회기동에 살고요. 아빠는 S대 철학과 교수님이고 엄마는 S대 병원 소화기내과 전문의로 근무하고 계십니다. 그리고 올해 군에 입대한 오빠가 있고요. 아래로는 고 1인 남동생과 중 1인 여동생이 있습니다. 제가 법학과를 선택한 이유는 변호사가 되고 싶어서인데 선배님들 많이 도와주세요."

서희는 외워 온 듯이 거기까지는 서슴없이 발표를 이어 갔다. 하지만 이어서 노래를 불러야 하는 다른 긴장이 가슴을 조여 왔다.

"노래는요. 제가 초등학교 몇 학년이었는지는 기억이 안 나지만 엄마가 자주 흥얼거려서 알게 된 송골매의 '어쩌다 마주친 그대' 불러 보겠습니다."

서희는 가슴에 압박을 느꼈으나, 기대에 찬 선배들과 동기생 새내기들의 박수 소리에 헛기침을 한 번 하고 마이크를 부서지도록 움켜쥐었다.

"어쩌다 마주친 그대 모습에 내 마음을 빼앗겨 버렸네. 어쩌다 마주친 그대 두 눈이 내 마음을 사로잡아 버렸네⋯⋯."

수줍어 바닥만 보며 노래를 부르던 서희는 고개를 들어 당당한 모습을 보여주고 싶었다. 그런데 고개를 들어 윤석과 눈이 마주친 순간 갑자기 시야가 흐려졌다. 식은땀이 얼굴을 적셨고 끝내 마이크를 놓치며 그대로 주저앉았다. 누군가가 옆에서 부축했으나 축 늘어져 균형을 잃은 몸은 자꾸만 바닥으로 내려앉고 있었다. 실내는 웅성거렸고 일행 중 몇은 냉수를 가져와 먹이려고 했으나 물은 서희의 옷만 적시고 말았다. 또 다른 일부는 수건에 찬물을 적셔 이마에 올려놓았고, 급체라며 손톱 밑을 따고 팔다리를 주무르기도 했다. 하지만 서희의 의식은 돌아오지 않았다. 결국, 수련원의 전화를 빌려 구급차를 요청했다.

구급차는 예상보다 일찍 도착했다. 보호자는 한 명이면 된다는 말에 윤석은 알 수 없는 책임감에 사회를 한때 응원단장이기도 했던 4학년 선배에게 넘기고 구급차에 올랐다. 구급 요원이 서희에게 산소호흡기를 씌운 뒤 구급차는 가로등 하나 없는 도로를 질주했다. 서희가 누운 간이침대 머리 쪽에는 구급 요원이 앉았고 윤석은 서희의 다리 쪽으로 앉았다. 윤석은 무의식적으로 서희의 종아리를 주무르다가 깜짝 놀라며 손을 뗐다. 잠시 후 지금은 그럴 때가 아니라는 생각에 다시 종아리에 손을 올려 주물렀다. 10여 분쯤 지났을까? 눈을 뜬 서희는 눈이 휘둥그레지며 좌우를 살폈다. 그리고 윤석을 빤히 쳐다봤다. 산소호흡기가 씌워진 서희의 눈빛에 궁금증과 공포가 함께 일렁거렸다. 대화가 어려운 상태에서 윤석은 서희의 왼손을 어루만지기만 했다.

사이렌으로 어둠을 뚫고 달려온 구급차가 속도를 줄이며 병원 앞에 섰다. 구급대원들은 익숙한 동작으로 구급차의 뒷문을 열고 윤석을 먼저 내리게 한 다음 서희를 응급실에 옮긴 뒤 급히 사라졌다. 길지 않은 엑스레이 촬영을 마친 서희는 간이침대에서 일반 침대로 옮겨졌다. 간호사는 재빨리 서희의 팔을 걷어 피를 뽑아서 돌아갔다. 서희는 윤석을 향해 무슨 말을 하려고 했지만, 입만 조금 움직일 뿐 소리는 나오지 않았다. 새롭게 투입된 두 명의 간호사는 손발을 척척 맞추며 링거를 꽂고 추가로 노란 액체가 담긴 작은 병을 링거에 덧달았다. 윤석은 작은 병의 내용물이 궁금해 간호사에게 물었다.

"이건 무슨 약이죠?"

"영양제입니다."

간호사의 싱거운 대답에 괜히 물었다는 후회가 들었다. 윤석은 서희를 내려다보며 건강해 보였던 서희가 왜 갑자기 쓰러져 병원 침대에 누워 있어야 하는지 이해가 되지 않았다. 자신이 짠 프로그램과 진행이 어떤 영향을 주었을까. 아니면 원래 어떤 지병이 있는 것일까? 조금 전 주사를 맞은 서희는 바로 잠이 들었고 윤석은 침대 옆에 놓인 의자에 앉아 새근대는 숨소리를 듣고 있었다. 북적거리는 응급실에선 환자의 신음과 짤막한 비명, 그리고 보호자로 보이는 이들의 한숨과 훌쩍이는 소리도 들렸다.

"강서희 환자 보호자님 들어오세요."

윤석은 서희의 손등에서 손을 떼고 간호사가 부르는 곳으로 발걸음을 바쁘게 옮겼다. 응급실 내에 있는 두 개의 칸막이 진료실 중 강서희 보호자를 호출한 사람은 1번 방 간호사였다. 여러 감정이 교차하는 가운데 진료실에 들어서자, 광채가 날 정도로 깨끗한 진료실 바닥이 눈에 들어왔다. 몇 가닥 남은 머리카락으로 민머리를 커버하고 앉은 50대 남자 의사가 엑스레이 필름을 들여다보던 눈을 돌려 윤석을 바라보며 말했다.

"앉으세요. 강서희 환자 보호자시죠?"

"네, 근데 어디에 이상이 있는 건지요?"

"음, 현재 환자의 상태는 '미주신경성실신'으로 보이네요."

"네? 그게 무슨 병이죠?"

"'미주신경성실신'이란 질병이라기보다는 외적 또는 내적 스트레스로 인하여 혈관이 늘어나 혈압이 일시적으로 낮아지는 상태를 말합니다. 뇌에 공급되는 피의 양이 감소하여 정신을 잃는 일이죠. 즉, 병이 아니라 일종의 증상이라고 봐야죠."

"그럼 어떻게 해야 하는데요?"

"이런 증상에는 특별한 치료법이 없고 충분한 휴식과 절대적인 안정이 필요합니다. 쉽게 말하면 스트레스를 받지 않게 하는 것이 최선의 치료죠."

윤석은 병과 증상이 어떻게 다른지 알 수 없었지만 일단 서희의 상태가 심각한 것은 아니라는 의사의 말에 안도했다. 하지만 이어지는 의사의 말에 어떻게 대처해야 할지 난감했다.

"이삼일 정도 입원하고 나면 개운할 겁니다."

"네? 입원해야 해요?"

"지금이라도 나갈 수는 있으나, 현재 상태로 봐서는 무리입니다."

윤석은 입원이라는 말에 답답해졌다. 잠깐 응급조치만 하고 올 것으로 알고 보호자를 자처했는데 일이 이상하게 흐르고 있다. 간호사가 입원 절차를 밟으라며 응급실 원무과를 안내했다. 원무과 직원은 환자와 보호자의 주소와 주민등록번호, 연락처를 쓰게 한 후 병실에서 지켜야 할 수칙이 적힌 설명서와 계약서를 내밀었다. 연락처는 있으나 마나 한 하숙집 전화번호를 적었다. 병원이라고는 한 번도 들러본 적이 없는 윤석은 수칙까지는 이해가 됐지만, 계약서에 선납금 3만 원이라는 항목이 마음에 걸렸다. 현재 윤석의 주머니에 3만 원이라는 돈이 없다. 소식을 기다리고 있는 학우들에게 서희의 상태를 알려야 하고 어떻게든 입원비를 조달해 보라고 부탁하고 싶어도 윤석에게는 수련원 전화번호가 있지 않았다. 수련원과 계약했던 총학생회장과 재무 담당 부총학생회장만 수련원 전화번호를 알고 있을 뿐이어서 속이 탔다. 혹시 병원이라면 알 수도 있지 않을까 하는 생각으로 간호사에게 물어봤지만, 근방에 그런 데가 있느냐고 오히려 반문한다. 답답한 마음으로 진료실에서 나오자, 응급실 침대에 잠들어 있던 서희가 꿈틀거렸다. 혈압계가 정상 수치를 나타내는 것을 확인한 간호사는 산소호흡기를 제거했다. 의식은 되돌아왔으나 몸을 움직이는 데는 시간이 더 필요해 보였다. 서희는 간호사에게 메모지와 볼펜을 달라고 요청했고, 건네받은 메모지에 몇 자를 써서 윤석에게 건네며 말했다.

"선배님, 이거 우리 집 전화번혼데 전화 좀 걸어 주세요. 누가 받을지는 모르겠는데요. 다른 얘기는 말고 저녁 먹은 게 체해서 잠시 병원에 들렀다고만 해 주세요. 그리고 두세 시간 휴식이 필요하다고 해 주세요. 그럼 무슨 말인지 알 거예요. 호호."

진료실에서 의사, 간호사와 나눈 대화를 엿듣기라도 한 것일까. 기운은 아직 없어 보였어도 일단 서희가 의식은 완전히 회복된 듯하여 마음이 한결 놓였다. 윤석은 서희가 준 메모지를 들고 간호사가 알려 준 대로 병원 입구 공중전화로 갔다. 공중전화 앞에서 주머니를 뒤졌지만, 동전이 없어 은근히 화가 났다. 평소에는 몇 개라도 넣고 다녔으나 수련원에 오면서 주머니에 있던 모든 동전을 책상에 올려놓고 왔는데… 후회가 됐다. 현재 윤석의 주머니에는 1만 원짜리 한 장, 5천 원짜리 두 장 그리고 1천 원권 세 장이 전부다. 공중전화 앞에서는 무용지물일 뿐이다. 응급실 문을 지키는 경비원에게 혹시 동전이 있냐고 물었지만, 그도 업무상 뛰어다닐 때 동전 부딪히는 소리가 귀에 거슬려서 아예 가지고 다니지 않는다고 했다. 그러면서 병원 밖 상가에 가 보라고 했다.

병원이 외진 곳이라 그런지 딱 한 군데 불이 켜진 슈퍼마켓이 눈에 들어왔다. 그냥 동전만 바꿔 달라기엔 미안한 생각이 들어서 먹지도 않을 과자 한 봉지를 산 후 거스름돈의 일부를 10원짜리로 받았다. 빠른 걸음으로 공중전화 앞에 선 윤석은 서희가 적어 준 전화번호로 다이얼을 돌렸다. 따르릉, 따르릉, 따르릉… 벨이 정확히 세 번 울리자, 중년 여인의 목소리가 들려왔다.

"여보세요. 누구신지요?"

"아, 예. 저는 서희의 학교 선배인 서윤석이라고 합니다."

"아, 그래요. 오늘 엠티 간다고 했는데, 같이 있지 않나요?"

"네, 같이 있습니다만 병원입니다."

"네? 우리 서희에게 무슨 일이 있는가요?"

"크게 걱정 안 하셔도 됩니다. 저녁 먹은 게 체한 모양인데 우리 학우 중에 의학 지식이 있는 사람이 없어서 병원까지 오게 되었습니다."

"의사는 뭐라고 하던가요?"

"제가 듣기로는 '미주신경성실신'이라고 하던데 푹 쉬면 괜찮을 거라고 했습니다. 다만 사흘 정도 입원이 필요하다고 합니다."

"어머, 어머. 거기가 어디 무슨 병원, 병원 이름이 어떻게 되죠?"

"네, 수원에 있는 '화성 종합병원'입니다."

"여보! 빨리 차 준비해요. 서희한테 가 봐야겠어요."

그러자 수화기 너머에서 점잖은 중년의 남자 목소리가 들려왔다.

"왜 이렇게 호들갑이야? 친구도 사귀고 실컷 놀다가 오게 둘 것이지 뭐 하러 가겠다는 거야. 아이에게는 방해만 될 텐데."

"그게 아니고 서희가 지금 병원에 있다잖아요."
"병원에?"
윤석은 서희 부모의 대화를 수화기 너머로 엿들으며 침묵을 지켰다.
'여기로 오겠다는 것인가? 서희 말로는 전화하고 두세 시간 휴식이 필요하다고 하면 부모님이 무슨 말인지 알 것이라고 했는데 서희 부모님은 내 말을 어떻게 받아들인 것일까?'
"여보세요? 학생 이름을 금방 잊어버렸어요. 제가 바로 갈 건데 그때까지 서희랑 함께 있을 수 있나요?"
"네, 서윤석입니다. 걱정하지 마십시오. 당연히 같이 있을 겁니다. 조심해서 오십시오."

윤석이 전화를 끊고 들어오자, 서희가 반색하며 통화 내용을 물었다. 윤석이 두 손으로 서희의 왼손을 감싸며 말했다.
"후배 시키는 대로 메모지에 있는 그대로 했어. 부모님이 의사가 뭐라고 하더냐고 묻기에 '미주신경성실신'이라고 했더니 놀라시면서 바로 내려오신다고 했어. 후배는 부모님이 내려오실 것으로 알고 있었어?"
"당연하죠. 엄마가 소화기내과 전문의라서 병명만 대면 어디가 어떻게 불편하고 입원이 필요한지 퇴원해도 되는지 바로 판단하죠."
"여기 의사는 병이 아니라 증상이라며 대수롭지 않게 여기던데 엄마가 아시는 것과 다르다는 말이네."
"저도 잘 몰라요. 엄마니까 그냥 놀라셨겠죠."

"그렇겠군."

윤석이 2년 선배이고 나이가 네 살이나 많기는 하지만 불과 몇 시간, 그것도 의식을 찾은 게 얼마나 됐다고 윤석은 자연스럽게 말을 놓았고 서희도 그것이 오히려 편했는지 스스럼없이 수다를 떨고 있었다.

"선배님, 혹시 사법시험 1, 2차 모두 패스했다고 의학까지 넘보세요? 호호?"

"그건 아니지. 후배의 상태를 알고 싶어서 귀를 기울여 들었지만 이제까지 병원에 한 번도 와 보지 않은 사람이 의학용어를 어떻게 알겠어. 그래서 고개만 끄덕끄덕하고 있었지."

"감기도 한 번 안 걸렸어요?"

"감기 걸렸다고 병원 가나?"

"그럼, 어디 가서 치료해요?"

"치료는 무슨 치료야. 목욕탕 다녀와서 푹 자고 나면 그걸로 끝인데."

"참 내."

무슨 할 말이 그렇게 많은지 서희의 입은 잠시도 쉬지 않는다. 웃을 땐 양 볼에 보조개가 선명히 드러났다. 윤석은 서희의 보조개가 정말 귀여웠다. 가벼운 수다가 절반인 대화는 벽시계가 밤 10시를 알려도 그칠 줄 몰랐다. 윤석이 서희 엄마에게 전화를 건 시각이 8시경이었는데 서울 회기동에서 수원까지 달려오기로 한 서희 부모는 아직 나타나지 않았다. 윤석은 누워서 하품하는 서희의 옆에 앉아 손을 포개며 부모님 오시면 깨울 테니 편하게 자라고 했다. 서희가 새근대며 잠에 취하자, 윤석도 눈이 가물가물해지며 같이 잠이 들고 말았다.

열한 시가 가까워질 무렵 두툼한 오버코트를 입은 여자와 털이 튀어나올 듯 빵빵한 패딩을 입은 남자가 병원 문을 열었다. 부부로 보이는 이들은 간호사에게 명함을 건네며 몇 마디 했고 간호사는 이들을 서희가 잠든 침대로 안내했다.
"서희야, 엄마야!"
서희와 윤석은 동시에 눈을 떴다. 서희는 고개를 숙인 엄마에게 아양을 떨었고, 윤석은 어떻게 해야 할지 몰라 두 손을 앞으로 모은 채 서 있었다.
"아까 전화했던 서윤석 학생 맞아요?"
서희 아빠로 추정되는 남자가 미소를 지으며 물었다.
"아, 예. 맞습니다. 서윤석입니다."
"고마워요. 서희 아빤데 이렇게 곁에서 지켜줘서 정말 고마워요."
"아닙니다. 제가 죄송할 뿐입니다."
"죄송하다니? 서희 혼자였으면 간호사들이 귀찮아했을 거예요."
"학과 학생회장으로 오늘 사회를 봤는데 제가 뭘 잘못했나 싶습니다. 챙기지 못해 죄송합니다."
"허허, 우리 서희가 든든한 회장님 만났네."
서희 부모는 계속 고맙다며 칭찬했으나 윤석은 그저 송구스러운 마음뿐이었다. 병상 옆에 계속 서 있던 윤석은 일순 아차 싶었다. 서희 부모가 왔으니, 수련원으로 바로 갔어야 했는데 그만 깜박 잊고 있었다.

"어머님, 아버님 저는 이제 가 봐야겠습니다. 학우들이 많이 걱정하고 기다릴 텐데 가서 안심시켜야 합니다."

윤석은 밖을 내다보며 아까 서희 엄마와 통화하면서 공중전화 옆에 전화번호부가 걸린 것을 보고도, 왜 수련원 전화번호를 생각하지 못했을까? 더욱이 세 시간이나 지난 지금에서야 눈에 띄는 걸까? 싶었다. 서희 부모가 없었다면 스스로 머리를 쥐어박았을 것 같다. 서희 엄마가 서희 아빠에게 태워다 주라고 눈빛으로 말했다.

"아, 우리 차로 가요."

"아닙니다. 제가 혼자서 찾아가겠습니다."

"그러지 말고 타요."

"서희는 수련원 다녀와서 우리가 바로 데리고 올라갈 테니 그런 줄 알고요."

서희 엄마가 거들었다. 사실 윤석이 수련원까지 가려면 수원 시내로 걸어 나와 택시를 타야 하는데 수원 시내까지 거리가 얼마나 되는지조차 알 수 없었다. 못 이기는 척 서희 아빠가 운전하는 차에 올랐다. 차의 이름은 몰라도 내부가 택시보다 넓고 산뜻한 느낌이 들었다. 서희 아빠는 가로등도 없는 도로를 윤석의 안내에 따라 차분하게 몰았다. 갈림길에서 망설이기도 했지만, 기억을 되살려 무사히 수련원에 도착했다. 차를 세운 서희 아빠는 극구 사양하는데도 10만 원권 수표를 윤석의 주머니에 꽂아 주었다.

윤석을 수련원에 내려주고 병원으로 돌아온 서희 아빠는 기다리고 있던 서희와 서희 엄마를 태우고 서울로 향했다.

"저런 청년이면 서희 신랑감으로 괜찮겠는데?"

"당신도 그런 생각 했어요? 키도 훤칠하고 얼굴도 잘생겼더라고요."

"거기에다 겸손하고 책임감도 있더라고. 서희 아픈 게 제 탓이라도 되는 양 연신 죄송하다고 하고."

"우리 맘에 든다고 되나요? 서희가 맘에 들어 하는 게 중요하죠."

"서희 아직 어리니까 천천히 생각하자고."

말을 마치려는 순간 뒷좌석에서 누워 자는 줄만 알았던 서희가 끼어들었다. 자는 척하면서 엄마 아빠의 말을 한마디도 놓치지 않고 다 듣고 있었다.

"엄마! 나 그 선배 좋아해. 첫눈에 반했어! 그런데 아직도 내가 애기야?"

서희 아빠가 룸미러로 뒤를 보며 물었다.

"그럼, 말이라도 걸어 봤니?"

"아빠는, 입학한 지 한 달도 안 됐는데 따로 만날 기회가 있었겠어요. 수업이 끝나도 특별한 용건도 없이 무작정 만나자고 할 수도 없죠. 더구나 그 선배는 어떤 누구와도 사적인 대화는 안 한대요. 고시 공부한 사람들은 원래 그런가?"

"고시 공부? 사법시험 보려나 보구나."

"아니요. 사법고시 1, 2차 모두 패스했대요. 근데 왜 판사나 검사가 안 되는 거예요?"

"사법고시 합격했다고 모두 판검사 하겠냐?"

"아까 자기소개하면서 1, 2차 모두 합격했지만 3차인 면접시험도 안 보고 사법연수원 가지 않은 게 우리 보고 싶어 그랬다던데요."

"그건 말도 안 되는 소리고. 무슨 사정이 있어서 미루고 있는가 보다."

아빠 차를 타고 엄마의 직장인 S 대학병원에 도착한 서희는 응급실에서 그날 밤을 지내고 날이 밝자 엄마와 함께 신경과에 들렀다. 신경과 교수는 서희 엄마를 보며 교수님이 웬일이냐며 반겼고, 서희 엄마는 그간의 사정을 이야기했다. 신경과 교수는 수원의 화성 종합병원에서 서희 아빠가 받아 온 소견서를 보며 같은 진단을 내렸다. 서희는 2인실 병실에서 엄마와 함께 이틀을 보내고 월요일 오후에 퇴원했다.

화요일 아침, 서희 엄마는 학교에 가기 위해 준비하는 딸에게 10만 원권 수표 한 장을 내밀며 윤석을 만나 식사라도 하며 고마움을 전하라고 했다.

학교에 도착하자 학우들이 이제 괜찮냐며 위로의 말들을 건넸다. 그리고 토요일에 너의 아빠가 과 회장님께 준 돈으로 어제 푸짐하게 먹었다며 아빠에게 감사의 말을 전해 달라고도 했다.

"아빠가?"

서희는 아빠가 윤석에게 별도의 감사 표시를 한 것이 만족스러웠다. 교정에서 맴돌던 서희는 윤석이 교실 밖으로 나오자 달려갔다.

"회장님, 정말 감사합니다. 회장님이 아니었으면 큰일 날 뻔했어요."

"서희 후배! 병원에서 심각하지 않다고 했는데 무슨 큰일이 나나?"

"그게 아니고요. 그날 엄마 아빠랑 같이 올라와서 S 대학병원에서 응급실까지 합치면 사흘 입원한 셈이죠. 어제 퇴원했어요."

"그렇군. 잘 쉬었는지 얼굴을 보니 혈색이 좋네. 어쨌든 퇴원 축하해."

"저기, 우리 엄마가요. 고맙다며 회장님과 맛있는 것 사 먹으라고 하셨는데 언제 시간 되세요?"

"고맙기는…. 당연히 해야 할 일을 했을 뿐인데. 오늘은 오전 수업만 있으니, 점심이나 저녁 괜찮겠네."

"우와!"

서희는 윤석을 단둘이서 만날 수 있다는 설렘에 자신도 모르게 감탄사를 내뱉었다.

"회장님 뭘 좋아하세요?"

"나야 뭐 가리는 것 없어. 한식도 좋고 양식도 좋고 중식도 좋지. 다만, 요즘 농촌도 힘든 것 같던데 한식으로 하지."

"그럼, 제가 정할게요. 학교에서 1km 정도 떨어져 있는데요. 조용한 한식집이에요. 엄마, 아빠랑 몇 번 갔는데 괜찮았어요."

"가게 이름은?"

"원조 이천 밥상이요."

"그럼 이따가 오후 한 시쯤 거기서 만나면 되겠네."

"네, 제가 먼저 가서 기다리고 있겠습니다."

02. 필연 만들기

　서희는 가슴이 뛰었다. 무슨 대단한 성과라도 이룬 듯 좋았다. 윤석 역시 수원에서 병원 침대에 누워있던 서희를 보고 얼굴도 몸매도 괜찮다 싶어 은근히 만남을 기대하고 있었다. 윤석과 서희가 공식 커플이 된 것은 이때부터였다.

　학교에도 소문이 났고 일부 선배들은 '어린것이 연애질이나 하려고 입학했나?' 등등 눈을 흘기기도 했지만, 이제 그러던 선배들도 모두 졸업했다. 둘 사이를 알고 있는 서희의 부모 역시 윤석이 싫지 않았기 때문에 2년째 묵인하고 있었다.

　학교를 졸업한 윤석은 서초동에 있는 변호사 사무실로 출근했다. 이제 3학년이 된 서희와 초짜 변호사인 윤석은 그렇게 3년 차 사랑을 이어가고 있었다. 윤석이 졸업해 학교를 떠났기 때문에 예전처럼 매일 만나지는 못하고 일주일에 한두 번 정도 만났다. 서희는 그동안 동급생이나 다른 선배들의 적지 않은 유혹에도 오로지 윤석을 향한 일편단심을 지켰다.

　반면 윤석은 달랐다. 생리적인 욕구를 채우기 위해 1년 선배인 국문학과 김혜수와 은밀한 만남을 갖고 있었다. 서희를 만난 후로는 양다리를 걸칠 만한 여유가 없었음에도 김혜수와의 관계를 아주 끊지는 못했다. 나중에 들려온 소문으로는, 그녀는 윤석의 아들을 낳아 보육원 정문 앞에 놔두고 사라졌다고 했다. 그 아이의 성씨는 무엇일지 알 수 없다는 풍문이 돌기도 했다.

"선배님! 지금 왜 그렇게 침울하세요?"

"아, 아니, 3차 시험 잠시 생각해 본 거야."

윤석은 아무 일도 아니라는 듯 표정을 바꿨다. 오늘도 법과대학교 건물 오른쪽 양지편 벤치에 앉은 윤석과 서희의 대화가 끊임없이 이어지고 있었다. 학교와 변호사 사무실 이야기, 그리고 사소한 일상생활까지 매번 만날 때마다 반복되는 주제인데도 둘 사이엔 대화가 항상 새롭다. 그런데 오늘 서희는 정말 생소한 이야기를 꺼냈다.

"선배님 실력에 무슨 시험 걱정을 하세요? 그것도 중요하지만요, 우리 사귄 지 3년 차잖아요?"

"벌써 그렇게 됐나? 항상 이렇게 붙어 있으니 시간 가는 줄 모르고 살았네. 하하."

"그래서 말인데요. 이제 저희 부모님 한 번 뵈러 가면 안 돼요?"

"글쎄, 아직 준비된 게 아무것도 없는데…."

"사법고시 모두 패스하고 언제든 마음만 먹으면 판사, 검사도 될 수 있고 지금 변호사인데 여기에 무슨 준비를 더 해요? 판검사 된 다음에 보겠다는 거예요?"

"마음만 먹는다고 판검사 되나? 판검사를 하려면 면접시험 통과 후 연수원에 들어가 1년은 더 썩어야 해. 내가 92학번 엠티 때, 3차인 면접을 포기하고 연수원에 들어가지 않은 것은, 여러분을 만나기 위해서였다고 했는데 그때는 이미 판검사를 하지 않고 변호사의 길을 걷기로 했던 거야."

"뭐가 그리 복잡해요? 변호사나 판사나 검사나 다 거기서 거기 아니에요?"

"강서희. 법대생이 판검사, 변호사도 구분하지 못해? 어쨌든 작년에 변호사 시험 합격한 것까지는 맞아. 하지만, 초짜 변호사가 할 수 있는 게 뭐가 있겠어. 그래도 지금 변호사님은 예전에 내가 휴학 때 1년 넘게 보좌해 봤기 때문에 손발이 좀 맞을 뿐이야. 내 생각은 여기서 실무를 더 배우고 나중에 개인 사무실을 낸 다음 찾아뵈는 게 낫겠다 싶어. 일종의 상견례가 될 텐데 저번에 졸업식 날 얘기했듯이 내 곁에는 아무도 없어. 그래서 스스로라도 성공한 모습을 보여드리는 게 예의라고 생각해 왔어."

"선배님 곁에 아무도 없다니 그럼 난 누구예요?"

"서희는 곁이 아니라 뗄 수 없는 나의 분신이지."

"고마워요. 그리고 선배님 목표를 위해 항상 응원하고 뒷받침이 될 거예요."

"그래도 이렇게 서두를 건 없잖아. 혹시?"

"그건 나중 이야기고 무조건 이번 주말에 가요."

"이번 주말에?"

서희가 윤석에게 빨리 자기 부모님께 인사드리러 가자고 서두르는 데는 이유가 있었다. 아빠 친구인 중견기업 회장이 설 연휴 마지막 날 서희의 집을 방문해 아빠와 나눈 대화 때문이었다. 아빠 친구는 지기의 큰아들 나이가 서른이 낼모레인데 마땅한 며느릿감이 없다며 사돈을 맺자고 했다. 아빠 친구는 자동차 부품을 제조해 H와 K 자동차에 납품하는 회사로 정규직만 300명이 넘는 중견기업의 대표

이사 겸 회장이었다.

"서희가 내 며느리가 되면 서희 몫 외에 자네에게 격에 맞는 지분을 주겠네."

"하하하, 이 사람아! 서희가 무슨 물건인가? 지분 받고 팔라는 거야? 그리고 서희 아직 너무 어리잖아. 찾아보면 좋은 며느릿감 많을 거야."

"어린 거 맞아, 그래서 당장 혼인시키자는 것이 아니라 우선 약혼하고 졸업하면 그때 정식으로 결혼식을 올리자는 거지. 나는 서희 말고는 며느릿감 생각해 본 적 없네."

"글쎄, 생각은 해 보겠지만, 우선은 우리 서희 의견이 중요하지."

"잘 좀 설득해 보게. 서희도 자네도 후회할 일은 없을 거야."

엄마를 통해 이런 말을 들은 서희는 조급해졌다. 서희는 윤석 외에는 그 누구도 남자로 생각해 본 적이 없고, 겉만 번지르르한 준재벌 집안의 며느리가 된다는 생각은 더더욱 해 본 적이 없었다. 서희는 재벌, 또는 준재벌 집안의 며느리는 자아를 잃은 마네킹 같은 존재라는 얘기를 여기저기서 들었고 친구들과 자주 그런 이야기를 나누기도 했다.

03. 거미줄

윤석이 2학년이던 1990년 1월 어느 날, 평소와 같이 도서관에 들러 3학년을 대비해 예습하고 하숙집으로 가고 있었다. 그런데 보도도 없는 도로에서 검은색 승용차가 윤석을 칠 듯 앞에서 멈췄고 덩치가 큰 두 명의 남자가 차에서 내렸다. 그들은 윤석이 반항할 새도 없이 뒷좌석으로 밀어 넣었다.

"누구세요? 왜 이러세요?"

"너 서윤석 맞지?"

"네 맞는데요. 무슨 일이냐고요!"

"차차 알게 될 테니 입 닥치고 있어!"

윤석이 움직이려고 하면 양쪽에서 두 덩치의 팔뚝들이 더 조여 왔다. 어디로 끌려가는지 두렵고 궁금했지만, 차창이 진한 선팅으로 가려져 있어서 내다볼 수가 없었다. 10여 분쯤 달려 차를 세운 그들은 윤석을 거칠게 끌어 내렸고, 두 팔을 꽉 잡고는 단독주택 2층으로 향했다. 윤석은 순간적으로 이 사람들이 무고한 사람을 납치한 후 회사나 부모를 협박해 돈을 뜯어내는 범죄 집단이라고 생각했다. 그렇다면 학생인 자신이 회사를 운영할 리 없고 부모는커녕 일가친척도 없으니 겁낼 일은 아닐 수도 있다고 생각했다. 다만, 아무것도 없고 구해 올 돈도 없다고 했을 때 이들이 어떻게 나올지 긴장이 됐다.

'자신들의 범죄가 탄로 날 수 있으니 혹시 죽이는 건 아닐까? 죽여서 암매장할까? 아니면 생매장?' 별안간 소름이 돋았다.

반은 들려오다시피 윤석이 끌려와 2층에 도착하자 괴한들이 방문을 열었다. 중년 남자 하나가 책상에 발을 걸치고 앉아 있다.

"서윤석! 거기 앉아!"

"네? 네."

"사법시험 2차까지 합격한 사람이 왜 그렇게 경솔해?"

"경솔하다니요?"

"작년 11월에 뭐 했어?"

"기말시험 준비하고 있었는데요."

"그거 말고."

"기억이 잘 나지 않습니다."

"노동자 대회 갔었잖아!"

"제가 간 것이 아니라, 노동자 대회가 우리 학교에서 있었습니다."

"어쨌든, 그때 화염병 던지고 전투경찰 넘어트리고 발로 찬 놈이 너지?"

"전투경찰을 폭행했다는 것은 사실이 아닙니다. 경찰이 우리 학교로 진입하며 방패로 저를 내리찍으려고 해서 밀었을 뿐입니다. 정당방위였습니다."

"정당방위? 그 전투경찰 어떻게 된 줄 알아? 뇌수술 끝에 겨우 살아났어! 네가 당당했으면 왜 숨었어?"

"숨은 게 아니라 저는 계속 도서관에 있었습니다."

"우리가 도서관이며 웬만한 데는 다 뒤졌지만 너는 없었어. 어디 있었던 거야?"

"저도 때 되면 식사하러 가고 어쩌다 친구도 만났습니다. 왜 하필 제가 없을 때만 찾으셨어요?"

"이 새끼가 정말. 됐어, 인마!"

윤석은 소위 말하는 운동권도 아니고 그야말로 공붓벌레였다. 많고 많은 학내의 서클 어디에도 가입하지 않았고 한 번도 시위에 나간 적이 없었다. 오로지 자신의 목표를 향해 밤낮을 가리지 않고 거의 도서관에서 지냈다. 그런데 그날은 윤석이 새벽까지 도서관에 있다가 귀가하려는 순간 교내가 시끄러웠고 밖을 내다보니 수많은 노동자와 학생들이 경찰과 대치하고 있었다. 그중 일부 전투경찰이 학내로 진입하려고 하자 윤석은 자신도 모르게 도서관에서 나와 학교 정문으로 뛰어갔다.

최루탄을 앞세운 경찰의 만행과 노동자들의 분노와 절규는 학교 담장을 넘었다. 현장을 직접 목격한 윤석은 이미 집결한 선배, 동기들과 합류했다. 조를 나눴는데 윤석이 속한 조는 제일 선봉에 서서 전경들의 학교 진입을 막는 역할이었다. 밀고 밀리는 과정에서 당연히 몸싸움이 있었고 노동자와 학생, 전경들이 뒤엉켰다. 윤석은 뒤에서 공급된 화염병을 몇 개 던지기도 했지만, 누구를 발로 차는 등 폭행한 사실은 없었다.

윤석은 유치장에서 일주일을 갇혀있다가 서울구치소로 넘겨졌다. 윤석에게는 106이라는 숫자가 새겨진 수인복이 주어졌다. 처음부터 독방이 배정되었고 다섯 번을 호송차에 실려 검찰청을 오고 갔는데 검찰 역시 경찰이 하던 대로 몰아붙였다. 영장 없이 경찰에 체포되고 유치장을 포함해 구치소 수감 석 달 열흘째이던 1990년 4월 30일에 선고 공판이 열렸다. 검사는 예상했던 대로, 있지도 않은 혐의를 찰지게 붙여 윤석에게 집시법 위반, 특수폭행, 공무집행방해, 도로교통법 위반죄로 징역 3년을 구형했었다. 국선변호인은 윤석이 밝힌 사실대로 변론했다. 그러나 학생 신분이니 선처를 바란다는 건조한 말 외에는 어떠한 추가 변론도 하지 않았다. 경제적 능력이 있어 변호사를 선임했다면 그런 무성의한 변호를 했을까?

"피고는 검사의 공소 사실을 모두 시인합니까?"

"시위에 참여했던 것 외에는 모두 사실이 아닙니다."

검찰 구형이 3년이었는데 실형은 얼마나 나올까, 궁금하기도 하고 두렵기도 했다. 방청객들은 법정 경위의 안내에 따라 조용하고 엄숙했다. 재판장은 판결문을 읽어 내려갔다.

〈주문〉
1. 검사의 공소장 중 특수폭행죄와 공무집행방해죄는 기각한다.
2. 피고의 행위 중 일부를 유죄로 인정한다.

〈이유〉
피고 서윤석은 1989년 11월 11일 '전국노동조합협의회'가 주최한 집회에서 선두에 서서 전투경찰과 몸싸움을 한 것은 사실이다. 그러나 전투경찰을 넘어뜨려 발로 찼다는 검찰의 공소장은 증거가 부족하다. 피고는 방패로 자신을 찍으려는 전투경찰을 본능적으로 밀었을 뿐으로 그 행위가 특정인에게 피해를 주기 위한 의도가 있었다고 보기는 어렵다. 또한 원고는 피고가 밀쳤다는 것만 인지할 뿐 부상의 이유가 피고의 위력에 의한 것인지 아니면 다른 누구로부터인지 특정하지 못했다. 그런데도 원고 측은 당시 상황에 대해 사진 등 명백한 증거를 제시하지 않았고 검사는 원고 측의 불분명한 진술을 유지해 피고인의 진술과 배치되는 공소장을 제출했다. 따라서 검사가 제기한 특수폭행죄와 공무집행방해죄에 대해서는 증거 부족으로 무죄로 보는 것이 타당하다고 할 것이다. 다만 피고인이 화염병을 투척하는 동안 인도에 있는 시민들은 위협감을 느꼈을 것이고 도로를 점거하여 자동차와 시민의 통행을 방해한 것은 인정되는바 피고는 집회 및 시위에 관한 법률 위반과 도로교통법 위반죄는 면책될 수 없다. 이에 본 재판관은 원고 측이 피고인 서윤석에 대해서 제기한 특수폭행죄와 공무집행방해죄에 대해 기각하고 '집회 및 시위에 관한 법률' 위반과 '도로교통법' 위반의 죄를 적용해 징역 6개월에 집행유예 1년에 처한다.

만족스럽지 않은 판결이었지만 윤석은 항소를 포기했다. 검사도 그런 눈치였다. 그것은 심각한 판단 착오였다. 항소한다고 무조건 무죄가 되는 것은 아니지만, 나중을 위해서라도 항소를 통해 어떻게든 무죄를 끌어냈어야 했다. 윤석은 다른 수형자들과 함께 포승줄에 묶여 호송차를 타고 구치소로 돌아왔다. 오는 길에 보니 진달래, 개나리가 활짝 피었고 며칠 후면 벚꽃도 만발할 것 같은 기세였다. 그러나 일단 석방됐으니 됐다는 안이한 생각이 결국 윤석의 미래를 갉아 먹는 시발섬이 되었다.

윤석이 92학번 신입생 엠티에서 후배들의 강요에 못 이겨 말했던

"2년간 군대 다녀오느라 애인 만들 새가 없었다."라고 한 기간이 바로 수사와 재판을 받던 시기였다. 윤석은 소위 말하는 운동권도 아니었다. 새벽에 목격한 불의의 현장을 참지 못했던 평범한 학생이었을 뿐이었다. 재판 후 바로 구치소로 돌아가 옷을 갈아입었다. 구치소 문이 열리고 밖으로 나서자, 몇몇 선배와 동기, 그리고 후배들이 고생했다며 생두부를 입에 밀어 넣었다. 그리고 비닐봉지에서 트레이닝복 한 벌을 꺼내 윤석에게 건넸다. 신촌에서 마중 나온 선후배들과 출소 기념 술자리를 끝내고 하숙집으로 갔는데 평소 친절한 척이라도 하던 집주인의 태도가 돌변해 있었다. 반기기는커녕 이상한 눈으로 윤석을 쏘아봤다.

"우리는 빨갱이에게 줄 방이 없어!"

"빨갱이라니요?"

"어쨌든 바로 짐 좀 뺐으면 좋겠어."

이해할 수가 없었다. 국가보안법도 아니고 집시법 위반으로 넉 달 살다 나왔는데 빨갱이라니, 어이가 없었다. 어쨌든 사정하며 머물 곳은 아니라는 생각에 짐을 정리해서 나왔다. 윤석은 구치소에서 반환받은 영치금으로 근처 여관을 찾았다. 여관방에 누워서 곰곰이 생각했다. 1학기를 통째로 날려 버렸으니, 3학년으로 진학하기도 글렀다. 심사가 복잡해진 윤석은 여관 근처 식당에서 아침 식사를 때우고 난 다음 머리를 식힐 겸 저축해 놓았던 장학금 일부를 찾아 무작정 여행을 떠나기로 했다. 공부에 빠져 서울을 벗어난 적이 거의 없는 윤석으로서는, 좀처럼 하기 힘든 발상이었다. 목적지는 없었다. 서울을 벗어나 아무 데나 가보자는 심산이었다. 서울 인근 경기도에도 가볼 만한 곳은 많았지만 조금 더 벗어나 보기로 했다.

04. 첫사랑

   윤석은 청량리에서 출발하는 춘천행 열차를 탔다. 특별히 아는 데가 있어서는 아니었다. 그저 왠지, 춘천(春川)이라는 지명과 5월 초인 지금 계절이 좀 어울린다는 생각이 들었다. 평일이어서인지 객실 좌석에 여유가 있었다. 할머니들이 무언가를 이고 지고 타는 걸 보면 서울에서 장을 봐 오는 것 같았다. 차창 밖으로 펼쳐지는 싱그러운 풍경이 모든 시름을 덜어 주었다.
   얼마나 걸렸는지 모르지만, 종점이라는 안내 방송이 들렸다. 서둘러 내려서 주변을 둘러봤지만, 이제껏 서울을 벗어나 보지 못한 윤석의 눈에 춘천은 서울의 변두리 수준이었다. 대여섯 군데 식당이 보였고, 이따금 비포장도로를 달리는 버스가 일으키는 흙먼지가 낯설었다. 하지만 머리를 식히겠다고 도착한 곳의 풍경이 왜 중요하랴. 윤석은 늦은 점심을 먹기 위해 역에서 제일 가까운 식당으로 들어가 가정식 백반을 주문했다. 파마머리 중년 식당 주인 여자가 차려낸 상을 보니 된장찌개 말고는 온통 푸성귀다. 더덕, 감자조림, 도라지, 시금치, 콩자반 그리고 이름을 알 수 없는 한두 가지 반찬이 더 있었다.

"반찬 부족하면 얼마든지 더 드릴 테니 맛있게 드세요. 혹시 술은 안 하세요? 여기 양조장 막걸리 마시러 서울에서도 일부러 온답니다."

신문을 통해 봤을 뿐이긴 해도 어느 고장이든 특산물이 있고 특히 역이나 터미널 근처에는 맛집이 있기 마련이다. 윤석이 알기로는 춘천에 특별한 막걸리가 있다는 소문은 듣지 못했다. 그런데 맛이 어떻기에 서울에서까지 온다는 것일까? 윤석은 애주가는 아니었다. 피치 못할 자리에서만 한두 잔 마실 정도였다. 그런데 식당 분위기가 왠지 한 잔 정도는 마셔도 괜찮을 것 같다는 생각이 들었다. 식당 주인은 푸성귀만 팔아서는 돈이 안 된다는 속내를 은근히 내비치고 있는 듯하기도 했다. 막걸리 반 되를 시켰고 주인은 은색 쟁반에 노란 주전자와 생두부, 살짝 구운 노가리 한 마리를 얹어 들고 나왔다. 윤석이 술잔에 입술을 대는 순간 주인 여자는 천천히 마시라고 당부했다. 별걸 다 참견한다고 생각하며 한 모금 마셨다. 뜻밖으로 표현하기 힘든 묘하고 짜릿한 느낌의 술맛이 놀라웠다. 밥그릇을 한쪽으로 밀어 두고 반 되를 다 마시고 다시 한 되를 더 시켰다. 주인 여자의 걱정 어린 눈을 무시하며 연거푸 마시기 시작했다. 윤석이 태어나 처음으로 마신 많은 술이었다.

음식값 계산을 하기 위해 지갑을 꺼내던 윤석은 식당 밖으로 뛰어나가 바로 토하기 시작했다. 땀 흘리며 농사를 짓는 건장한 농부들도 낮에 그렇게 마시면 거북할 양의 막걸리였다. 막걸리는 땀을 흘린 만큼만 보충하는 농주다. 육체노동도 과음도 해 본 적이 없는 윤석이 그렇게 마시고도 멀쩡하다면 오히려 이상했을 주량이었다.

 마실 때의 기분과는 달리 왜 마셨을까 후회가 될 정도로 머리만 지끈거렸다. 인기척에 놀라 눈을 뜬 것은 그로부터 몇 시간이 흘렀는지 모를 시각이었다. 달빛에 희미하게 비친 벽시계 시침이 11을 가리키고 있었다. 주변이 어두운 것으로 보아 밤 열한 시쯤인 것 같았다. '여기가 어디일까?' 방범용 쇠창살이 얼기설기 쳐진 유리창으로 희미한 불빛이 새어들었다. 방문 쪽을 살피던 윤석은 깜짝 놀랐다. 얼굴이 자세히 보이지는 않지만, 구석에서 옷깃을 여미고 앉아 있는 사람은 여인이었다. 윤석이 깨어난 것을 본 그녀가 형광등을 켰다. 윤석은 옷을 모두 벗고 있는 자신을 발견했다. 이불을 당겨 아래를 가리며 어떻게 된 거냐는 듯 여인의 얼굴을 응시했다. 여인의 눈에 뜻 모를 눈물이 비쳤다. 마음을 가다듬고 차분히 물었다.
 "여기가 어디인가요? 당신은 또 누구시죠?"
 한참을 망설이던 여인이 입을 열었다.
 "저의 집입니다. 저는 아까 낮에 다녀가셨던 식당 주인의 딸이에요. 손님은 술을 너무 드시고 가게 밖에서 토하고 나서도 정신을 차리지 못하셨고 비틀거리다 주저앉기를 반복했어요. 술이 깰 때까지 쉬도록 해야 할 것 같아서 어쩔 수 없이 저와 제 어머니가 손님을 부축해서 임시로 이곳으로 모시고 왔답니다. 하지만 손님은 제가 식당에서 퇴근해 집에 돌아온 열 시까지 자고 있었어요. 그래서 제가 엄마네로 가서 자야겠다며 나서는 순간 손님이 저를 붙잡고 놓아 주지 않았어요."

 윤석은 이해가 되지 않았고 난감했다. 처음 온 춘천에서 생전 처음으로 정신을 잃을 정도로 술을 마신 것까지는 기억이 어슴푸레하게 났다. 그런데 처음 본 여자와 섹스를? 꿈속에서 몽정을 느낀 것까지는 기억이 났다. 그런데 그게 꿈이 아니라 실제였다니 한편으로는 미안하고, 다른 한편으로는 뭔가 찝찝한 마음도 들었다. 어차피 되돌릴 수 없는 일이었다. 하지만 사실을 좀 더 알고 싶었다.

 "왜 도망가거나 거부하지 않았죠?"

 "이 옷을 보세요. 실밥이 터지도록 빠져나오려 했고 거부했지만, 손님의 힘을 당해 낼 수 없었어요."

 윤석은 이 일을 어떻게 수습해야 할지 생각이 떠오르지 않아 한숨을 내쉬었다. 한숨 소리를 들은 그녀는 비로소 얼굴을 들고 윤석을 달래듯 말했다.

 "너무 자책하지 말아요. 저도 처음 손님에게 붙잡히자 두려웠고 이후는 잠시 수치심도 있었지만, 죄책감마저도 다 지워질 만큼 좋았어요."

 "죄책감도 지워질 만큼 좋았다?"

 "남자구실을 제대로 하셨고 저는 만족했다는 말이죠. 혹시 결혼했어요?"

 "아니요. 아직은 학생이고 어린 나이라서…."

 "그렇다면 우리가 불륜을 저지른 것도 아니고 죄책감을 가질 이유도 없죠."

윤석은 불륜이 아니라는 여인의 말에 안도했지만 그래도 뭔가 께름칙했다. 이미 저질러진 일이라는 생각에 반은 자포자기하며 조심스럽게 말을 주고받았다. 대화를 계속 이어가다 보니 둘은 어느새 오래 사귄 사이처럼 허심탄회하게 서로를 털어놓았다. 금숙은 역전식당 주인의 셋째 딸이었다. 그녀는 후일에 식당을 물려받거나 새로 차리기 위해 엄마를 도우며 음식 솜씨를 열심히 배우는 중이라고 했다. 주변에서 치근대는 남정네들이 적지 않았지만, 철저히 무시하고 살았다고 말했다. 서울 촌놈 윤석을 우연한 기회에 이상하게 만나게 된 금숙의 얼굴엔 설레는 마음이 역력히 드러나고 있었다.

"금숙 씨는 아직 결혼하지 않으셨나요?"

"했었죠."

"그러면 유부녀인데 불륜 아닌가요?"

"과부에게도 불륜이 있나요? 손님이 유부남이라면 불륜이 맞겠죠."

"과부요?"

"5년 전에 시집갔었지만 3년 전 사별했어요."

"신혼이었을 것 같은데 너무 빨리 가셨네요."

"차라리 잘 갔다는 생각이 들어요."

"무슨 말씀인지?"

윤석은 한편으로 안도하면서도 금숙의 다음 이야기가 궁금했다. 술김에도 쾌감이 있었지만, 죄책감을 지울 만큼 좋았다는 여자의 말에 이제까지 경험해 보지 못한 자신감도 생겼다.

"그자는 나를 납치해 강간했고 동네에 소문을 내겠다고 협박해 강제로 혼인할 수밖에 없었죠. 5년 전의 얘기네요. 호적상으로는 2년 동안 부부였죠."

"그럼, 아이도 있겠네요?"

"유산했어요. 그자는 저와 결혼식을 올린 사흘 뒤부터 폭력을 일삼았고 술과 도박, 여자에 빠져 집에 들어오는 날이 거의 없었죠. 어쩌다 들어온 날 관계를 해도 제 배 위에 오르자마자 내려가곤 했었죠. 그래서 섹스가 상상했던 것과는 너무 다르고, 남자들은 다 그런 줄 알았죠. 한 번도 오르가슴을 느껴본 적이 없었어요. 그런데 오늘 손님은 그게 아니라는 것을 확실히 알려 줬어요. 어머, 오늘 처음인 손님에게 별의별 말을 다 하고 있네요. 호호."

금숙은 손을 입술에 대고 민망한 표정을 지었다. 그녀는 남편이 3년 전 어떤 여자를 태우고 음주 운전을 하다 전봇대를 정면으로 들이박고 그 자리에서 둘 다 죽었다고 했다. 이후 남자를 거들떠보지 않은 이유가 남편의 불성실한 잠자리 때문이라고 말하고 싶었던 것 같다. 술과 도박, 섹스는 삼총사가 아닌가 싶을 정도로 얽혀 있는 것이 사실이다. 윤석이 금숙과 섹스를 하게 된 것도 술이라는 매개체가 있었기 때문이다. 윤석이 민망해하는 금숙을 달래기 위해 말을 꺼냈다.

"실례인 것 아는데 나이가 어떻게 돼요?"

"올해 딱 스물아홉이요."

윤석은 놀란 눈으로 금숙을 잠시 바라봤다. 그녀는 실제 나이와는 달리 20대 초중반으로 보이는 동안이었다.

"상당히 어려 보이는데…?"

"그런 말 많이 듣죠. 손님은 몇이세요?"

"스물둘이요."

"좋을 때네요. 이제 서로 편하게 말해요. 볼일 다 보고 속 다 털어놓았는데 새삼스럽게 내외할 것도 없을 것 같아요. 호호."

"그러죠. 그렇다고 하룻밤 잤으니 '여보'라고 부르라는 건 아니죠? 하하."

"농담도 잘하네. 나는 솔직히 동생이 여보가 돼 준다면 너무 좋겠어. 호호."

"그럼 누나? 나이 차로는 누님인데 뭐라고 부르죠?"

"남녀 간에 나이가 무슨 상관이야. 둘이 있을 땐 누나, 아니, 여보라고 해도 괜찮지. 호호. 밖에서는 누님."

"둘이 있을 때와 밖에서라뇨?"

"밖에서 누가 물으면 사촌 누님이라 하라는 거지."

"그래, 누나. 알겠어."

정에 굶주렸던 윤석과 남자 맛을 제대로 안 금숙은 날마다 섹스로 밤을 새웠다. 금숙의 방은 엄마가 운영하는 식당에서는 가깝지만, 길에서는 떨어진 곳이었다. 매일 밤 금숙의 신음은 거리낌이 없었고 이대로 죽어도 좋겠다는 생각으로 매번 윤석을 힘껏 끌어안았다. 금숙은 엄마가 운영하는 식당에서 윤석의 식사를 차려 왔는데 메뉴에는 영양탕이 빠지지 않았다. 금숙 엄마는 매일 그런 상을 차려 놓고 가져

가게 했는데 마치 사위를 위한 정성스러운 상차림 같았다.

금숙 엄마는 딸의 얼굴에 화색이 돌고 눈빛이 반짝이는 것이 좋아 지난 두 달을 빠짐없이 그렇게 해 왔다. 하지만 한편으로는 근심을 거둘 수 없어 눈치를 보며 물었다.

"금숙아, 너 저 학생하고 언제까지 이러고 있을 거야?"

"뭘 언제까지야? 서로 좋아서 그러는데 싫어질 때까지는 있어야지. 호호."

"그 학생이 앞으로 너랑 살아 주기라도 한대? 나이 차이도 큰데."

"엄마는? 남녀 간에 나이 차이가 왜 중요해? 서로 마음 맞으면 되지."

"마음만 먹고 사니? 그 학생은 한창 물이 오를 때이고 너는 하루하루 늙어갈 건데 마음이 항상 지금 같을 줄 알아? 늦기 전에 재취 자리라도 알아봐야 하잖아."

"엄마! 딸이 맘에도 없는 사람에게 그렇게 맞고만 살다가 이제야 맘에 드는 남자랑 만나 좀 재밌게 지내는 게 그렇게 못마땅해? 그리고 재취 자리에는 죽어도 안 가!"

금숙 엄마는 할 말이 없었다. 엄마로서 할 수 있는 얘기를 했을 뿐인데 딸은 자기의 행복을 방해하는 것으로만 여기는 듯했다. 금숙은 엄마의 말을 무시하고 계속 윤석을 데리고 춘천 시내를 돌기도 하고 외곽으로 다니며 데이트를 즐겼다. 금숙은 윤석이 먼저 말을 꺼내지 않는 한 결혼해서 평생 같이 살자는 말은 차마 하지 못했다. 나이 차이도 차이지만 사법시험을 준비하고 있는 윤석의 미래도 생각하지 않을 수 없었다. 언제 떠나갈지는 몰라도, 그때까지라도 그저 남녀로 즐기고 싶은 생각밖에 없었다.

　7월 초 윤석은 별안간 짐을 싸기 시작했다. 짐이라야 서울에서 입고 온 초여름 상 하의에 책 몇 권, 그리고 금숙이 사 준 몇 벌의 바지와 티셔츠 정도였다. 깜짝 놀란 금숙이 무슨 일이냐고 물었고 윤석은 둘러댔다.
"아, 모래가 엄마 생신인데 오랜만에 찾아뵈려고."
"그래? 찾아봬야지, 그럼, 언제 올 건데?"
"음, 정확히 모르겠는데 올 안에 시험 끝내려면 시간이 좀 걸릴 것 같아."
"너 서울 가서 다른 여자 만나는 거 아니지?"
"누나는, 나의 첫사랑 누나를 두고 내가 딴짓하겠어?"
"그냥 해 본 소리야. 설사 네가 다른 여자를 만난다고 내가 무슨 자격으로 말리겠어. 호호."
　윤석은 메모지를 꺼내 연락처를 적어 금숙에게 전했다. 하숙집을 다시 얻기 전까지는 주소지가 없어 이미 3학년이 됐을 동기생의 하숙집 주소를 적었다. 사실 윤석도 금숙과 계속 즐기며 시간을 보내는 게 싫지 않았다. 하지만, 걱정이 깊어진 금숙 엄마의 눈치가 보여서 더는 머물기가 민망했다. 그래서 있지도 않은 엄마 생신을 만들어 상경하기로 한 것이었다.

05. 실습

상경한 윤석은 방학 중인 친구들과 두 달 가까이 어울려 놀았다. 그러다가 하숙집을 얻고 야간에는 법학과 지망 수험생 몇을 모아 과외지도를 했는데 그 수입이 만만치 않았다. 가을이 깊어 가던 어느 날 사법시험 3차 일정이 나왔다는 후배의 말을 듣고 준비를 시작했다. 3차는 면접으로서 면접관들 앞에서 떨지만 않으면 된다. 그래도 혹시나 몰라 매일 거울 앞에 서서 연습을 거듭했다.

시험 당일 수험장에 일찍 도착한 윤석은 자기 차례가 언제일지 궁금증을 갖고 기다렸다. 두 시간쯤 지나도록 이름을 부르지 않았다. 그러다가 면접시험이 모두 끝났는지 면접관들이 나오기 시작했다. 당황한 윤석은 면접 담당 창구 직원에게 사정을 말하고 어떻게 된 거냐고 문의했다.

"아, 여기 있네요. 2차에 합격했으니, 정상적으로는 이번 3차 대상이긴 한데 전과가 있군요. 그래서 면접 대상에서 빠진 겁니다."

"전과요?"

"네, 지난 4월 말에 집행유예 1년 받았네요."

"맞아요."

"그럼, 내년 4월에 집행유예가 끝나고 그로부터 2년이 지나야 하니까 93년 5월 이후라야 3차 응시 자격이 회복돼요."

윤석은 맥이 풀려 다리가 후들거렸다. 집회에 가담하지 않았어야 했다는 생각이 계속 머리를 맴돌았다. 그렇다면 내년 3학년 진학도 불투명하다. 내년에도 아르바이트나 하고 허송세월해야 하는가. 나의 목표가 고작 과외 선생이었던가? 연수원에서 나와 버스와 지하철을 갈아타고 서초동에 내린 윤석은 어차피 법관 되기는 그른 것 같아 마지막으로 법원 건물이나 한번 훑어보기로 했다. 웅장한 건물이 '2차까지 합격한 놈이 미련하게 데모는 왜 했어?'라고 호통을 치는 듯했다. 윤석은 점심 겸 저녁을 먹기 위해 법원 근처 식당 쪽으로 걷던 중 변호사 사무실 창에 붙은 모집공고를 봤다.

'변호사 보조 직원 모집. 사법시험 1차 이상 합격자 환영!'

아직 3차 시험에 대한 미련을 버리지 못한 윤석은 왠지 구미가 당겼다. 과외 선생보다는 이곳에서 근무하면 법원의 정보도 얻고 공부도 할 수 있겠다는 생각에서였다. 사무실 문을 열자, 직원이 어떻게 왔냐고 물었고 윤석은 밖에 붙어 있는 모집 광고를 보고 왔다고 했다. 직원과의 대화가 변호사실까지 들렸는지 안쪽에 있던 변호사가 이리 들어와 앉으라고 했다. 대표 변호사는 명함을 건네며 말을 이어 갔다. 이름이 이석현이었다.

"어서 오세요. 벽보 보고 오셨다고요?"

"네, 서윤석이라고 합니다."

"우선 요건에 맞아야 하는데 1차 합격한 거죠?"

"2차까지 마쳤습니다."

"아 그래요? 2차면 더 좋지요."

"네."

"하는 일은?"

"네, 2차 합격하고 휴학 중입니다."

"그래요? 오늘 3차 있었는데 가지 않았어요?"

"네, 사정이 있어서 미뤘습니다."

"그렇군요. 혹시 내일부터 출근 가능한가요?"

"그렇게 하겠습니다."

"사무장 옆자리를 쓰시고 호칭은 간사로 하겠습니다."

"잘 알겠습니다."

윤석은 일사천리로 취업했다. 월 수익으로 치면 과외가 훨씬 많지만, 직장과 아르바이트와는 안정감에서 차이가 있었다.

대표인 이석현 변호사는 민사소송 팀이 아닌 형사 사건을 전문으로 한다고 했다. 절도에서 폭행, 강도, 살인까지 다양한 피해자와 피의자, 그 측근들이 수시로 드나들며 변호를 요청했다. 그중에는 어렸을 때 버려져 시설에서 자라다 나이가 차서 사회에 내보내진 이들이 꽤 있었다. 그들에게는 가족도 지인도 없다. 아직 스물도 안 돼 낯선 세상과 맞닥뜨린 그들은 시설을 나올 때 받은 지원금 300만 원이 전 재산이다. 그런데 그조차 불량배들에게 갈취당하거나 사기를 당하기 일쑤다. 그들은 당장 배고픔과 주거를 해결하기 위해 절도부터 시작해 강도 피의자까지 된 경우가 많았다. 그들에게는 변호사비를 대 줄 누구도 없다. 종교계나 인권 단체에서 찾아와 가엾이 여겨 변호해 달라고 사정하기에 바쁘다. 이석현 변호사는 그들에게 소액의 비용으로 변호를 맡아주거나 무료 변론을 하기도 했다. 반면, 계획 살인, 강도, 강간 등 파렴치범이나 약자에게 물질적, 정신적으로 피해를 준 피의자들은 돈을 보따리로 싸 들고 와도 무조건 변호를 거절했다.

1년 이상 이를 지켜본 윤석은 3차 시험에 합격해 연수원에 들어가느니 변호사가 되어야겠다고 마음을 굳혔다. 자신도 불우한 처지를 경험했기 때문에 약자를 돕는 것이 자신이 앞으로 해야 할 일이라고 생각한 것이다.

윤석은 변호사 사무실에 근무하면서 많은 것을 배웠으나 3학년 복학을 위해 부득이 퇴사했다. 집행유예 전과는 성탄 특사로 이미 사면·복권되었다. 따라서 그해 가을 변호사 시험을 보는 데는 문제가 없었다. 이석현 변호사는 손을 내밀며 서운함을 표했다.

"그동안 열심히 도와줘서 일이 쉬웠는데, 아쉽네. 언제쯤이면 다시 손잡고 일할 수 있을까?"

"변호사님, 그동안 많이 배웠습니다. 저도 변호사 시험 준비하면서 학업은 마칠 계획입니다. 앞으로 2년은 걸리지 않을까 생각하는데 졸업하기 전에라도 가끔 들르겠습니다."

"그래요. 2년 뒤에는 변호사와 변호사끼리 만나 사무실을 공동 운영해 보자고."

"잘 알겠습니다. 그동안 고마웠습니다."

윤석에게 2년이라는 시간은 그리 길지 않았다. 3학년으로 복학한 윤석은 학과 회장으로 추대돼 선후배를 위해 몸과 마음을 다했다. 4학년에 진학해서는 졸업논문 준비 등으로 지도부에서는 빠졌지만, 여전히 자신을 찾는 후배들을 위한 멘토 역할을 게을리하지 않았다.

사면·복권되었기 때문에 잠시 3차인, 면접시험도 생각했으나 지난 2학기 기말시험 직전 있었던 변호사 시험에 합격했고 협회에 가입도 했다. 그리고 졸업 후 약속한 대로 이석현 변호사를 찾았다. 이석현 변호사는 두 팔을 벌려 환영했다. 그리고 앞으로 어떻게 할 것인가에 관해 대화를 나눴다.

"오, 서윤석 간사. 아니지. 서윤석 변호사님 오셨네. 하하."

"'님'은 빼십시오. 초면도 아니고, 대선배님이신데 평소처럼 대해 주세요."

"그럴까. 서윤석 변호사, 하하."

"전에 계시던 사무장님은 안 보이시네요?"

"아, 1년 전에 결혼한다고 그만뒀는데 다시 나오라고 해도 안 나오더군."

"그래서 남자 사무장님을 두셨군요."

"그렇지, 그 얘기는 천천히 하고…. 앞으로 어떻게 할 건지 얘기해 보자고."

"사실 저는 여기 있는 동안 소송자료 등에 대해서는 많이 배웠지만, 변호사로서 제가 할 일이 무엇인가에 관해서는 아직 감이 안 잡힙니다."

"그건 서 간사, 아니 서 변호사뿐만 아니라 새내기 변호사들 모두 같은 고민이지. 나라고 처음부터 개인 사무실 차리고 시작했겠나. 경험을 쌓아야지."

"그럼 어떤 방법이 있을까요?"

"우선은 나랑 동업해. 변호사는 수임료가 유일한 수입원인데 초짜가 개업한 사무실에 누가 일을 맡기겠어?"

윤석은 잠시 생각했다. 사무실을 별도로 얻을 만한 자금도 없는 데다 초짜 변호사가 맡을 수 있는 사건은 거의 없는 것이 맞다. 그렇다면 이석현 변호사의 동업 제의는 엄청난 행운으로 볼 수 있다.

"동업은 어떻게 하는 겁니까?"

"원래 동업이란 게 투자나 분배가 공평해야 하는데 서 변호사는 현재 현금이나 다른 재산이 없는 걸로 아는데 맞나?"

"네, 성수동 쪽에 단칸방 전세 하나 있습니다."

윤석은 고등학교 2학년 때부터 전체 수석을 놓치지 않았다. 장학금이 많은 대학을 골라서 입학했고 대학 1학년 때 사법시험 1차에 이어 2학년 때 2차까지 합격했다. 장학금은 당연히 윤석의 독차지였다. 학내 장학금도 적지 않았으나 국가나 대기업 등에서 내건 조건을 충족해 외부에서 받는 장학금이 훨씬 많았다. 중간에 2년을 쉬기는 했지만, 윤석은 대학 졸업반이던 지난 겨울방학 때 그동안 저축해 놓은 돈으로 단칸방이긴 해도 주방까지 딸린 주택을 전세로 얻었다. 변호사 사무실은 집 앞에서 15분 정도 마을버스를 타고 성수역에서 전철로 갈아타고 교대역에서 내린 다음 10분쯤 걸으면 된다. 출근 시간이 좀 길었다. 그렇다고 서초동 근처로 방을 옮길만한 경제적 여유는 없었다.

"그럼 이렇게 하는 게 어떻겠어. 1년은 넉넉하진 않겠지만 내가 생활비를 주겠어. 그리고 2년 차부터는 사무실 운영비, 다른 변호사와 직원들의 월급을 제하고 내가 7, 서 변호사가 3, 3년 차부터는 내가 6, 서 변호사가 4로 나누는 거지. 이후는 서 변호사가 독립해서 개인 사무소를 차릴 수도 있고 계속 함께할 수도 있는 방법이 있는데 어떻게 생각해?"

"글쎄요. 좀 혼란스럽습니다."

"구체적으로 말하면 재작년에 근무한 것을, 경력으로 쳐서 이달부터 성과에 상관없이 1년은 7급 공무원 수준의 월급을 주겠어. 물론 넉넉하진 않을 수도 있겠지. 그리고 휴일은 무조건 쉬고 평일에도 특별한 사정이 없을 때는 출근하지 않아도 돼. 이제 변호사이고 동업자인데 직원 부리듯 할 수는 없지. 하하. 문제는 2년 차부터인데 수입이 불규칙해. 그건 수임료에 따라 분배가 되기 때문이지. 극단적으로 말하면 한 건만 잘해도 한 달에 1년 치 월급을 가져갈 수도 있지. 반면 건수가 적으면 1년 내내 차비만 가져갈 수밖에 없을 때도 있다는 거지. 이해되나?"

이석현 변호사는 생색을 계속 이어갔다.

"솔직히 내가 서 변호사에게 이런 제의를 한 것은 예전에 1년 이상 지켜본 결과야. 성실함에 신뢰가 갔다는 거야. 바보가 아니고서야 누가 초짜 변호사에게 이런 획기적인 제안을 하겠나? 약 15년 전인데 그때 나는 1이었어. 즉 대표 변호사가 8, 나와 다른 변호사 한 명이 있었는데 그 사람도 1이었지. 그래도 배우는 게 중요해서 불만이 없었어. 퍼센트로 계산하면 2년 차에 15%, 3년 차에 20% 그리고 4년 차부터 25%였지. 퇴직할 때까지 말이야."

이 바닥에서 이석현 변호사 말고는 아는 사람이 없는 윤석에게는 파격적인 제안인 것이 맞다. 주변에서 사법시험 준비를 위해 거의 무보수로 일하는 친구들도 많이 본다. 거기에 비하면 윤석은 2년 전에도 월급을 받았으니 이석현 변호사가 자신을 많이 신뢰하고 있다는 믿음이 들었다. 윤석은 더 망설일 필요가 없다고 생각했다. 이제 20대 중반으로 가정이 있는 것도 아니고, 크게 돈이 필요한 것도 아니다. 처음엔 예전의 월급 수준의 수입이면 좋겠다는 생각을 잠깐 했었다. 1년은 성과가 없어도 7급 공무원 수준의 월급을 주겠다는 제안을 거절할 이유가 없었다. 다만, 2년 차부터인데 그건 그때 가서 생각하면 된다.

"네, 열심히 하겠습니다."

이석현 변호사는 윤석의 등을 툭툭 치면서 자신의 제안에 동의해 준 데 대해 만족한 표정을 지었다. 다음 날 대표 변호사는 윤석의 이름이 박힌 명함을 건넸다. 명함에는 사무실 명칭과 변호사 서윤석, 그리고 사무실 주소와 전화번호만 달랑 인쇄되어 있다. 뭔가 허전해 보였지만 어떤 직책이 있는 것도 아니고 아무리 생각해도 더 보탤 것이 있지 않았다.

2
사랑의 유통기한

01. 제조일만 선명할 뿐

 윤석은 그 누구에게도 출생의 비밀을 말하지 않았다. 부모의 이름도 모르고 얼굴도 한 번 본 적이 없다. 당연히 친척이 있는지 없는지도 모른다. 자신의 성이 서 씨가 된 것은 보육원 원장 수녀의 성이 서 씨였기 때문이다. 윤석은 어디서 태어났는지도 모른다. 24년 전 겨울 어느 날 '가브리엘 보육원'에 자원봉사자로 출근하던 누군가가 홑이불에 싸여 울고 있던 핏덩이를 안고 왔다. 윤석의 생일이 12월 20일인 것도 태어난 날이 아니라 버려진 날이었다. 그때부터 윤석은 고등학교를 마칠 때까지 수녀들과 자원봉사자들의 손에 키워졌다. 그 보육원은 자연스럽게 윤석의 출생지와 고향이 되었다. 어렸을 때 또래 아이들을 상대로 짓궂은 장난질을 할 때 원장 수녀가 간혹 야단을 치긴 했어도 항상 엄마 같은 분이었다. 윤석이 원장 수녀가 엄마가 아니라는 것을 안 것은 초등학교 입학식 때였다. 다른 엄마들은 가지각색 예쁜 옷을 입고 멋진 신발도 신고 왔는데 원장 수녀는 안에서나 외출할 때나 항상 그 차림이었다. 거기까지는 의아하게만 생각했는데 결정적으로 원장 수녀가 내 엄마가 아니라는 것을 알게 한 것은, 학부모 중 한 명이다. 어떤 아이의 엄마가 손가락질로 윤석과 같이 입학한 보육원 애들을 가리키며, 자기 아이에게 소곤거렸는데 윤석이 그 소리를 듣게 되었다.

"쟤네 보육원 애들이야, 엄마 말 안 들어 버려진 애들을 수녀님이 데려다 키우고 있는 거야. 그러니까 너도 엄마 말 잘 들어야 해. 알았어?"

윤석에겐 충격이었다. 그날 이후 윤석은 매사에 반항심을 드러냈고 다른 아이들에게 장난이 아닌 폭력을 일삼았다. 초등학교 내내 그랬고 원장 수녀가 수시로 학교에 불려 갔다. 그래도 원장 수녀는 돌아와 가볍게 훈계한 뒤 꼭 안아 주었다. 그러고는 윤석이 착하고 훌륭한 사람이 되도록 해 달라고 기도했다. 소심하고 폭력적이던 윤석은 그 기도와 격려를 매일 들으며 자랐고, 사춘기를 지나자, 누구보다 공부에 집중했다. 고등학교 2학년 때부터 전체 수석을 하게 된 것은 원장 수녀의 기도 덕분일 수도 있다. 대학교 졸업사진에는 원장 수녀와 자원봉사 선생님들 그리고 애인이 된 후배 서희뿐이었다. 윤석은 이제까지 상대가 누구든 자신의 불행했던 과거를 드러내어 부담을 주기 싫었다. 2년째 사귀어 온 서희에게도 졸업식 날 저녁 식사를 마친 뒤 카페로 자리를 옮긴 다음 처음으로 자신의 과거를 고백했다.

칸막이가 있는 구석진 테이블에 앉은 윤석은 솔직히 자신의 성장 과정이 이런데도 계속 사귀겠는지를 알아보고 싶은 속마음이 있었다. 혹시나 서희가 실망하고 돌아서더라도 매도 일찍 맞는 게 낫지 않겠느냐는 심정도 있었다. 자신의 과거를 털어놓는 동안 눈은 충혈 됐고, 입술을 피가 흐르도록 깨물기도 했다. 속이 타올라서 찬 맥주를 쉼 없이 마셨다. 다른 손님들 때문에 소리는 내지 못했지만, 서희는 눈 화장을 적시며 흐르는 눈물을 감추지 못했다. 윤석은 손수건을 꺼내 서희의 얼굴을 닦아 주며 울게 만들어서 미안하다는 말을 몇 번이고 되풀이했다. 서희가 잠시 눈물을 멈추고 손거울을 꺼내어 얼굴을 고치며 차분히 말했다.

"선배님, 제가 끝까지 곁에 있을게요. 아니, 지켜 드릴게요."

"고마워."

지난 2년간 서희의 마음 씀씀이에 자주 감동하고 신뢰가 쌓인 윤석은 차마 말할 수 없는 한 가지를 빼고는 살아온 과정 모두를 털어놓았다. 지금은 이석현 변호사의 수발을 드는 새내기 변호사에 불과하지만, 언젠가는 개인 사무실을 낼 수 있을 것이다. 경험을 더 쌓고 실력을 인정받으면 명성이 있는 로펌에서 손을 내밀 수도 있다. 어쨌든 현재 직업이 변호사라는 명함만으로도 서희의 부모님께 미래가 불투명한 청년으로 오해받을 일은 없겠다고 생각했다.

윤석은 서희를 앞세워 회기동에 있는 서희네 집을 들르기로 했다. 서희는 초인종을 누르면서도 마음이 두근거렸다. 긴장하기는 윤석도 마찬가지였다.

"엄마, 아빠. 선배님과 함께 왔어요."

"그래, 들어와라."

서희와 윤석이 들어서자, 서희 엄마 아빠는 기다리고 있었다는 듯

환한 얼굴로 반겼다. 서희 엄마가 먼저 입을 열었다.

"이게 누구야, 3년 전 서윤석 학생 맞죠?"

"네. 그때 걱정 끼쳐 드렸던 서윤석 맞습니다."

"걱정을 끼치다니 학생 아니었으면 우리 서희가 큰 고생 할 뻔했어요."

서희가 끼어들었다.

"엄마, 졸업하고 직장 다니는데 계속 학생이야?"

"아, 그렇구나. 어쨌든 너무 반가워요. 우선 앉아요."

"네. 알겠습니다."

어느새 서희는 냉장고에서 포도 주스를 꺼내 와 따랐다. 엄마, 아빠 그리고 윤석에게 따른 후 자신도 한 잔 따라 앞에 두고 윤석 곁에 자연스럽게 앉았다. 윤석은 주스 잔을 들기 전 소파에서 일어나 서희 엄마, 아빠에게 허리를 한 번 숙인 뒤 새롭게 인사를 했다.

"3년 전에는 경황이 없어 이름만 밝혔습니다만 정식으로 인사드리겠습니다. 저는 작년에 변호사 시험에 합격했고 올봄 학교 졸업 후 아는 변호사님과 함께 서초동에서 일하고 있습니다. 아직 초짜라서 자립은 천천히 생각해 볼 참입니다."

"그래요. 서희에게 얘기 다 들었어요. 아직 젊으니 개인 사무실은 천천히 생각하는 게 맞는 것 같아요."

"아버님, 말씀 낮추십시오. 부담스럽습니다. 서희에게 아빠이시니 제게도 아버님이십니다."

"그래요. 그럴 수도 있겠군. 그나저나 우리 서희가 아직 어리기는 하지만 하도 서 군 이야기만 해서 한번 만나 보고 싶었네."

"변변치도 못한데 귀한 시간 내주셔서 정말 감사합니다, 아버님."

"학교생활은 지난 3년간 서희로부터 들었으니 됐고 가족관계는 어떻게 되는가?"

윤석은 가볍게 인사만 하고 가려고 했기 때문에 그런 질문이 나올 거라고는 상상하지 못했다. 윤석이 당황하며 망설이는 사이 이를 눈치챈 서희가 끼어들었다.

"아빠는 참, 시시콜콜하게 족보 따지려고요? 선배 부모님 지금 미국에 계세요. 다만 최근 소식이 끊겨 계속 수소문하고 있는데 금방 연락이 되겠죠."

"으음, 그렇구나. 속이 탈 텐데 괜히 물어서 미안하네."

"괜찮습니다. 그럼, 저는 오늘 저녁 다른 약속이 있어서 죄송하지만 이만 일어서야겠습니다."

"다음에 시간 되면 또 오게나."

"네, 알겠습니다."

윤석이 일어서려는 찰나 서희가 발목을 잡았다.

"욱, 우웩, 우웩, 우우…."

남은 주스를 마시고 윤석을 따라 일어서려던 서희가 갑자기 헛구역을 하기 시작했다. 서희 엄마는 눈이 동그래지며 서희를 부축했다. 서희 아빠 역시 어떤 눈치를 챈 듯했다. 윤석은 당황했다. 이럴 땐 어떻게 대처해야 하는지 앞이 캄캄했다. 그때 서희가 둘러댔다.

"엄마, 괜찮아. 아까 점심때 당기지도 않는 국수를 친구들과 먹었는데 그때부터 속이 안 좋았어. 국수 싫다는 데도 애들 등쌀에 억지로 먹었더니 속이 놀랐나 봐, 호호. 선배님 바래다주고 올게."

서희 엄마는 한숨을 내쉬었고 아빠는 뭔가 복잡한 표정이었다.

서희와 윤석의 첫 관계는 작년 성탄 때였다. 둘은 명동에서 저녁을 먹고 늦게까지 술을 마셨는데 윤석이 계산을 마친 다음 그녀를 일으키려고 했으나 서희는 꿈쩍도 하지 않았다. 윤석은 난감했다. 근처 숙박 시설은 모두 만원이었고 서희네 집도 회기동이라는 것 말고는 몰랐다. 설사 안다고 하더라도 그 상태로 집에 들여보내는 것은 서희 부모에게 너무나 송구한 일이었다. 윤석은 어쩔 수 없이 택시를 이용하여 얼마 전 얻어 놓은 단칸 전세방으로 서희를 데리고 갔다. 냉수에 수건을 적셔서 몇 차례 이마와 얼굴을 닦자, 서희가 눈을 가늘게 떴다.

"선배님, 어떻게 된 거죠?"

"응, 오늘 과음한 것 같아. 일어서지 못해서 주변의 숙박 시설을 찾았는데 모두 만원이었어. 그래서 너에게 집 주소를 물었으나 도무지 깨어나질 못하더라. 그래서 어쩔 수 없이 내 방으로 데리고 왔어."

"여기가 선배님 집이에요?"

"하숙집 구하기도 마땅치 않아서 전세로 들어왔어."

"식사 같은 건 어떻게 해결해요?"

"근처에 식당 하나 정해 놨지. 저녁만 먹지만 괜찮게 나오더라고."

"여기 무슨 동이에요?"

"성수동."

"가까우면 내가 우리 집에서 좀 챙겨올 수도 있는데 너무 머네요."
"그런 건 신경 쓰지 말고 푹 쉬어. 그리고 아침 일찍 들어가야 부모님께 야단맞지 않지."
"선배님, 제가 아직도 어린애로 보이세요? 저 성인이에요."
"성인이고 아니고가 아니라 부모님이 걱정하실 테니 일찍 들어가라는 거지."
"그럼, 선배님은 어디서 잘 거예요?"
"좀 떨어져 자면 되지."
"선배님, 저, 싫으세요?"
"누가 싫다고 했어?"

서희는 갑자기 윤석의 목을 휘감아 당겼다. 윤석의 얼굴이 얼떨결에 서희의 입술과 맞부딪혔다. 윤석은 서희를 실오라기 하나 없이 벗겨내고 배고팠던 맹수가 먹이를 찾은 듯 삼키고 있었다. 서희는 첫사랑 금숙이만큼 노련하지는 않았어도 그녀를 능가할 싱싱한 향기가 있었다. 정신을 차린 윤석과 서희는 만족을 공유하면서도 한편으로는 걱정이 앞섰다. 서희가 윤석을 완전히 자기 것으로 만들기 위한 술수였던 게 맞았다. 그런데 윤석은 무엇인지 알 수 없는 두려움과 켕김이 있었다. 하지만 그런 걱정은 그날뿐이었고 서희는 엄마, 아빠에게 친구들과의 해맞이 구경, 달맞이 구경 등 이런저런 핑계를 대며 그날 이후로도 윤석의 방을 수시로 드나들었다.

서희가 헛구역질할 때부터 이상한 낌새를 눈치챈 서희 엄마는 조급해졌다. 조용히 서희를 불러 추궁하자 서희는 사실대로 털어놨고 남편에게도 알렸다. 4월 중순이었다. 언제 임신이 된 것일까? 서희 엄마는 같은 병원 산부인과 이철희 교수를 만나 상의했지만, 일단 딸아이가 와야 진단을 내릴 수 있다고 했다. 서희 엄마는 며칠 뒤 서희를 데리고 이 교수를 다시 찾았다. 검사 시간은 오래 걸리지 않았고 서희와 엄마는 이철희 교수가 보여주는 사진을 보며 설명을 들었다.

"임신 맞아요. 8주 정도 됐네요."

서희는 계산해 봤다. 8주면 음력 정월 대보름에 있었던 쥐불놀이를 구경하고 선배하고 잤던 날이다. 그럼 어떻게 되는 거지?

"교수님, 애가 아직 학생인데 어떻게 안 되겠어요?"

"교수님도 잘 아시면서 윤리적인 문제를 떠나 실형을 살 수도 있는데 제가 모험을 하겠습니까?"

서희 엄마의 간절한 사정에도 이철희 교수는 더는 대답이 없었다. 실형을 면하더라도 200만 원 이하의 벌금이다. 벌금의 액수도 액수지만 전과 기록이 남는다. 수업이 없었던 서희 아빠가 집에서 기다리고 있었다.

"여보, 이 교수 만났어?"

"예, 만나서 사정해 보았는데 방법이 없대요."

"이 교수도 난처했겠지. 내가 의사라도 할 말이 없었을 거야."

"그럼, 이 일을 어떻게 해야 해요?"

오랫동안 침묵하던 서희 아빠가 입을 열었다.

"기왕에 이렇게 된 거 자기네도 좋아하고 우리 체면도 있고 하니 속전속결로 처리합시다."

"속전속결이라니요?"

"고민만 한다고 해결되나? 서희 배불러 오기 전에 둘이 묶어 주자는 거지."

"그래도 절차라는 게 있는데."

"서윤석 군 부모님은 미국에 있다지만 국내에 친척이라도 있을 거 아냐?"

"그래서요?"

"한번 인사하고 날짜 잡자, 이 말이지."

서희 엄마는 아빠 말에 동의했고 바로 서희를 불렀다. 윤석의 일정 때문에 약속도 없고, 나갈 일이 없어 방에서 뒹굴던 서희는 바로 제 방에서 나와 앞에 앉았다.

"서희야, 선밴지 뭔지 당장 데리고 와."

"왜, 야단치려고?"

"야단치지 말라는 법이라도 있어?"

"엄마가 그렇게 나오면 나 데리러 안 가!"

"좋은 말할 때 데려와 너희들 결혼 이야기하려고 하는 거야."

"어! 엄마, 고마워!"

부모야 속이 타든 말든 서희는 신이 났고 근처 공중전화에서 바로 변호사 사무실에 전화를 걸었다.

"선배님, 퇴근하고 바로 우리 집으로 오세요. 위치 아시죠? 좋은 소식이에요."

"좋은 소식? …그래, 일곱 시쯤 도착할 것 같아."

"네에."

윤석은 서희가 좋은 소식이라는 게 대체 뭔지 감이 잡히지 않았다.

서희 부모의 심경이 편하지 않을 거라는 생각을 하며 초인종을 눌렀다. 서희가 달려 나와 윤석을 거실로 안내했다. 서희 부모의 표정은 어두웠으나 아무 야단도 치지 않았다. 윤석에게는 그것이 더 불편했다. 윤석은 무릎을 꿇고 말을 꺼냈다.

"어머님, 아버님. 서희로부터 다 들었습니다. 저의 경솔함을 용서해 주십시오."

"일어나게나. 경솔했던 것을 안다니 다행이군. 오늘 자네를 부른 것은 야단치려고 한 것이 아니네. 앞으로 서희를 맡기겠네만 그래도 남의 눈도 있고 하니 형식은 있어야 하지 않겠나?"

"받아주셔서 고맙습니다. 아버님."

"전에 이야기하길 부모님은 미국에 계시는데 연락이 끊긴 상태라고 했지?"

"네, 그렇습니다."

"그럼, 국내에 가까운 친척이 있는가?"

갑자기 서희가 끼어들었다.

"아빠, 제가 알아요. 고모님이신데 아주 예쁘고 얌전해요."

서희 아빠는 윤석을 처음 만날 때도 그렇고 오늘도 서희가 결정적일 때 끼어드는 것이 살짝 수상했다. 하지만 기왕에 둘을 묶어 주기로 했으니 자포자기하는 심정으로 서희를 나무라지 않았다.

"그럼, 언제 한번 뵈었으면 하는데 바쁘지 않으신지 모르겠네."

"아, 예…."

"아빠 제가 시간 내달라고 하면 언제든 만나 주겠다고 하셨어요."

윤석은 지난 첫 만남에서 서희 부모에게 솔직하게 털어놓으려고 했었다. 그런데 서희가 위기에 처할 때마다 끼어들어 어른들의 시선이 윤석에게 집중되지 않도록 하고 화제를 다른 것으로 바꾸었었다. 하지만 오늘은 다르다. 뭘 믿고 저렇게 감당할 수 없는 거짓말을 하는지 당황스럽기도 하고 이해가 되지 않았다.

"그럼, 모레 12시쯤이면 어떨까? 서희는 후암동 근처 괜찮은 음식점 알아보고, 자네는 고모님 잘 모시고 오고."

"아, 예."

윤석은 서희 엄마가 정성껏 차린 저녁을 같이 먹었다. 식사 도중 간혹 난처한 질문이 나올 때는 밥이 목구멍에 걸리는 듯했다. 그때마다 발휘되는 서희의 거짓말 실력은 한 컵의 사이다 같았다. 순간순간 넘기긴 했지만 이미 커져 버린 거짓말을 어떻게 수습해야 할지 난감하다. 애초에 있지도 않은 고모가 모레라고 느닷없이 나타날 리가 없다. 식사를 마친 다음 윤석은 정중히 인사를 하고 대문으로 걸어나갔다. 서희가 바로 뒤따라왔고 둘은 근처 커피숍에 앉았다.

"서희야, 어떡하려고 거짓말을 그렇게 서슴없이 해? 내가 고모가 어디 있어?"

"없으면 만들면 되지 무슨 걱정이에요?"
"고모를 만들어?"
"네."
"어떻게?"

서희는 고모를 벽돌 찍어 내듯 마술이라도 부려 만들어내려는지 전혀 긴장하는 표정 없이 오히려 생글대며 말을 이어갔다.

"우리 친구들 엄마 많아요. 그중에 한 분 모시면 되죠, 호호."
"그걸 말이라고 해?"
"아, 기막힌 생각이 떠올랐어요. 선배님이 엄마 같다던 그 원장 수녀님 모시면 어떨까요? 엄마처럼 잘해 주셨다고 했잖아요. 그리고 수녀님이면 우리 엄마 아빠가 가족관계를 더는 묻지도 않으실 거고요."

윤석은 솔깃했으나 원장 수녀님이 아직도 보육원에 계신지, 계시더라도 부탁을 들어주실 것인지가 문제였다.

원장 수녀님을 만나러 가는 길이 착잡했다. 수녀님의 따뜻한 보살핌이 없었다면 내가 어찌 되었을까. 돌이켜 보면 그립기도 하고 미안한 마음에 가슴이 짠했다.

정문에 도착한 윤석은 깜짝 놀랐다. 대문은 녹슨 쇠사슬로 묶여 있었다. 혹시 폐원된 건가. 아니면 이사를 간 건가? 주변 슈퍼엘 들러 물었더니 다행히 폐원은 아니고 2년 전에 마포 쪽으로 이사했다고 한다. 버스를 타고 마포구청 앞에서 내려 구청 민원실에 보육원 위치를 물었다. 걱정했던 것보다 쉽게 찾을 수 있었다.

"원장 수녀님 안녕하세요?"

"오, 우리 윤석이 왔네. 어서 와. 그동안 잘 지냈어?"

"네."

윤석은 입을 떼기가 어려워 한참을 원장 수녀와 마음에도 없는 이야기를 주고받았다. 그리고 눈을 꾹 감고 사정을 털어놓았다.

"그러니까 나더러 고모가 되어 달라는 거네?"

"네. 죄송합니다."

윤석은 보육원을 나오며 흔쾌히 부탁을 들어주신 원장 수녀님이 고맙기도 했지만, 어리게만 봤던 서희에게서 어떻게 그런 깜찍한 발상들이 나오는 것인지 웃음이 나왔다.

둘의 결혼식은 이석현 변호사의 중개로 주례는 서울변호사협회 회장이 맡고 하객은 법학과 동기생 일부 등 거의 학교의 선후배들로 가득 찬 예식장에서 치러졌다. 이제 선후배가 아닌 남편과 아내로 행복한 나날을 약속했다.

두 사람을 서둘러 결혼할 수밖에 없게 만든 딸 아름이도, 무럭무럭 커가고 있었다.

02. 다가오는 파탄의 시계

윤석은 오랜만에 대학 동문회에 참석했다. 올림픽 학번이라고도 하는 88학번들이었다. 장소는 안양에 있는 친구가 병목안이라는 계곡 쪽으로 식당을 예약해 놓았다. 입구가 병처럼 좁지만 들어갈수록 넓고 길어지는 데서 비롯된 명칭이라고 했다. 병목안은 평소에도 이런저런 모임으로 늘 붐비는 곳이었다. 무더위가 절정인 삼복이면 복달임 인파로 인산인해를 이루며 식당 앞에서 줄을 서는 것이 당연시되는 계곡이기도 했다.

안양역에서 나와 버스를 타고 약속장소에 도착해 자리를 잡았다. 개인적으로 안부를 묻다가 몇 년 전부터 회장 자리를 지키고 있는 김현수가 개별적인 이야기는 천천히 하고 그동안 어떻게 살아왔는지 공개적으로 밝히자고 제안했다. 모두 박수로 동의했다. 남성 14명 여성 8명이 참석했는데 얘기를 듣다 보니 전공과 다른 길로 간 동문이 의외로 많았다. 판사 셋, 검사 셋, 변호사도 윤석을 포함해서 셋이었다. 그 가운데 여성은 판사 1명, 검사 1명, 변호사 2명이었다. 6명의 판검사는 나이에 비해 진급이 빨랐는지 나이 마흔에 모두 부장판사, 부장검사 명함을 내밀었다. 공식적으로 법조인이라고 할 수 있는 동문을 빼고 나머지 열셋의 직업은 다양했다. 평범한 회사원, 학원 강사가 있는가 하면 부동산 사무소, 꽃집, 액세서리 가게, 수입 의류상, 그리고 음식점 등을 운영하는 자영업자들도 많았다. 개중에는 부동산으로 한몫했다는 동기생들이 적지 않았다. 다들 그럭저럭 잘살아가는 것 같았다.

수다를 떤 시간이 얼마나 지났을까? 셀 수 없을 정도로 건배를 거듭하다 보니 계곡에는 어둠이 찾아왔다. 안양 시내로 나와 일부는 바로 귀가하고 또 일부는 안양 중심가에서 2차 회식을 하고 헤어졌다. 그래도 뭔가 아쉬웠던지 이기동은 자기가 일주일에 두 번꼴로 자주 들른다는 평촌의 한 술집으로 윤석을 이끌었다. 무슨 얘기를 나눴는지는 기억이 흐릿했지만, 빈 술병이 늘어 갔다. 윤석이 혀가 꼬인 듯한 어조로 입을 열었다.

"기동아, 너 술 마시러 오면서 쇼핑백은 왜 들고 다녀? 비상금을 쇼핑백에 넣고 다니지는 않을 거고, 입구를 스카치테이프로 붙인 걸 보면 뭐 소중한 게 있나 보다?"

"야, 너 춘천에 이금숙이라는 누나 있어?"

윤석은 별안간 머리카락이 주뼛하고 서는 걸 느꼈다. 탁자에 놓인 티슈를 꺼내 땀을 닦으며 대답했다.

"어, 우리 이종사촌 누님이야."

"근데 왜 내 하숙집으로 편지를 보냈냐?"

"아, 그때 내가 집시법에 걸린 다음 하숙집에서 쫓겨났었어. 그 하숙집 주인 아주 꼴통이더군. 그래서 일단 춘천 이모네로 가서 좀 쉬다가 오면서 누나에게 편지 부치려면 네 주소로 보내라고 했었지."

"그때쯤 나는 군대에 있었는데 헛 주소를 알려준 거네."

"그랬나? 그런데 네가 이금숙이 내 누님이라는 사실을 어떻게 알아?"

"군 복무 중 휴가는 몇 번 나왔지. 그렇다고 그 소중한 휴가를 하숙집 들르는 데 쓰겠냐. 고향 내려가 부모님과 불알친구들과 시간을 다 보냈지."

"그래서?"

"뭐가 그래서야. 제대하고 나서 하숙집에 짐을 챙기러 갔더니 주인 아줌마가 그동안 온 편지를 차곡차곡 쌓아 놓았더라. 그런데 당시만 하더라도 휴대폰이 흔했던 시절도 아니고, 있었어도 서로 번호를 몰랐을 거 아냐. 내가 하숙집을 옮기면서 버릴까, 고민하다가 한 장을 열어봤어. 그런데 내용이 심상치 않더라. 그래서 언젠가 너를 만나게 되면 전해주려고 챙겨 두었었지."

"그래서, 그 편지 아직도 네가 갖고 있어?"

"그렇지. 세월이 많이 지난 어느 날 편지들을 다 열어봤는데 그냥 누나 같지는 않아 보이던데?"

"음, 그 누님이 장난이 좀 심해. 그래서 올 때도 싸우고 와서 내가 편지를 받았더라도 답장 안 했을 거야."

기동이 들고 다니던 쇼핑백을 내밀면서 말했다.

"이게 그 편지 뭉치야. 애들 앞에서 공개하면 술판이 온통 너 놀리는 시간이 될 것 같아서 지금까지 꺼내지 않았어."

윤석은 놀라지 않았다. 이기동의 하숙집에 배달된 편지의 내용이 무엇인지는 대략 알고 있었다. 하지만, 동봉했다던 아들의 백일 사진, 돌 사진이 친구의 손에 들어갔다는 사실이 께름칙했다. 그냥 버렸으면 차라리 좋았을 것을…. 그렇다고 왜 남의 편지를 다 뜯어보고 왔느냐며 기동에게 짜증을 낼 수도 없는 일이었다.

윤석은 기동이 건네준 쇼핑백을 건네받고 4호선 평촌역에서 상행선 첫차를 탔다. 새벽까지 티브이 채널을 옮겨 가며 윤석을 기다리던 서희는 인터폰 소리를 듣고 뛰어가 윤석을 맞았다.

"아름이 아빠, 다녀오셨어요? 출근하시려면 조금이라도 눈을 붙이셔야죠."

서희는 윤석이 들고 온 쇼핑백을 재빨리 받아 서재 한쪽에 놓아두고는 그를 안방으로 이끌어 정장과 양말을 벗기고 침대에 눕혔다. 뒤늦게 취기가 오른 윤석은 금세 곯아떨어졌다.

03. 의부증

"잘 다녀오세요."

"응, 알았어."

윤석은 새벽까지 마신 술에 속이 좋지 않았으나 아침 9시에 찾아오겠다는 고객과의 약속을 지키기 위해 피곤한 몸을 이끌고 출근했다.

남편을 출근시키고 청소기를 돌리려던 서희는 문득 새벽녘에 윤석으로부터 받아서 서재에 놓아둔 쇼핑백이 궁금해졌다. 가끔 선물을 사 오기도 해서 무슨 특별한 날인가 생각해 봤지만, 기억나는 게 없었다. 서희는 아무렇게나 붙여진 스카치테이프를 잘라 내고 쇼핑백을 열었다. 들여다보니 뜯긴 편지봉투가 여럿 들어 있었다. 민원인들의 편지일까? 봉투가 뜯겼다면 다 읽었다는 것이다. 서희는 쓰레기봉지를 준비하고 쇼핑백의 편지들을 옮겨 담기 시작했다. 그러다가 흘린 편지봉투의 주소를 보니 발신지가 강원도 춘천이었다. 다시 쓰레기봉투에 무심히 구겨 넣던 중 다시 하나를 흘렸는데 그 봉투에도 발신자 주소가 똑같이 강원도 춘천으로 돼 있었다. 이상하다는 생각에 쇼핑백을 아예 바닥에 다 쏟았다. 그런데 20여 통의 편지봉투가 모두 같은 주소에 같은 발신인으로 돼 있었다.

'누구지? 강원도 춘천 이금숙?'

서희는 편지를 하나 꺼내 읽어 내려갔다.

「윤석아, 잘 올라갔지? 누나는 너랑 함께했던 지난 두 달이 꿈만 같아. 아마 평생 잊히지 않을 거야. 헤어지기 정말 싫었지만 내가 너의 앞날을 막을 자격은 없지. 어떡하든 3차 합격하고 좋은 여자 만나 잘 살기를 바란다. 1990년 7월 5일. 춘천에서 누나가.」

누나가? 윤석이 일가친척이 없는 천애 고아라는 사실은 결혼식 때 윤석의 엄마 대신 원장 수녀님이 고모라며 부모 좌석에 앉히는 것으로 이미 증명이 됐다. 당연히 시댁의 누구라고는 한 명도 소개받은 적이 없다. 서희는 좀 더 알고 싶어서 다른 편지를 꺼내 읽었다. 쏟는 과정에서 뒤죽박죽되었기 때문에 발송일을 살피지 않고 손에 잡히는 대로 읽었다. 어떤 것은 춘천 날씨 이야기도 있고 단풍 이야기도 있었다. 그런데 내용이 사촌이든 육촌이든 누나의 편지가 아닌 연인들이 주고받는 편지로 보였다. 열 번째 편지를 꺼내 읽던 서희는 경악했다.

「윤석아, 어떡하니? 병원에 갔더니 임신이라네. 네 공부에 방해될 수도 있겠다 싶어 알리지 않으려 했지만 그래도 네 핏줄인데 나만 알고 있을 게 아니라는 생각에 알리는 거야. 병원에서도 불법이어서 낙태가 안 된다고 하니 이를 어쩌니? 어쩔 수 없이 낳아야겠지. 아니 솔직히 내 생각은 너의 씨를 낳아서 키우고 싶었거든. 물론 애비 없는 자식이 될 수도 있지만 나는 엄마가 되고 싶어. 그리고 지금은 아니지만 언젠가는 아빠로 찾아오기를 바란다. 1990년 7월 10일 춘천에서 누나가.」

서희는 이 현실이 꿈인지 생시인지 얼굴을 꼬집어 보기도 했다. '그렇다면 아름이 아빠가? 아니, 윤석 선배가 나랑 결혼 전 이금숙이라는 여자와 동거했다는 것인가? 묻지도 않았는데 자신이 천애 고아라는 고백도 한 사람이 왜 이건 숨겼을까?' 만약 그때 고백했으면 껄끄럽지만, 분명히 이해하고 지금은 전설로나 남았을 것이다. 서희는 대학 1학년이던 1992년부터 윤석에게 빠졌고 결국 결혼에까지 이르게 되었다. 그때부터 따지면 올해가 만 16년째다. 결혼 이후부터 계산해도 14년을 살면서 왜 한마디도 안 했을까? 서희는 인내하며 다시 한 통을 열었다. 몇 장의 사진이 쏟아졌는데 남자아기와 20대 중후반으로 보이는 여자의 사진들이었다.

「나의 사랑 윤석아, 이 사진들은 네 아들 백일 사진과 나의 최근 모습이야. 백일이 되니까 낳은 직후보다 더 너를 빼다 박았네. 이름은 너의 답장이 없어서 하늘이라고 지었어. 성은 너랑 혼인신고가 되어 있지 않아서 내 성을 쓸 수밖에 없었어. 이하늘. 네가 사는 서울 하늘을 생각하고 지은 건데 괜찮아? 언젠가는 아기를 위해서라도 네 성으로 바꿔야겠지. 서하늘로. 언제 한번 내려와, 직접 보면 더 예쁠 거야. 1991년 5월 30일 ♡너의 여자 금숙이가♡」

'너의 여자 금숙이가?'

서희는 식은땀을 흘려가며 분노에 몸을 떨었다. 에어컨 가까이에서 한참을 멍하니 서 있던 서희는 쏟았던 편지들을 쇼핑백에 다시 넣어 장롱 깊숙이 감추고 집을 나와 자동차에 시동을 걸었다. 결혼 직후 아빠로부터 선물로 받은 빨간색의 경차였다. 주로 시장을 다녀오는 용도로 사용하는 편이어서 주행 거리는 14년 동안 1만km가 넘지 않았다. 연평균 2만km를 타는 윤석과는 비교 자체가 안 된다. 사실 머리를 식히기 위해 나왔을 뿐 목적지가 없었으나 상가로 나와 그동안 달지 않았던 내비게이션을 달았다. 서희는 일단 시내를 빠져나가기로 했다. 아무도 없는 어디에서 목이 터지도록 악이라도 써보고 싶었다.

'나는 아름 아빠, 아니 윤석 선배에게 순정을 바치기 위해 온갖 조건을 다 갖춘 선후배나 동기생들의 유혹을 뿌리쳤다. 천애 고아라는 사실을 알고서도 나는 오히려 선배가 위축되지 않도록 더 신경을 썼고 엄마, 아빠에게 거짓말을 해가며 선배를 감쌌다. 지금 사는 집도 엄마, 아빠를 졸라 담보 대출을 받도록 해서 장만했다. 영원히 행복할 줄만 알았다. 그런데 나와 결혼 전에 이미 내연녀가 있었고, 그 사이에 아들도 있다니. 그것도 선배를 똑 닮은 아이가. 그럼 16년 동안 나는 선배에게 무엇이었을까?'

서희는 달리는 내내 흐르는 눈물 때문에 운전이 힘들었다. 눈에도 와이퍼가 달렸으면 좋겠다는 생각이 문득 들었다. 차선 위반과 신호 위반, 속도위반 딱지가 몇 장이나 날아올지 모를 일이었다. 무작정 페달만 밟다 보니 서울과 경기도의 도계 표지판이 보였다. 도계를 지나자, 낮이어서 그런지 도로는 뻥 뚫려 있었다. 어딘지 모를 사거리에서 신호 대기 중 표지판을 보았다. 가평군이었다. 좌회전하면 가평군청, 직진하면 춘천이라고 표시돼 있었다.

    춘천역 근처 주차장에 차를 세운 서희는 자신이 왜 그곳에 주차했는지 잠시 혼란스러웠다. 배가 고팠다. 시계를 보니 오후 2시를 막 넘고 있었다. 주차장을 벗어나니 '역전식당' 간판이 눈에 들어왔다. 뭔가 익숙하다. 전국의 모든 역에는 역전식당이 있고 역전다방이 있다. 서희는 피식 웃으며 자석에 끌리듯 식당 안으로 들어갔다. 식당은 한가했다. 꾸벅꾸벅 졸고 있던 여자가 일어나 반긴다. 그런데 여자의 얼굴이 어디서 본 듯하다.
    맞다! 서희는 그제야 이금숙이라는 여자의 주소가 춘천역 '역전식당'이었던 걸 기억해 냈다. 그럼, 이 여자가 윤석 선배에게 사진과 함께 보낸 편지 끝에 '너의 여자 금숙', 바로 그 여인인가?

04. 잘못된 만남

"어서 오세요."
"네, 점심으로 먹을 만한 게 뭐가 있나요?"

"아침 점심 따로 있는 게 아니고 메뉴에 있는 건 뭐든 다 돼요."

"많이 나가는 게 뭐죠?"

"주로 더덕구이, 황태구이죠. 보신탕을 찾는 손님도 있고요."

"더덕구이로 주세요. 막걸리도 한 병 주시고요."

잠시 후 더덕구이 밥상과 막걸리 한 병이 따라 나왔다. 서희는 목이 타서 막걸리 한 잔을 먼저 따라 마시고 식사를 마쳤다. 그리고 계산하려는 순간 고등학생으로 보이는 교복 차림의 남자아이가 저 멀리서 달려와 익숙하게 식당 문을 열고 들어왔다. 제법 청년티가 나는 학생은 식당 앞에 이르러 숨을 가다듬으며 말했다.

"엄마! 다녀왔어요."

"그래 우리 하늘이 왔어? 더운데 우선 씻어야지."

학생의 얼굴은 한눈에도 알아볼 정도로 남편 윤석을 닮았다. 그야말로 빼다 박았다. 서희는 계산을 마치고 술이 오르기 시작하자 에어컨 쪽으로 가까이 가서 땀을 식혔다. 술을 마셔서인지 집에서 흘렸던 땀과는 다른 느낌이었다. 서희는 여자에게 말을 건넸다.

"아들인가 보죠? 근데 한여름에 뭐가 급해서 저렇게 뛰어다녀요?"

"아, 예. 아들인데 야구부에 속해서 여름방학도 없더라고요. 폭염을 피해 잠시 들어온 거고, 이따 5시에 다시 연습 나가요."

"애가 참 잘생겼어요. 누구를 닮았어요? 사장님 얼굴은 안 보이는데?"

"그렇죠. 저 닮은 데는 없어요. 아빠를 빼다 박았죠. 호호."

"아이 아빠는 식당 일을 안 도와주시나 봐요?"

"서울에 직장이 있어요. 너무 멀어서 한 달에 한두 번 내려와요."

"무슨 일을 하시는데요?"

"아, 변호산데 무슨 일이 그리 많은지 모르겠어요."

"변호사요? 제가 아는 변호사 많은데 누구신지 궁금하네요."

"서윤석 변호사라고… 노동계에 이름이 많이 알려져 있어요."

제발 서윤석이 아니길 바랐지만, 금숙은 너무도 태연하게 아이 아빠가 서윤석이라고 했다. 서희는 허탈감에 가슴이 내려앉아서 더는 질문할 수 없었다.

"아, 그러시군요. 제가 귀찮게 이거저거 다 물어봤네요. 호호."

"아니에요. 한가한 시간에 졸고만 있었는데 덕분에 저녁 장사 준비 시간 넉넉해져서 잘됐어요. 호호."

할 말이 없어진 서희는 식탁에 놓인 막걸리병에 남은 술을 거푸 잔에 따라서 마셨다. 석 잔째 마실 즈음에는 혀가 알코올에 마비돼선지 술맛이 따로 느껴지지 않았다. 말없이 술병을 다 비운 서희가 자리에서 일어나 세척이 끝난 수저의 물기를 마른행주에 닦고 있던 금숙을 향해 인사했다.

"그럼, 이만 가보겠습니다. 안녕히 계세요."

"네, 조심해서 가세요."

식당 문을 나서는 순간 서희는 약간 휘청댔다. 평소에 술을 잘 마시지 않는데 오랜만에 막걸리 한 병을 급하게 마시고 나니 취기가 오른 것 같다. 그나저나 자기가 왜 무심코 여기까지 왔다가 돌아가는지 이유가 생각나지 않는다. 내비게이션에 집 주소를 입력한 서희는 시동을 걸었다. 14년이 되었지만, 엔진 소리는 신차처럼 조용하다. 서희는 무음으로 해 놨던 휴대폰을 꺼냈다. 폴더를 열자, 아름이 번호가 도배되어 있고 남편 윤석의 번호도 몇 통 찍혀 있었다. 무시하고 닫아 버렸다.

식당을 출발한 지 5분이나 됐을까? 경찰관이 들고 있던 경광봉을 흔들어 서희의 차를 막아 세웠다.

"왜 그래요?"

"음주 단속 중입니다."

대낮에 음주 단속을 한다는 게 뜻밖이었지만, 꼼짝없이 독 안에 든 쥐 신세였다. 경찰이 내민 음주 측정기를 불었다. 측정 결과 혈중알코올농도 0.09로 면허정지 수치라고 했다. 서희는 난생처음 경찰서에 연행됐다. 화장실에 들어가 물로 입을 몇 번이고 헹구고 나왔지만, 음주 측정기 수치는 달라지지 않았다.

"서울이면 한참 먼데 데리러 올 사람은 있습니까?"

남편 말고 데리러 올 사람이 없다. 어쩔 수 없이 윤석에게 전화를 걸어 조사 중인 경찰에게 건넸다.

"서희야 너 어디야? 아름이가 찾고 난리던데?"

"여보세요. 여기는 춘천경찰서고 저는 교통과 정호연 경사입니다. 강서희 씨와는 어떤 관계입니까?"

"남편인데요. 무슨 일이 있는 겁니까?"

"아, 강서희 씨께서 음주운전으로 적발돼 이곳에 있습니다."

"예? 좀 바꿔 주세요."

"네, 전화받으세요."

"서희야!"

"……."

"서희야! …강서희!"

"……."

"서희야, 대답하기 싫으면 경찰 다시 바꿔!"

"네, 교통과 정호연 경사입니다."

"저의 집사람 현재 상태는 어떻습니까?"

"만취 상태고요. 잠깐만이요. …쉬었다가 술 깨면 가겠답니다."

윤석은 이석현 변호사로부터 10년 만에 독립했다. 서희의 부모님, 그러니까 처가로부터 5천만 원을 빌려 서초동 외딴곳에 조그마한 사무실을 개업했다. 경찰과 통화한 다음 걱정이 되긴 했지만, 의뢰인과 중요한 상담이 잡혀있어서 곧바로 움직일 수 있는 형편이 아니었다.

"술 깨고요?"

"네, 그러시겠답니다."

"술이 깨려면 얼마나 걸리나요?"

"글쎄요. 막걸리 한 병 마셨다는데 사람에 따라 달라요."

"그래도 대충이라도 알 수 없을까요?"

"지금 부인 체격으로는 대여섯 시간이면 혈중알코올농도는 0.05 이하로 내려가 단속 대상에 해당하지 않도록 깰 겁니다. 하지만 막걸리를 마셨다니 쉽게 개운해지지는 않을 겁니다."

"그럼 어떡하죠?"

"부인께서 알아서 하셔야죠."
"미안하지만, 근처 쉴 만한 곳으로 안내해 주실 수 있는지요?"
"알아보겠습니다."

얼마를 잤을까. 경찰서 근처의 모텔에서 일어난 서희는 자신이 그곳에 온 이유를 알고 있었기에 놀라지는 않았다. 얼굴에 물만 묻히다시피 세수를 마치고 경찰서를 다시 찾은 서희는 음주 측정을 다시 한 다음 허락을 받고 시동을 걸었다. 도로는 한산했으나 어둠이 내리기 시작한 시내는 군데군데 네온사인을 밝히며 도시 풍경을 만들고 있었다. 갓길에 정차한 서희는 내비게이션을 켰다. 오른쪽은 소양댐, 왼쪽으로는 가평이다. 집까지는 3시간이 걸린다. 말로만 듣던 소양강을 한번 가볼까? 그런데 날이 저물고 있다. 한참을 생각하던 서희는 서울 방향으로 핸들을 돌렸다.
 '식당과 금숙, 그리고 금숙의 아들인, 하늘의 얼굴은 파악했으니 일부 성공했다. 다음은 증거를 더 확보하자.'
 반대 차선에서 대형화물차가 지날 때마다 서희의 경차는 넘어질 듯 휘청거린다. 서희는 사람들이 왜 더 많은 돈을 주고 더 많은 세금, 더 비싼 유지비 부담을 안고 중형, 대형차를 타려고 하는지 실감하고 있었다. 어느덧 서울과 경기도의 도계 표지판이 보인다. 역전식당, 금숙, 그리고 그녀의 아들만 머리에서 맴돌아 어디로 해서 어떻게 왔는지 기억이 나지 않았다. 하지만 서초동까지는 아직 멀었다. 더구나 도로는 극심한 정체 중이라 시간이 얼마나 걸릴지 알 수 없다. 서희는 시내로 진입하는 것보다는 가까운 친정이 낫겠다는 생각에 회기동 쪽으로 핸들을 틀었다.

"서희야, 웬일이니? 서 서방하고 아름이는 같이 오지 않았어?"
서희는 엄마를 끌어안고 한참을 울었다. 영문을 모르는 서희 엄마는 딸을 떼어 놓고 무슨 일이 있었는지 이야기하자고 했다. 서희는 음주 단속에 걸려 곤욕을 치른 자초지종을 이야기했으나 춘천 이야기는 하지 않았다. 머리를 식히려고 동해안으로 바다를 보러 갔다 오는 중이라고 했다. 그러나 서희 엄마는 음주 단속 적발 정도로 이렇게 통곡할 서희가 아니라는 것을 잘 안다. 엄마의 닦달에 서희는 결국 사실을 모두 실토하고 말았다. 옆에서 지켜보던 아빠가 입을 열었다.

"네 마음을 이해는 한다만 결혼 전의 일이고 지금 성실히 살면 됐지, 뭐 하려고 이제 와 일을 만들려고 하냐?"
"여보, 그게 무슨 말씀이세요. 애가 이렇게 마음 상해서 왔는데 위로는 못 해줄망정 다 지나간 일이라고요?"
"그럼 인제 와서 어쩌자는 거요?"
"불러서 앞으로 주의하라든지 뭐라도 해야죠."
"이미 십수 년이 지난 얘기를 꺼내서 그렇게 망신 주고 싶어?"
"……."
아빠 말이 틀리지는 않지만 뭔가 서운한 것은 사실이었다.
"엄마, 아빠. 나 괜찮아. 이러다 싸우시겠어요."

서희는 부모의 감정이 격해질 것 같은 느낌에 얼른 끼어들었다. 어렸을 때 처음엔 말로 다투다가 결국 아빠가 엄마의 뺨을 때렸고, 참지 못한 엄마가 이혼하자고 말하는 것을 본 적이 있었다. 그때 서희와 두 명의 동생은 우는 것 말고는 할 수 있는 게 없었다. 다행히 할아버지와 할머니의 중재로 화해하고 그 뒤로는 적어도 자식들 앞에서는 싸우지 않았다. 서희는 옛날의 기억이 되살아나 자기로 인해 혹시 옛날처럼 감정이 격해져서 다투는 건 아닌가 싶어 본능적으로 끼어든 것이다.

05. 친자 확인

 윤석은 춘천을 떠난 이후로도 금숙과 지낸 지난날들을 잊지 못했다. 자기에게 처음으로 여자를 가르쳐준 사람이었다. 나이 차이는 있지만, 어쩌면 결혼하고 살았을 수도 있을 인연이었다. 금숙 역시 먼저 말을 꺼내지는 못했지만 놓치고 싶지 않은 남자였을 것이다. 하지만 법조인의 길을 가기 위해 어쩔 수 없이 아쉬운 이별을 할 수밖에 없었다.
 윤석은 서희를 만나기 직전 3학년 복학 준비를 마칠 무렵 춘천으로 다시 갔다. 1년 반 전과 달라진 것도 없고 낯설지도 않다. 역에서 내린 그는 망설임 없이 역전식당으로 향했다.

"아주머니, 안녕하세요?"

"아니, 이게 누구야? 1년도 넘은 것 같네."

"여기서 식사한 게 딱 1년 반 전이네요. 누님은 안 보이네요."

"점심시간에 잠깐 도와주고 다시 들어갔어. 그나저나 애부터 봐야 하는 거 아닌가?"

"무슨 애요?"

"편지 못 받았나? 보냈다고 하던데…."

금숙 엄마는 뭐가 그리 바쁜지 넘어질 듯 손을 휘저으며 전에 금숙과 두 달을 함께 지냈던 뒷집으로 윤석을 안내했다.

윤석을 만난 금숙이 눈물바람부터 했다.

"윤석아! 드디어 왔구나. 얼마나 기다렸는지 알아? 편지를 보내도 답장은 안 오고 너무 섭섭했어. 그래서 작년에 애 백일 사진 보내고 나도 단념하려고 많이 노력했어, 근데 잘 안되더라."

"아, 편지를 받지 못했어, 당시 내가 집을 못 얻어서 동창 하숙집 주소를 써 준 건데 그 친구 녀석 얼굴 본 게 언젠지 모르겠어. 찾아갈 때마다 하숙집 문은 잠겨 있더라고. 나 역시 시험에 전념하느라 아주 바빴어. 대신 이렇게 직접 왔으니 마음 풀어."

"우선 네 아들부터 봐, 아주 판박이란다."

"…아들?"

그제야 저만큼에서 윤석을 쳐다보는, 겨우 걸음마를 하는 아기의 모습이 시야에 들어왔다. 뒤뚱뒤뚱 걷다가도 넘어질 듯하면 자세를 다시 잡고 또 걷는 모습이 귀여웠다. 뭐가 끌리는 걸까? 눈이 마주친 아기가 단숨에 달리듯 걸어와 윤석의 품에 안긴다.

"나는 임신 사실을 알고 너무 당황했어, 그래서 너랑 상의하려고 편지를 썼던 거지. 하지만 네가 동의하든 안 하든 낙태죄 때문에 산부인과에서 거부하더라. 솔직한 심정은 병원에서 낙태 시술을 해주지 않길 바랐어. 왜냐면 나는 너의 소중한 씨앗을 키우고 싶었기 때문이야. 법적으로 아비 없는 자식이 될지라도 이 아이는 나와 너의 연결고리이기도 하니까. 물론 네가 결혼하면 그마저도 소용없겠지만⋯."

"누나, 나는 누나가 아이를 낳은 줄도 몰랐어, 이런 상황 앞에서 내가 할 수 있는 말이 뭐가 있을까 생각이 나질 않아. 그냥 누나가 보고 싶어서 온 것뿐인데 별안간 내 자식이라니 아무것도 정리가 되질 않아."

"윤석아, 너무 걱정하지 마. 나는 너에게 부담은 주고 싶지 않아. 나 혼자 충분히 키울 수 있어. 너는 공부나 열심히 해서 사법시험 마치는 것이 우선이야."

"누나, 그래 줘. 내 나이에 감당할 수는 없는 일이잖아. 대신 아기 우윳값 정도는 꾸준히 보내줄게."

"그래 줄래? 내가 돈이 없는 건 아니지만 네가 보내는 돈으로 우유를 사서 먹이는 것은 의미가 다르겠지."

"다만, 이제 자주 오지는 못해, 시험 준비도 해야 하고 졸업하면 안정된 직장을 찾아야 해."

"그래, 개인적으로는 아쉽지만, 너의 앞날을 막고 싶지는 않아. 1년이든 10년이든 네가 시간이 될 때 들러 준다면 나는 고맙지."

"누나, 고마워."

"그래 오늘은 오랜만에 실컷 마셔 보자."

윤석과 금숙은 오랜만에 술상을 마주하고 취하도록 마셨고, 밤을 새워 안고 뒹굴었다. 그리고 이번에도 기약 없이 손을 흔들며 헤어졌다. 눈물을 가리기 위해 두 손으로 얼굴을 감싼 금숙을 바라봐야만 하는 윤석의 가슴도 아팠다.

그날 이후 윤석은 서희에게 사랑의 감정을 느끼기 전까지 한 달에 한 번 정도 춘천에 내려가 금숙을 만나고 아들 하늘을 보고 갔다.

3
불투명한 계략

01. 꼬리 찾기

서희는 친정에 들렀다가 밤늦게 집에 도착했다. 아름이는 이미 제 방에서 깊은 잠에 빠졌고 윤석은 소파에 앉아 TV를 보고 있었다. 옷을 갈아입은 서희에게 윤석이 먼저 말을 걸었다.

"춘천은 왜? 그리고 바로 오지 않고 어디 갔다 왔어?"

"바람 좀 쐬고 왔어요."

"왜. 무슨 일이 있었어? 평소에는 어디 갈 일 있으면 미리 얘기했었잖아."

서희는 대답 대신 샤워실로 향했다. 샤워를 마치고는 잠옷이 아닌 평상복을 입고 침대에 가서 누웠다.

둘은 일상으로 돌아왔다. 아침이면 윤석은 출근하고 서희는 아름이 학교 보내고 청소 등 집안일을 하고 겉으로는 아무 일도 없는 듯 했다. 그러나 뇌리에는 보이지 않는 경계선이 생겼다. 서희에게는 십수 년을 변함없이 해 왔던 남편의 출근과 퇴근길을 맞이하던 미소가 사라졌고 홈쇼핑 채널 서핑이 늘었다. 윤석은 하루가 멀도록 만취한 채 늦은 귀가를 했다. 안 피우던 담배까지 시작해 서재를 연기로 채웠다. 하지만 피차 그렇게 된 원인을 따져 물을 근거도 계기도 상황도 있지 않았다.

"서희야, 별일 없지?"

여고 때 단짝이던 조보람의 전화다. 동창회에 최근 몇 년 뜸했더니 연락이 온 것 같다.

"응, 웬일이니?"

"음, 저번에 문자 보냈는데 못 봤어? 내일 우리 얼굴 한번 보자고 했잖아. 그래서 확인차 전화한 거야. 이번에는 총동창회가 아니라 오랜만에 우리 45회, 그것도 우리 반 졸업생들만 모이기로 했어. 선후배들과 함께 어울리면 괜히 눈치 보이고 해서 우리만의 수다를 떨지 못하잖아. 그래서 이번엔 우리끼리만 하기로 했어. 물론 회장 희선이랑 단둘이 짠 거지만. 호호."

"몇이나 온대?"

"글쎄, 뭐 외국 나가 사는 애들은 어쩔 수 없다지만 이 핑계 저 핑계 많더라. 너까지 해서 한 6~7명?"

"하긴 많아야 뭐 하니. 그냥 맘 맞는 몇이 만나는 게 편하지."

"그래, 내일 보자."

이상 기후 탓인지는 몰라도 10월에 접어들었는데도 불어오는 바람은 여전히 후덥지근하다. 옛날 같으면 단풍 얘기가 나올 법한 시기인데 10월의 도시는 아직 뜨거운 편이다. 식당에 들어서니 올 사람은 다 온 것 같다. 요 몇 년 사이에 얼굴이 많이 달라진 친구도 있었다. 영국 속담에 '남자는 마음으로 늙고 여자는 얼굴로 늙는다'더니 그 말이 맞는 것 같기도 하다.

"야! 변호사 사모님은 이렇게 늦어도 되는 거니?"

"뭐? 시간 맞춰 왔는데?"

"좀 일찍 모이면 어디 덧나니? 우린 30분 전에 다 모였어."

"그래, 잘났다. 미안해. 호호."

"그나저나 너 얼굴이 좀 그렇다. 무슨 일 있었니?"

"무슨 일은, 나이를 그만큼 먹은 거지."

"아이고, 모르는 사람이 보면 네가 선밴 줄 알겠다. 호호."

술은 소주, 맥주, 막걸리 등 다양하게 나왔는데 교회 다니는 정혜는 사이다를 시키고 고기만 뒤집고 있다. 모두 첫 잔을 원샷으로 시작했다. 서희도 원래는 술을 좋아하지는 않았으나 지난번 음주 단속에 걸린 이후 오히려 술맛을 알게 됐다. 윤석 몰래 낮술을 조금씩 즐기던 것이 이제 막걸리 한 병쯤은 거뜬히 해치우고도 끄떡없다. 늦게 배운 도둑이 날 새는 줄 모른다더니 어쩌면 서희가 그런 타입인 것 같았다.

자리를 옮겨 노래방을 가려고 했으나 영업을 시작하지 않아 술자리를 한 번 더 가졌다. 4시가 가까워지자 장 봐서 저녁 해야 한다며 하나둘 슬금슬금 빠져나갔다. 시간이 많은 회장 희선이와 총무를 맡은 보람 그렇게 두 사람은 태평이었다. 예전 같으면 서희도 집에 돌아가 저녁밥을 짓는 게 맞지만, 그건 지난여름까지의 일이었다. 서희는 쇼핑백에 들어 있던 금숙의 편지를 읽고 충격을 받은 뒤 윤석에게서 정이 떨어졌다. 밥부터 빨래까지, 하던 일을 계속하긴 하지만 그냥 기계적인 행동일 따름이다. 희선이와 보람이 그만 들어가야 하는 거 아니냐고 물었을 때 서희는 편하게 답변했다. 윤석은 물론이고 아름이도 열쇠가 있으니 돌아오면 해 놓은 밥 알아서 퍼먹을 거라고.

"그럼, 윤석 씨가 너랑 결혼하기 전에 여자가 있었고, 그 사이에 애까지 있다고? 세상에나!"

"결혼 전이냐 후냐의 문제는 아니지. 십수 년을 너를 속인 거잖아."

"우리 나이에 아직 먼 이야기이긴 해도 조심해라. 혼외자도 상속 받는다더라."

"그건 나중 얘기고 이미 정떨어졌는데 죽을 때까지 이렇게 살 수는 없잖니."

"하지만 아름이가 있잖아. 애가 무슨 죄야?"

"나도 애가 둘이지만 내 남편 과거가 그렇고 십수 년을 속여 왔다면 나는 깨끗하게 정리할 거야."

"그러게, 불신에 불신만 쌓일 건데, 이겨내기 힘들지."

서희가 스스로 속사정을 털어놓자, 희선과 보람이는 처음엔 자신들의 일인 양 흥분했다가 이제는 탐정 노릇까지 할 태세다.

"네 남편 휴대폰 비밀번호 있지?"

"모르겠어."

"화장실 갈 때도 휴대폰 가져가니?"

"가끔."

"문자 오면 거실로 나가지?"

"가끔."

"회식은 자주 있니?"

"응. 직원들과 한 달에 두세 번 정도?"

희선과 보람은 이 정도면 뭔가 감이 잡힐 줄 알았는데 서희의 답변만으로는 긴가민가할 수밖에 없었다.

"그럼, 윤석 씨 통장이나 카드 따로 있니?"

"글쎄, 난 생활비가 계좌로 꼬박꼬박 들어오니까 다른 생각 안 했어."

"그래? 분명히 네가 모르는 개인 카드 있을 거야."

"그러면?"

"무조건 통장과 카드 거래 내역 1년 치만 보여 달라고 해 봐."

"그래서 어쩌라고?"

"뭘 어째, 싫다고 하면 수상한 거야."

서희는 애들이 무슨 말을 하는지 혼란스러웠다. 이제까지 윤석이 자기 앞으로 만들어 준 통장과 카드를 쓰면서 가계부를 써 왔기 때문에 남편에게 별도의 통장과 카드가 있으리라고 생각해 본 적이 없다. 또한 윤석에게 별도의 수입과 지출이 있으리라고는 상상해 보지도 않았다.

집에 도착하니 밤 10시다. 소파에는 윤석과 아름이 나란히 앉아 TV를 시청하고 있었다. 저녁은 시켜 먹은 건지 거실에 중국집 음식 내가 풍기고 싱크대는 깨끗했다. 옷을 갈아입고 거실로 나오자, 아름이는 제 방으로 들어갔고, 윤석은 서희에게 눈길을 주지 않은 채 TV

만 주시하며 물었다.

"어디 다녀왔어?"

"고등학교 동창회요."

"그래도 시간 맞춰 들어와. 애 저녁은 차려줘야 하잖아?"

"밥이며 반찬 다 해 놓고 나갔어요. 아름이가 아직도 애예요? 중학생이 해 놓은 밥도 못 찾아 먹어요?"

윤석은 당황했다. 사귈 때부터 치면 16년이다. 그동안 서희는 윤석에게 단 한 번도 말대꾸한 적 없이 순종하며 살아왔다. 그에 익숙했던 윤석에게 오늘 서희의 말투는 낯설기만 했다. 무슨 이유로 서희의 태도가 저렇게 바뀐 건지 감을 잡을 수 없었다. 윤석은 냉각기가 길어질수록 결과가 좋지 않을 수도 있겠다는 생각에 오늘은 무슨 수를 써서라도 서희의 속내를 알고 싶었다.

"서희야, 내게 무슨 불만이 있어? 우리 연애 때부터 지금까지 이런 적 없었잖아. 모든 걸 털어놓고 이야기했고 서로 감추고 속이는 그런 거 없었잖아, 왜 이러는 거야?"

"선배는 그렇게 생각하세요?"

"그래, 나는 서희가 모르는 비밀은 없어."

"그럼, 선배님 통장과 카드 거래 내역 보여줄 수 있어요?"

"참 내, 그게 문제였어? 그거라면 낼이라도 바로 뽑아다 주지."

"1년 치 지우지 말고 뽑아 오세요."

"알았어, 지울 게 뭐가 있다고 그래, 10월도 지우지 않을게."

"맹세할 수 있어요?"

"뭘 맹세까지야? 우리가 그렇게 서로를 불신했었나? 그래, 좋아!"

윤석이 뽑아다 준 통장 거래 내역을 살피던 서희는 여고 동창인, 희선과 아람이의 말발에 넘어가 윤석을 의심했다는 자책감으로 얼굴이 화끈거렸다. 서희는 윤석에게 전화를 걸어 저녁에 술 약속 잡지 말고 일찍 들어와 달라고 했고, 윤석은 서희가 마음이 풀린 듯해 마음이 놓였다. 처음으로 집에 술상이 차려졌다. 실컷 배를 불린 아람이가 자기 방으로 들어가자, 술이 오른 서희가 미안한 표정을 지으며 입을 뗐다.
"선배님, 잠시라도 오해해서 정말 죄송해요."
"무슨 말이야, 오해를 살 만했지. 앞으로는 통장 모두 맡길게."
"그렇게까지 하지 않아도 되는데…."
"카드도 청구서 집으로 오게 돌려놓을게."
서희는 윤석의 말을 그대로 믿었다. 그날 밤 둘은 오해를 풀고 오랜만에 얼굴을 마주 보며 잠이 들었다.

02. 여자의 육감

좋은 예감은 어쩌다 맞을 수는 있다. 그런데 무슨 까닭인지 불길한 예감은 거의 빗나가지 않는다. 그 일주일 뒤 희선이와 보람이가 너의 집 근처에 볼일이 있어서 다녀가다가 네 생각이 나서 전화했다며 얼굴 좀 보자고 했다. 윤석과 오해를 푼 서희는 솔직히 두 친구의 전화가 반갑지 않았으나 집 근처에 왔다니 외면할 수도 없었다.

"서희야, 이쪽으로 와!"

3층 건물인 카페는 밖에서 본 것보다 내부가 상당이 크고 인테리어는 단순하지만 깔끔한 분위기였다. 서희가 들어서는 것을 본 희선과 보람이 동시에 손을 흔들었고 서희는 그들이 있는 약간은 구석진 탁자로 다가갔다. 냉커피가 도착하고 빨대를 깊게 빨던 서희가 먼저 눈을 흘기며 말했다.

"나는 너희 말만 믿고 윤석 선배 정말 의심했어. 거래 내역서 바로 뽑아다 주고 앞으로는 카드 명세서도 집으로 오게 하겠대. 꼼꼼히 들여다봤는데 직원들의 월급, 식대, 의뢰인과의 식사와 술 마신 것까지 다 찍혔더라고. 내 눈에는 헛된 곳에 쓴 거 없었어. 그동안 의심한 것이 미안해 얼굴이 화끈거리더라고. 그래서 일주일 전 용서를 빌고 화해했어. 너희는 내가 행복하게 사니까 질투 났던 거지?"

"얘가 지금 무슨 소리를 하는 거야? 어쨌든 다행이다, 얘."

"우리도 가져왔어. 보여줄게."

"그래, 한번 보자."

희선과 아람의 통장 내역을 살피던 서희는 뭔가 이상한 생각이 들었다.

"너희 신랑들도 낚시 다니니?"

"취미로 한 달에 한두 번 다니나 보더라. 한 가지 취미 정도는 시비하지 말아야지. 네가 안 와서 그렇지. 우리도 골프 연습장 다니잖아."

"우리 아름이 아빠 낚시 동호회도 '제부도'던데 그럼, 서로 잘 알겠다. 그치?"

희선과 보람은 서로 얼굴을 마주하며 눈이 휘둥그레졌다. 희선이 먼저 보람에게 물었다.

"보람아, 네 신랑 주로 언제 나가니?"

"매월 첫째 토요일에 1박 2일로 가더라."

"서희 너는?"

"첫째 토요일인데, 어쩌다 바뀔 때도 있어."

"우리는 자영업이라 주말이 바쁜데 우리 신랑은 왜 매주 주말마다 갈까?"

희선이 한참을 생각하더니 그럴듯한 제안을 했다.

"야, 우리 부부 만남 한번 가질래? 신랑들에게는 다른 얘기 말고 친한 3총사인데 상대 남편이 궁금하다고 해서 저녁 한번 먹기로 했다고 해."

"그래서 어떡하려고?"

서희와 보람이 동시에 물었다.

"간단하지. 같은 동호회라면 다닌 지 십수 년, 최소 3~4년은 됐을 텐데 한 번이라도 얼굴 봤을 거 아냐. 서로 안다면 의심할 필요가 없지만, 초면이면 셋 중 하나, 또는 셋 중에 둘이 거짓말을 하는 거야. 어쩌면 셋 다일 수도 있고. 아무리 큰 동호회라도 같은 제부도고 날짜도 같은데 전혀 모를 리가 있겠어? 어쨌든 시간 맞춰 부부 만찬 한 번 하자."

보람은 바로 동의했지만, 서희는 바로 일주일 전에 화해했는데 며칠 만에 다시 의심하는 게 마음에 걸렸다. 이를 눈치챈 희선이 덧붙였다.

"고민할 필요 없어. 초면이면 이참에 서로 알고 지내는 것도 괜찮지 뭐."

서희는 고개를 끄덕이며 앞으로 정기적으로 부부 모임을 하는 것도 좋겠다고 했다.

일주일 뒤 첫 부부 모임이 열렸고 서희의 남편 윤석과 희선의 남편, 아람의 남편이 시간에 맞춰 도착했다.

"첨 뵙겠습니다. 서윤석이라고 합니다."

윤석이 명함을 꺼내 희선과 아람의 남편에게 건네며 인사를 했고 두 사람 역시 명함을 꺼내 윤석에게 건네며 반갑다고 악수를 했다.

"김수호입니다. 처음 뵙게 되어 반갑습니다."

"박경식입니다. 진작 이런 자리가 필요했는데 반갑습니다."

"그나저나 변호사님과 식사해 보기는 처음입니다."

"저 역시 변호사 만날 일이 없었는데 이런 인연으로 만나는군요."

"평생 변호사 만날 일이 없이 사는 것은 그만큼 착실히 사신 거지요. 가능하면 파출소가 어디 있는지조차 모르면 더 좋겠지요. 하하."

"그렇군요. 변호사님 찾을 일이 없는 게 잘 사는 거네요. 하하."

"저도 파출소 갈 일도 없게 살아야겠습니다. 하하."

서윤석과 김수호, 박경식은 몇 마디 인사를 주고받더니 동창을 만난 듯 금방 친해져 하하거리고 있다. 하지만 서희와 두 친구의 얼굴은 정반대로 분노와 수심이 교차하고 있었다. 이때 희선이 얼굴색을 바꾸고 자기에게 집중하라는 듯 손뼉을 쳤다.

"이제 저녁은 어느 정도 된 것 같은데 이제 2차 노래방 가야죠?"

"좋소!"

남편들은 일제히 박수로 화답했고 서희와 아람은 서로 의아한 표정이었다. 이를 본 희선이 눈을 찡긋하며 무슨 속셈이 있음을 암시했다. 시간이 남아 동창회장을 하는 줄 알았는데 그게 아닌 듯했다. 서희와 보람은 자신들도 모르게 희선의 리더십에 자연스럽게 빨려 들어가고 있었다. 2차까지 마치고 나오며 조보람의 남편이 오늘 같은 자리에서 석 달에 한 번씩 정기적으로 만들었으면 좋겠다는 제안을 했는데 윤석과 희선의 남편은 박수로 크게 동의했다. 서희와 희선, 아람은 내키지는 않았지만 가볍게 양 손바닥을 마주쳐 줄 수밖에 없었다.

서희와 희선, 보람은 이틀 뒤 다시 만났다. 희선이 저번에 1차를 일찍 끝낸 것은 셋이 다 모르는 사이이니 더는 들을 필요가 없어서였다고 했다. 이제 확실한 증거를 잡아야 한다고 했다. 다만, 직접 따라다니면 들킬 것이 뻔하니 사람을 쓰자고 했다. 희선과 아람은 윤석에게 일편단심 하며 처녀를 바쳤던 서희와는 달리 결혼 전 연애를 많이 해 봐서 어쩌면 크게 억울할 일도 없을 것 같은데, 서희보다 더 적극적이었다. 두 친구는 남자를 많이 상대해 봐서인지 사내들의 심리 파악도 수준급이었다.

03. 착수금

"사모님들 예측한 그대로였습니다. 김수호 씨는 부천에 있는 원룸으로 갔고요. 박경식 씨는 김포의 단독주택으로 들어가더군요. 서윤석 씨는 좀 더 확실하게 확인했습니다. '춘천역' 근처 주차장에 차를 세우고 역 앞에 있는 역전식당으로 향하는데 고등학생쯤으로 보이는 애가 기다렸다는 듯 뛰어나와 인사를 했고 뒤이어 여자가 나와 손을 잡고 등을 두드리며 식당으로 들어가더군요. 한동안 식당에서 나오지 않았는데, 둘러보니 홀 뒤쪽에 문이 하나 더 있었어요. 그리 들어간 것 같았습니다. 하지만 더는 따라갈 수 없었죠."

희선과 보람이 남편에 대해서는 닭 쫓던 개가 되었다지만 심부름센터 직원은 윤석에 대해 너무도 구체적으로 진술해 서희의 가슴은 덜컹 내려앉았다. 금숙이라는 여자와 아직도 만나고 있다니 놀란 입이 다물어지지 않았다.

"아저씨, 우리 신랑에 대해서도 얘처럼 구체적으로 얘기해 줄 수 없어요?"

"우리 신랑도요."

희선과 보람의 보챔에 그는 한 번으로는 어렵고 우리 직원들 풀어 몇 차례 더 뒤를 밟은 후 확실하게 처리해 주겠다고 했다. 그리고 그는 그동안의 수고비를 요청했다.

"일단 계산하셔야죠?"

희선이 나서 항변했다.

"저번에 우리 각각 100씩 해서 300 드렸잖아요. 근데 뭘 더 계산해요?"

"참 순진하시기는, 그건 착수금이죠."

"그럼, 오늘은 뭔데요?"

"이제부터 일당을 주셔야죠."

"일당이 얼만데요?"

"각각 100만 원씩만 주세요."

"예에?"

셋은 커피잔을 놓칠 뻔했다.

"아니, 착수금 먼저 드렸고 이번에는 말씀하신 대로 일당이라고 칩시다. 무슨 일당이 그렇게 많아요?"

"답답하시네. 이런 부탁 첨이죠?"

"그렇죠."

"기름값에다 톨게이트비, 식사까지 하면 얼마겠습니까?"

"그거 뭐 다녀온 거리로 치면 10만 원이면 남죠."

"제가 애인과 드라이브 다녀오는 겁니까? 저는 목숨 걸고 다녀요. 걸리면 사업장 폐쇄되고 천만 원 벌금 내야 해요. 그거 책임져 줄 수 있어요? 100이면 기름값밖에 안 돼요. 그것도 어려우면 여기서 멈추죠."

이러지도 저러지도 못하고 서로 눈치만 살피고 있는데 희선이 나섰다.

"계좌번호 불러주세요."

"다 아실 것 같은데 왜 이러시나? 저희는 현금만 받습니다."

"누가 현금을 그렇게 갖고 다녀요?"

"제가 내일 우리 처음 만났던 카페로 가겠습니다."

기왕 시작한 것 끝을 봐야겠다는 심정들이었지만 왠지 이 사람에게 이용당하는 느낌이 들었다. 앞으로 얼마를 더 달라고 할지도 모른다. 그렇다고 여기서 멈추면 돈만 날리는 거라는 생각은 이심전심이었다. 희선이 단도직입적으로 물었다.

"앞으로 얼마나 더 필요해요?"

"그건 횟수에 따라 달라지죠. 거기에 오늘 드렸던 사진 외에 동영상이 들어가면 조금 보태지겠죠."

"그러니까 앞으로 대충 얼마면 되겠냐고요?"

"조금 깎아 드려야죠. 회당 90까지."

"조금 더요."

"그래요. 그냥 봉사하는 셈 치죠. 80까지 해 드리죠. 더는 안 돼요."

울며 겨자 먹는다는 게 이런 것인가 보다. 어쨌든 1차 증거는 확보했다. 세 남자 모두 제부도와는 너무 떨어진 곳으로 따로 간다는 게 확인됐다. 특히 서희는 더는 심부름센터가 아니라도 알고 싶은 것은 모두 안 셈이지만 혼자 빠지기도 그렇고 해서 동참을 이어갔다.

"실례하겠습니다. 선생님들께 중요한 정보 하나 알려 드리러 왔습니다. 지금 선생님들 모두 추적당하고 계십니다. 동선은 이미 파악됐고 선생님들은 이제 사회에서 매장당할 일만 남은 것이죠."

김수호와 박경식이 변호사 사무실 근처에 왔는데 바쁘지 않으면 술 한잔하자는 전화에 윤석이 합석했다. 자리에 앉자마자 낯선 남자가 탁자에 다가와 귓속말하듯 건넨 말이다.

"그런데 당신은 누구죠?"

"아, 실례했습니다. 저는 주식회사 참신에 근무하고 있는 이근한 탐정으로 여러분의 고통을 해결해 드리는 일을 하죠."

"그러니까 쉽게 말하면 심부름센터네요."

"그렇게들 말합니다만, 저희는 선생님들께서 아시는 그런 심부름센터는 아닙니다. 즉, 누구를 협박하거나 그런 곳이 아니라 중요한 정보를 제공하고 수수료 정도를 받는 것이죠."

"아까 사회에서 매장당할 일만 남았다는 게 협박이 아니면 뭐요?"

"이런! 제가 그만 우리 직원들이 하는 말을 무의식적으로 뱉고 말았네요. 죄송합니다."

"그럼, 수수료는 뭐요?"

"한마디로 사모님들의 동선을 파악해 그때그때 보고해 드리는 운영비죠."

"그게 얼마고 언제까지 보장해 주는 거요?"

"1회 100만 원인데 일시불로 천만 원을 선납하시면 무한대로 봉사해 드립니다."

"뭐요?"

경식과 수호는 이근한의 눈을 정면으로 주시하며 자신들이 샛길로 빠진 것은 분명하지만, 각각 몇 년 전에 이미 당해 본 경험이 있어 냉소를 머금으며 물었다.
"돈이 좋다지만 그건 아니지. 어떻게 양쪽으로 등쳐 먹으려고 해?"
"그러게, 우리 집사람은 벌써 당했더라고."
"그런 정보 필요 없으니 가 봐요."
이근한은 당황했다. 이미 등친 사람을 다시 치는 것은, 어려울 뿐만 아니라 신고를 당하거나 신고를 빌미로 거꾸로 이제까지 챙긴 돈을 다 뱉어내야 할 수도 있다.
"잘 알겠습니다. 그럼, 이만."
"잠깐!"
이근한이 일어서는 순간 경식이 말했다.
"사업을 계속하려면 우리 마누라한테 뜯어간 건 주셔야지."
"아, 그건 경비로 다 들어갔습니다."
"그럼, 거기에서 기름값만 빼고 줘."
"아니, 기름값만 들었겠습니까?"
이근한이 빠져나가려 하자 수호가 거들었다.
"당신 지금 하는 일이 불법인 거 몰라? 내가 내 마누라한테 잘못한 게 있을 수는 있지만, 당신이 왜 남의 사생활에 끼어들어서 양쪽에서 등쳐 먹고 다녀? 어!"
"그게 아니라 사모님의 부탁을 들어드린 것뿐입니다."
"그럼, 내게 동의를 구했어? 내가 언제 당신에게 내 뒷조사하라고 했어? 그리고 내가 뭘 잘못한 증거라도 있어?"
"그게 아니고……."

"그게 아니면 신고하기 전에 뱉어 내!"

"알았습니다. 다만, 지금 돈이 없어서."

"당신들 현금 거래만 한다고 했잖아. 가방 열어봐. 만약 돈 나오면 만 원에 한 대씩이야. 알았어?"

결국 이근한은 가방뿐만 아니라 주머니에 있던 지폐까지 탈탈 털리고 도망치듯 나와 씩씩댔다. 하지만 어디에 하소연할 데도 없다.

"아이고, 경식 씨, 수호 씨. 변호사인 저보다 낫습니다. 하하."

"그게 다 윤석 씨 믿고 한번 개겨 본 거죠. 윤석 씨 없었으면 쟤네에게 또 당했을 수도 있었을 거요. 하하."

윤석을 비롯한 경식, 수호는 심부름센터 이근한의 웃지 못할 정보로 자신들의 낚시 핑계가 들통난 것을 알았다. 셋은 한동안 낚시회 이름에 맞게 제부도를 비롯한 화성의 서해안으로 낚싯대를 들고 가서 술이나 마시고 왔다.

그렇게 1년 이상을 내연녀와 문자나 주고받던 이들은 마누라들의 경계가 허술해졌다고 판단했다. 당연히 제 버릇 개 못 준다고 그들이 낚싯대를 매고 행하는 곳은 바다가 아닌 내연녀의 주거지였다. 윤석도 다시 춘천역으로 바다낚시를 가기 시작했다. 하지만 이들의 단순함은 마누라들의 육감을 이기지 못했다.

서희와 희선, 보람은 자기 남편들의 바람기를 더는 참을 수 없다는 판단에 심부름센터를 다시 불러 현장을 덮칠까도 생각해 봤다. 하지만 간통죄는 이혼을 전제로 하므로 자신들만 손해라는 것을 알기에 다른 방법을 찾기 시작했다. 희선이 먼저 입을 열었다.

"얘들아, 간통죄로 넣어봐야 그동안 당한 우리가 겪은 배신감이 해소되는 것도 아니고 애들도 있는데 당장 이혼하기도 그렇잖아."

"하긴 그래, 누구 좋으라고 이혼이야. 어쩌면 그리되는 걸 더 좋다고 생각할 수도 있어. 1년 살고 나와 그년들과 아예 합칠 궁리로…."

서희와 희선의 말을 들은 보람이 무슨 아이디어가 있는 듯 무릎을 치며 말했다.

"그러게, 이혼해야 우리만 억울하지. 그래서 말인데 어떻게든 개망신을 한번 주는 방법이 없을까?"

"글쎄, 그러려면 그년들을 만나서 머리끄덩이를 잡고 한판 해야 하는데, 어디에 처박혀 있는지를 알아야지. 잘못했다간 거꾸로 낭패를 볼 수도 있을 것 같은데?"

"안 되면 동네방네 다 들리도록 큰소리치며 신랑하고 싸우는 거야. 어때?"

"글쎄, 그것도 눈으로 본 건더기가 있어야 시작할 수 있잖아?"

그렇다. 심부름센터 이근한의 말에 따르면 남자들이 내연녀 집에 드나드는 것은 사실이다. 하지만 간통을 목격한 것도 아니고, 그는 사진 몇 장 들고 와서 어디로 들어갔다는 정도의 자료만 주고 거금을 챙겨 갔다. 여자의 육감이 아무리 뛰어나더라도 미리 동선까지 짜 놓고 들락거리는 남자를 이겨낼 재간이 없다. 사실 서희는 윤석의 내연녀인 금숙과 식당, 둘 사이의 아들인 하늘이까지 안다. 그런데도 서희 역시 어떻게 할 방법을 찾지 못했다. 생각으로는 자신의 청춘을 우롱해 온 윤석과 금숙과 그 둘의 결실인 하늘이까지도 죽이고 싶은 심정이지만, 사실 혼자서는 성사 가능성이 1%도 없다. 그렇다면 청부? 오늘도 셋은 성과는커녕 수다만 떨다가 자포자기한 심정으로 헤어졌다.

4
추적

01. 경고와 사고

셋은 아무런 성과도 없이 3년 동안이나 속앓이를 이어갔다. 세월 따라 그녀들 얼굴의 수심도 한층 짙어졌다. 다만, 희선은 요즘 뜻밖의 일로 얼굴이 밝아졌다. 자영업을 하는 남편이 도매상에서 물건을 떼 오던 중 차가 뒤집히는 사고로 큰 수술을 받았다. 그 결과 오른발을 쓰지 못해 지팡이에 의지해 살게 됐다. 사고 이후로 내연녀에게 매주 가던 횟수가 예전보다 절반, 어떤 달은 한 달에 한 번 정도로 줄었다며 좋아했다. 희선이 얘기 끝에 '다행'이라고까지 표현하자 서희와 보람은 서로를 마주 보며 씁쓸하게 웃었다. 남편이 밉긴 하지만 그렇다고 장애인이 된 것을 다행이라고? 서희를 비롯해 희선과 보람의 분노는 세월과는 아무런 상관이 없었다. 그렇다고 뾰족한 수가 있는 것도 아니었다. 그녀들의 만남은 남편들 욕만 실컷 하고 돌아서는 것으로 끝나곤 했다. 그러다가 최근에는 이제 애들도 어지간히 컸으니, 지금이라도 이혼을 준비하는 게 낫지 않겠느냐는 얘기가 솔솔 나오기 시작했다.

"황혼이혼은 수십 년 지겹게 살다가 혼자만의 시간을 갖기 위한 수단이라고 생각해. 하지만 우리는 아직 20년도 안 됐어. 그렇다면 뭐겠어? 나는 이런 상태로 황혼까지 가기는 싫어."

　남편이 교통사고 이후 내연녀를 만나는 시간이 확 줄어서 좋긴 해도 그동안 속은 걸 생각하면 분을 참지 못하겠다는 희선의 말에 서희와 보람은 고개를 가볍게 끄덕였다. 이제까지 설득도 해 봤으나 소용없었고 내연녀를 찾아 분풀이라도 하고 싶지만, 방법을 여전히 찾을 수 없는 상태였다. 그래서 더 늦기 전에 마지막 카드를 준비해 보는 것도 괜찮을 것 같다는 생각들이다. 마지막 카드라면 이혼 말고 뭐가 있겠는가.

　서희는 낚시하러 간다고 나선 윤석의 뒤를 밟았다. 춘천역에서 가장 가까운 주차장에 차를 세우고 옆에 있는 렌터카 업체에서 딱 하나 남은 S사의 검정색 승용차를 빌렸다. 윤석이 서희의 차 번호는 물론 색깔까지 알고 있어서 바로 들킬 게 뻔하고 추적하고 있다는 신호를 주는 것이나 마찬가지였기 때문이었다. 이제까지 경차만 탔던 서희로서는 낯선 차를 조작한다는 게 불편하기도 했다. 그렇지만, 남은 렌터카가 그것뿐이어서 선택의 여지가 없었다. 서희는 '역전식당'에서 가까운 가변차로에 렌터카를 세우고 식당 앞을 주시했다.

　윤석은 일찍 전철을 타고 움직였고 서희가 간격을 두고 승용차로 출발했으므로 윤석은 이미 도착해 희희낙락거리고 있을 것이다. 마음 같으면 당장 식당으로 쳐들어가 멱살을 잡고 싶지만, 그 방법은 잠시 시끄러울 따름 윤석의 달변에 다시 놀아나는 꼴만 될 것이다. 30분쯤 기다리자, 예상했던 대로 윤석과 금숙, 하늘이가 집을 나와 인도를 따라 어디론가 걷기 시작했다. 주변에 있는 몇 개의 공원, 유원지엔 모두 하얀 아카시아꽃이 만발해 있었다. 세 사람은 그중 한 곳을 찾아 아카시아꽃 향기를 맡으러 가고 있는 게 분명하다. 서희는 속이 끓었다. 제대로라면 윤석의 곁에는 금숙과 하늘이 아니라 자기와 아름이가 있어야 하는 것 아닌가.

서희는 뒤차의 클랙슨 소리를 무시하고, 걸어가는 세 사람과 속도를 맞추기 위해 서행으로 가다가 서기를 반복하며 그들을 따랐다. 그러다가 공원 팻말이 보이자, 마음이 조급해졌다. 셋이 공원으로 들어가 버리면 이제까지의 추적이 허탕이 될 것이기 때문이다. 서희는 액셀러레이터를 살짝 밟은 뒤 그들 곁으로 바짝 다가갔다. 이제 창문을 내리고 윤석과 금숙을 향해 소리를 지르면 된다. 그런데 맞은편에서 달려오던 대형화물차가 차선을 넘는 모습이 보였다. 서희는 본능적으로 핸들을 꺾었다.

"아아악!"

급브레이크를 밟았지만, 결과는 서희가 의도했던 것과는 전혀 다른 양상으로 전개됐다. 렌터카는 인도 바깥쪽으로 걷던 금숙을 앞범퍼로 타격해 넘어뜨리고 넘어진 그녀의 허벅지를 타고 넘은 뒤에야 멈췄다. 윤석과 하늘은 옆으로 몸을 날려 피했기 때문에 금방 털고 일어섰다. 금숙의 비명에 윤석과 하늘은 길 가던 몇 사람과 함께 렌터카 앞쪽을 들어 금숙을 꺼냈다. 구급차와 경찰차도 잠시 후 도착했다. 윤석과 하늘은 혹시 모르니 구급차에 타라고 구급대와 경찰이 안내했으나 괜찮다며 바지에 묻은 흙을 털며 탑승을 거부했다.

병원으로 옮겨진 금숙은 엑스레이와 시티 촬영 결과 허벅지 뼈가 부러졌고 바로 수술실로 옮겨졌다. 그나마 다행인 것은 한쪽 허벅지 뼈는 부러지지 않았고 물리치료만 받아도 된다고 했다. 운전대에 이마를 부딪친 서희는 응급실에서 몇 바늘 꿰맨 후 붕대를 감고 경찰차에 올랐다.

"왜 그랬어요?"

교통계에서 수사과로 넘겨진 서희에게 담당 경찰은 신상명세서 양식을 내밀며 물었다. 서희는 묵묵히 명세서의 빈칸만 채워 갈 뿐 입을 열지 않았다. 상상하지 못했던 방향으로 일이 커졌고 어떻게 수습해야 할지 도무지 방법이 떠오르지 않았다. 머리가 복잡한 만큼 몸이 떨렸다. 경찰의 질문보다 구급차에 실려 간 금숙이 얼마나 다쳤는지, 생명에는 지장이 없는지 그게 더 궁금했다. 목표는 놀래고 망신 주기 그 이상이 아니었다. 서희는 세 사람 곁으로 다가가 급제동한 후 유리창을 내리고 큰 소리로 쏘아붙인 후 유유히 렌터카 업체로 갈 예정이었다. 그러나 경찰은 고의성이 있다며 서희의 해명은 듣는 둥 마는 둥 조서를 꾸며나갔다.

02. 살인미수죄

서희는 검찰로 이첩됐고 검찰은 경찰서에서 작성한 진술서를 근거로 살인미수 혐의로 구속영장을 청구했다. 서희는 서초동 검찰청에서 경기도 의왕에 있는 '서울구치소'로 이송되었다. 검찰 직원들은 서희를 구치소 담당에게 인계했고 신병을 인수한 교도관은 그녀를 검사실로 데려갔다. 교도관은 휴대폰을 비롯한 소지품을 모두 책상에 내놓게 하고 옷도 다 벗게 했다. 그리고 신체검사를 마친 뒤 연두색의 수용자 옷으로 갈아입히고는 촬영을 했다. 서희의 오른쪽 명찰은 하얀 바탕에 '2상10', 왼쪽 가슴에는 '3394'라고 쓰여 있었다. 무슨 뜻인지는 알 수 없었다. 서희는 그들이 안내하는 방으로 안내되었다.

"어서 와, 내가 여기 방장인데 신고부터 해야제?"

오십은 훨씬 넘은 것 같은 통통한 죄수복의 여자가 비스듬히 누운 채로 반말을 던졌다. 중년 특유의 걸걸한 목소리였다.

"네?"

"이제 같이 묵고 같이 잘 건데 누군지는 알아야 하는 거 아닌감?"

"네, 저는 강서희라고 하고요. 나이는 마흔입니다."

"근디 뭣 땀시 왔어?"

"살인미수 혐의로 왔습니다."

"지금 뭐라카노? 살인미수우? 방장 언니요. 언니랑 같은 급수네예. 우짭니꺼?"

옆에 있던 깡마른 여자가 고개를 쳐들며 말했다.

"뭘 어째! 살인도 아닌 미순데? 상대가 놈인지 년인지는 모르지만 죽을 팔자는 아니었구먼."

"언니도 같은 죄목인데 1심이 7년 아니었는교?"

"항소해 놨으니께 디스카운트해 주겠지."

"얼마나 예?"

"2~3년은 깎아 주지 않겠어?"

서희는 앞날이 깜깜했다. 동기는 모르지만, 감형되어도 4~5년? 방장은 서희가 억울하다는 하소연에 동의하며 남편이 변호사라고 하자 눈이 휘둥그레졌다.

"애들아! 변호사 사모님이시다. 출소해도 앞으로 아쉬운 일들 있을 거 아냐? 그때를 생각해 잘 모셔라."

대체로 나이와 상관없이 입방하는 순서대로 막내가 설거지나 방 청소, 화장실 청소를 담당하는데 방장의 직권으로 서희는 첫날부터 아무 일도 하지 않았다. 그 방에는 서희를 비롯해 여섯 명의 미결수가 있었는데 대체로 절도, 폭행, 사기, 상습도박 등으로 자기보다는 모두 가벼운 형량일 것 같았다. 때로는 집행유예로 풀려날 가능성도 있는 사람들이다. 그러나 살인이나 살인미수는 집행유예가 없다는 것을, 윤석을 통해 들은 바 있는 서희다.

서희를 비롯한 수용자들은 구치소에서 건네준 아쿠아 색의 수의로 갈아입었다. 계절이 바뀌었다는 신호다. 계절이 바뀌는 동안 친정엄마와 아버지가 동반해서 세 번, 오빠와 여동생과 남동생이 각각 한 차례 면회를 왔었고, 변호인 접견은 세 번 있었다. 윤석은 한 번도 오지 않았다. 윤석의 대학 동기인 곽재훈 변호사가 변호를 맡았다. 이전에 두어 번 만난 기억이 있다.

"안녕하세요. 내일 공판인데 준비는 잘 하셨는지요?"

"저는 특별히 준비한 것은 없어요."

"걱정하지 마십시오. 앉아만 계셔도 됩니다."

"혹시 피해자 상태를 알고 계세요?"

"네, 생명에는 지장이 없는데 의사 말로는 후유증이 있을 거라고 하더군요."

서희는 눈물을 흘렸다. 고의는 아니었지만, 결과가 이렇게 된 것에 대한 후회의 눈물이었다.

다음 날 서희는 포승줄에 묶인 채 몇몇 피의자들과 함께 호송버스에 실려 서초동 법원에 도착했다. 법정에 들어서자 호송 교도관이 서희의 포승줄을 풀어 주고는 피고인석에 나란히 앉았다. 잠시 후 판사실 문이 열리고 법정 경위가 원고와 피고 그리고 방청객을 향해 일어서라고 지시했다. 세 명의 판사가 자리에 앉자, 경위는 다시 손짓으로 모두를 앉게 했다. 서희가 살며시 고개를 들어 원고석을 바라보니 이금숙의 어머니가 앉아있었다. 전에 역전식당을 방문했을 때 파를 다듬고 있던 노인이었다. 모두 자리에 앉자 재판장의 지시로 검사는 공소장을 읽어 내려갔다.

"피고 강서희는 남편의 외도를 의심하고 3년 전부터 피해자 이금숙과 이금숙의 아들 이하늘과 자신의 남편 서윤석을 해칠 의도를 가지고 있었다. 피고는 여러 방면으로 방법을 찾던 중 교통사고를 가장해 살해하기로 하고 그 실행 날짜를 지난 2011년 5월 25일로 정했다. 피고는 렌터카를 빌려 타고 피해자 이금숙을 포함한 3인을 추적

하던 중 그들과 거리가 가까워지자, 핸들을 급격하게 인도로 꺾어 위의 3인을 덮쳤다. 그러나 렌터카의 뒷바퀴가 인도 경계석에 걸려 애초에 계획했던 살해는 실패했다. 하지만, 피해자 이금숙에게 중상해를 입혔고 나머지 2인에 대해 정신적으로 상당한 피해를 주었다. 피고 강서희는 이번 사건을 철저히 준비해 왔고 따라서 당일에도 자신의 차는 주차장에 세워 두고 렌터카를 따로 빌린 것으로 보아 위 3인에 대해 살해의 의도가 있었다고 볼 수 있다. 이는 사전 계획한 살해가 실패했을 뿐으로 살인미수죄에 해당한다. 만약 렌터카의 뒷바퀴가 인도의 경계석에 걸리지 않았다면 피고인을 비롯한 3인 모두가 살해됐을 것으로 추정된다. 피고는 진술 과정에서 살해 의도는 없었다고 하나 최소한 미필적 고의는 피해 갈 수 없을 것이다. 이에 본 검사는 피고 강서희에게 살인미수죄를 적용해 징역 7년을 구형합니다."

검사의 공소 사실을 확인한 재판장은 서희의 변호사를 향해 말했다.

"변호사 변론하세요."

곽재훈 변호사는 검사의 공소 사실을 하나하나씩 반박하며 서희를 변호하기 시작했다.

"존경하는 재판장님, 이번 사건과 관련해 검사의 공소장은 소설로 여기기도 민망합니다. 전후 사정을 생략하고 살인미수라는 중형을 구형한 것은 피고의 진술을 왜곡 해석한 것에 불과합니다. 우선 피고 강서희는 검찰 조사에서 본의가 아니었음에도 자신으로 인해 다친 사람이 있다는 것을 알고 무척 괴로워했습니다. 따라서 그 죄책감으로 검사의 모든 질문에 자기 본심을 밝히지 않았고 고개만 끄덕이다가 서명란에 서명했습니다. 검찰의 직접적인 강요가 없다손 치더라도 죄책감으로 정서적인 위축 상태에 있는 피고에게 휴식의 시간도 없이 밤샘 조사로 얻은 진술은 효력이 없다고 생각합니다. 이번 과실이 합당하다는 것은 아니지만, 전후 사정을 살펴보면 피고는 3년 전까지 남편에게 혼외자가 있다는 사실을 몰랐고 여기에 내연녀와 계속 교통하고 있다는 사실은 상상조차도 하지 않았습니다. 사귈 때부터 따지면 한마디로 17년간을 속고 살았고, 알고 난 뒤 당한 세월이 3년입니다. 사기 결혼도 억울한데 외도를 끊지 못하는 남편과 이혼을 생각하기도 했지만, 그동안의 정이 있고 특히 피고와 남편 사이의 결실인 딸이 피고의 결정을 붙잡았습니다. 이후 3년간 남편이 제자리로 돌아오기를 기다렸으나, 남편은 이번 사건이 발생한 지난 5월 25일까지도 서해안으로 바다낚시를 가겠다고 거짓말을 하고 결국은 춘천으로 가서 내연녀와 그 사이에서 난 아들과 야외 나들이를 나서고 있었습니다. 피고는 자신이 항상 지켜보고 있다는 신호를 보내기 위해 그들에게 바짝 다가가 유리창을 내리고, 경고하려고 했습니다. 그런데 반대 차선으로 달려오는 과속 트럭이 보였고 순간 중앙 차선을 넘어올 수도 있겠다는 위협을 느껴 당황한 나머지 핸들을 갑작스럽게 인도 쪽으로 돌렸을 뿐입니다. 이는 순간적으로 일어난 사고로서 미필적 고의조차도 성립할 수 없습니다. 결과는 안타깝게도 인명 피해로 이어졌으나, 피고가 의도적으로 피해자들을 살해하거나 상해를 입히기 위해 핸들을 인도로 꺾었다는 검찰의 공소는 사실과 다릅니다. 비록 고의는 아니었더라도, 인명사고를 낸 것에 대해 피고는 계속 자책하고 있습니다. 금전으로 다 보상할 수는 없겠지만 피고의 부모님께서는 현재 입원해 있는 피해자와 그 어머니인 원고 대리인에게 1천만 원을 전달하고 용서를 빌었습니다. 또한, 이후 병원비가 부족하거나 후유증이 남으면 추가로 배상하겠다고도 약속했습니다. 여기에 렌터카도 종합보험에 가입되어 있어서 조만간 보상 처리가 이뤄질 것입니다. 존경하는 재판장님, 피고가 과실로 인명 피해를 낸 것은 분명합니다. 따라서 그에 따른 처벌은 달게 받겠지만, '살인미수'라는 검찰 측의 공소 사실은 수용할 수 없다는 것을 밝히는 바입니다. 이상입니다."

"피고인 최후 진술하세요."

재판장의 명령에 얼떨떨했지만 그래야만 되는 줄 알고 서희는 일어섰다. 방청석은 물론 원고 측에 앉은 금숙의 어머니와도 눈을 맞추지 못하고 바닥만 보며 기어들어 가는 목소리로 진술했다. 입을 열기도 전에 눈물이 앞을 가렸다. 그러나 손수건을 꺼내고 싶지는 않았다.

"무조건 죄송합니다. 우선 앞에 계신 이금숙 씨 어머니께 심려를 끼쳐드려 정말 죄송하고, 현재 상태를 알 수 없지만, 많이 다친 것으로 알고 있는 이금숙 씨, 또 저의 남편인 서윤석 씨께도 죄송합니다. 그리고 무엇보다도 저의 남편과 이금숙 씨 사이에서 태어난 아드님께 정말 미안합니다. 사실 아무 죄도 없는데 한때 미워했던 것을 반성합니다. 이금숙 씨의 쾌차를 빕니다."

"선고 공판은 9월 5일입니다."

재판장이 그렇게 선언한 뒤 방망이를 세 번 두드리고 일어서자, 원고석 피고석은 물론 방청객도 모두 일어서서 판사들 법복이 보이지 않을 때까지 지켜보고 있었다.

법정을 나온 서희는 상의가 모두 젖어 있는 자신을 발견했다. 상의뿐만 아니라 하의도 엉덩이부터 허벅지까지 축축함이 느껴질 정도였다. 다시 포승줄에 묶인 손목은 기지개도 허락하지 않았다. 호송차는 시동이 걸린 채 빨리 타라고 재촉했고 누가 먼저랄 것도 없이 아침에 같이 왔던 피의자들이 임자 없는 아무 자리나 찾아 앉았다. 다들 다른 방의 수용자들이라 낯설기만 했다. 얼마 지나지 않아 호송차는 경기도 의왕의 서울구치소에 도착했고, 교도관들의 인솔에 맞춰 각자의 방으로 이동했다.

방에 도착해 앉자 다들 궁금한 눈초리를 던졌다. 방장이 물었다.

"구형 얼마 나왔어?"

"…7년이라고 하던데요."

"7년이라, 저번에 얘기 들어 보니까 살인미수까지는 아닌 것 같던데, 그 검사 새끼 어젯밤 마누라하고 싸웠나? 아니면 새벽까지 술을 처먹었나? 그 새끼들은, 지 꼴리는 대로야, 개새끼들."

첫날 방장과의 대화 중 끼어들었던 '3354'가 물었다.

"방장 언니요. 구형 7년이면 실형 얼마나 나오능교?"

"그건 판사 맘이지. 내가 알기로는 한 4~5년 때리겠지. 참작 동기가 판사 가슴을 때린다면 3년. 판사 잘 만나면 징역 2년에 집행유예 3년도 가능하지. 그런데 내가 알기로는 살인미수는 아니던데 만약 합의했다면 무죄도 나오지."

서희가 반문했다.

"살인이나 살인미수는 원래 집행유예가 없다던데요?"

"그건 맞아. 하지만 변호사 잘 만나면 살인미수가 단순 폭행도 되지. 나는 돈 없어 국선 썼더니 '선처를 바란다'는 개소리만 반복하드만. 당연히 7년 나올 수밖에 없었지."

"나도 돈 없어 국선 썼는데 앞날이 깜깜하네예."

"야! '3354' 이년아! 너는 처먹을 만큼 다 처먹고 돈이 왜 없어?"

미결수들의 공통점은 억울함이다. 명백히 잘못했어도 다들 억울하다는 소리뿐이다. 폭력으로 들어온 미결수는 자신이 때린 게 아니라 맞은 놈이 얼굴을 자기의 주먹에 처박았다는 식의 변명을 해댄다. 그리고 전과가 몇 개 있는 수감자 정도면 법리도 어느 정도 알고 특히 형량 예측은 신기할 정도로 맞아떨어진다. 즉, 실형 몇 년 나올 거다, 또는 집행유예가 될 거다 하면 그게 대체로 맞다. 지금 방장 언니의 예측대로라면 서희는 집행유예까지도 가능하다. 과연 그렇게 될까.

9월에 접어들었지만, 무더위는 여전하고 매미의 울음소리도 그칠 기세가 아니다. 1심 선고일이다. 서희는 오늘도 지난 구형 때처럼 포승줄에 묶여 몇몇 피의자들과 함께 호송버스에 실려 서초동 법원에 도착했다. 서희는 대기실에서 몇 년이 선고되어도 달게 받겠다는 각오를 하고 고개를 숙인 채 법정으로 들어섰다. 지난 구형 때보다 많은 방청객이 보였다. 잠시 후 세 명의 판사가 나오고 법원 경위는 예전처럼 원고와 피고 방청객들을 일어서게 했다. 가운데 앉은 재판장은 원고와 피고 그리고 방청객을 훑어보더니 평소와 같이 앉기는 했으나 배석판사와는 달리 고개를 똑바로 들지 않고 판결문만 뚫어지게 내려다보고 있었다. 방청객들은 침을 삼키며 재판장의 입만 쳐다볼 뿐이었다. 3분여 동안 고심하던 재판장은 고개를 들고 주문과 판결 이유를 낭독했다.

〈주문〉
1. 검사의 공소를 기각한다.
2. 피고는 1의 기각에 따라 무죄이다.
〈이유〉
공소장에서 제기한 살인미수죄는 정황상 성립되지 않는다. 검사의 공소장은 초동 수사부터 부실하다. 우선 목격자가 많았음에도 목격자 진술 하나 얻어 내지 못하고 경찰이 꾸민 조서를 양식만 바꿔 옮겨 놓았다. 공소장은 객관적인 사실을 토대로 기재하는 양식이지 소설을 쓰기 위한 원고지가 아니다. 또한 살인이나 살인미수는 고의나 적어도 미필적 고의를 입증할 수 있어야 하는데 검사는 아무런 근거도 제시하지 못하고 죄책감으로 위축된 피고인의 진술에만 의존해 공소장을 작성했다. 또한 사고를 직접 목격한 주민 김석환 외 4명의 목격자는 당일 춘천경찰서에서 모두 진술을 거부했다. 이는 경찰이 미리 강서희를 살인미수자로 규정해 놓고 꿰맞추기하고 있다는 사실을 인지했기 때문이었다. 목격자들의 현명한 판단이 사회로부터 격

리당할 뻔한 한 사람을 구한 셈이 되었다 할 것이다. 여기에 상해죄는 아예 공소 제기가 되지 않는다. 피고인 측에서는 이미 피해자에게 1,000만 원을 합의금으로 건넸고, 피해자 측은 앞으로 어떠한 형식의 민·형사상의 책임을 묻지 않기로 하고 합의서에 서명했다. 형법 266조 1항에 의하면 과실로 인하여 사람의 신체를 상해에 이르게 한 자는 500만 원 이하의 벌금, 구류, 또는 과료에 처한다고 했다. 그러나 제2항은 제1항의 죄는 피해자의 명시한 의사에 반하여 공소를 제기할 수 없다고 되어 있다. 그런데 검사가 반의사불벌죄는 공소를 제기할 수 없다는 것을 모를 리가 없는데 이를 무시하고 공소장을 제출했다. 이는 검찰이 법리를 명백히 잘못 해석한 것으로 보인다.

거기까지 읽은 재판장이 한숨을 쉬자, 재판장 왼편에 앉은 배석판사가 몸을 기울여 재판장의 귀에 대고 작은 소리로 말했다.
"고정하십시오. 저 새끼 임용되고 첫 재판입니다. 아무리 그래도 저렇게 준비 안 된 놈은 처음입니다."
배석판사의 이야기를 들은 재판장은 이해가 된다는 듯 고개를 끄덕이며 판결 이유를 낭독할 때와는 다르게 경어체로 마지막 한마디를 남겼다.
"지난번 피고 측 변호사의 변론이 아니더라도 이번 사건의 원인을 유발한 상간녀가 원고가 되고 어떻게든 남편을 제자리로 돌려놓으려 한 정상적인 부인이 피고가 되는 이런 재판이 언제까지 이어질 것인지 법조인의 한 사람으로 자괴감을 느낍니다. 옛날 같으면 본부인이

상간녀의 머리채를 잡고 흔드는 것으로 어느 정도 해결됐는데, 이제는 상간녀가 본부인으로부터 맞았다며 당당히 고소하는 세상입니다. 이번 사건도 이와 유사합니다. 간통죄가 언젠가는 폐기되겠지만, 간통과 사랑은 분명히 다릅니다. 쉽지는 않겠으나 앞으로 이 사회가 차차 거리낌 없는 사랑으로 가득 차기를 바랍니다."

거기까지 말한 뒤 재판장은 방망이를 두드리며 재판의 종료를 알렸다.

03. 무죄의 무거움

서희는 무죄 판결을 받고 구치소에서 나오기는 했지만, 심경까지 무죄는 아니었다. 차라리 살인미수나 상해죄의 유죄판결을 받고 세상과 좀 떨어져 있고 싶은 마음도 있었기 때문이었다. 어둠이 짙어지고 구치소 문이 열리자, 엄마와 아빠가 반겼고 동생들은 두부를 준비해 와서 서희의 입에 쑤셔 넣었다. 구치소나 교도소에서 먹는 식사가 부실해 영양 보충을 위해서 고단백질의 두부를 먹이는 풍습이 생겼다고 하던가.

불과 몇 달 사이지만 고 2인 아름이의 몸매는 자신의 고교 시절과 똑 닮아있었다. 윤석은 면목이 없어서인지 나오지 않았고, 서희는 아름이와 함께 친정 부모님과 동생들을 따라 회기동으로 갔다. 서희 부모는 그동안 고생한 것을 안타까워하며 울었고 서희는 미안함에 눈시울을 붉혔다.

서희는 이튿날 춘천에 있는 대학병원으로 차를 몰았다. 아카시아 꽃이 한창일 때 달리던 길을 코스모스가 한창인 시절에 다시 달렸다. 503호실이라는 안내를 받고 엘리베이터를 탄 몇 초 동안 서희의 머리는 복잡했다. 숨을 크게 내쉬고 병실 문을 열었는데 4인실인 503호는 일반 병실이었다. 침대마다 커튼으로 가려져 두리번거리던 중 서희를 알아차린 금숙의 어머니가 일어서 서희의 두 손을 잡고 미안하고 감사하다고 했다.

"댁인 줄 알았으면 고소가 없었을 거예요. 나는 이름을 모르니까 옆에서들 시키는 대로 했는데 정말 미안해요. 고생 많았죠?"

"아니요. 사람을 다치게 했으면 벌을 받아 마땅하죠. 죄송합니다."

금숙 어머니는 문병 다녀간 사람들이 사 왔을 포도 주스를 따라주며 면목이 없다고 했다. 그리고 금숙이 누워 있는 창가 침대로 안내했다. 예전에 역전식당에서 만나 긴 얘기를 주고받았던 금숙은 금세 서희를 알아보고 고개를 숙였다.

"정말 미안해요. 진심으로요."

"무슨 말씀이세요? 저 때문에 몸이 이렇게 상하셨는데."

"아니요. 나이 먹은 사람으로서 할 말이 없어요."

"몸은 좀 어떠세요. 의사 선생님은 뭐라고 하셨어요?"

"의사 선생님 말씀은 현재 뼈가 다 붙었고 내일이라도 퇴원 가능하대요. 다만, 퇴원 후 물리치료를 꾸준히 하라더군요."

"천만다행이네요. 어쨌든 결과를 이렇게 만든 저로서는 미안하다는 말밖에 전할 게 없어서 안타깝습니다. 병원비는 지금 어떻게 처리하고 계시나요?"

"병원비가 넘쳐요. 보험사에서도 넉넉히 받았고요. 아, 그리고 합의금이라며 1천만 원 들고 오신 분이 서희 씨 아버님이시라는 것을 몰랐어요. 저는 치료 중이었고 치료 중이 아니었어도 저와 우리 어머니가 서희 씨 아버님을 알 수가 없지요. 그거 꼭 돌려드릴게요."

"무슨 말씀을 그리하세요. 더 보태 드려야 하는데 좀 더 알아보겠습니다."

"아니요, 절대 그러시면 안 돼요. 알고 계시지만 솔직히 말씀드리면 저는 서희 씨 가정을 파탄 낸 사람이에요. 그래서 달리 방법은 없고 우선 합의금을 돌려주는 것으로 어머니랑 결정했어요."

"그런 말씀 마세요. 이렇게 다치게 해 놓고 무슨 염치로 그 돈을 돌려받아요?"

"우리 하늘이도 그래야 한다고 했어요."

"하늘이면? 아드님 말씀이군요. 오늘 안 보이네요."

"네. 8월인가, 첫 공판 보고 바로 귀대했대요."

"공판 때 법정에 왔었다고요?"

하늘은 윤석의 피가 흐르는지 초등학교 때부터 입학 직후 3학년으로 월반했고 만 18세이던 재작년 1차 합격에 이어 작년에 사법고시 2차까지 마치고 군에 입대했다고 했다. 지난 5월 사고가 났던 날은 첫 휴가 이튿날이었다. 서희는 깜짝 놀랐다. 어리게만 봤는데 벌써 사법시험 2차 패스하고 지금은 군대에? 법정에는 왜 왔을까? 스스로 왔을까, 누가 보낸 것일까? 당시 검찰이 구형을 내리자, 변호사가 서희를 방어하기 위해 자기 어머니의 치부를 들춰냈던 자리였는데 자발적이든 보내서였든 있을 곳이 아니었다. 서희는 나중에 다시 들르겠다며 병원을 나와 친정으로 차를 몰았다.

5
잊혀 가는 윤석

01. RH-O형?

 윤석은 교통사고 후 종적을 감췄다. 서희는 3년 전 석방 후 즉시 실종신고를 했지만, 아직 경찰로부터 어떠한 소식도 듣지 못했다. 변호사 사무실을 직접 방문해 물어보았으나 답답하기는 동료 변호사들도 마찬가지였다. 동료 중에는 서희가 살인미수죄 피의자로 서울구치소에 수감 중 변호를 맡아 무죄로 석방되게 해준 곽재훈 변호사도 있었다.
 "참 그 사람 며칠 쉬고 온다더니 벌써 3년이네. 일은 밀리고 특히 서 변호사를 찾는 사람도 많던데 도대체 어떻게 된 거야?"
 김석희 변호사가 나서서 의견을 꺼냈다.
 "곽 변호사님, 몇 번 말씀드렸습니다만, 계속 밤샘을 할 수는 없지 않겠습니까? 변호사 한 명 보충하시죠?"
 "글쎄, 그것도 대표 변호사인 서 변호사가 있어야지, 우리가 힘들다고 그냥 사람 쓸 수 있나?"
 "대표가 없으면 부대표이신 곽 변호사님이 권한대행을 하셔야죠. 언제까지 이런 식으로 운영하시렵니까?"

일곱이나 되는 모든 변호사가 김 변호사의 의견에 동의한다고 했지만, 곽재훈 변호사는 왼손을 책상에 얹고 턱을 괴고 있을 뿐이다.
 서희는 출소 후 실종신고를 했다. 알 만한 사람과 지역을 다 찾아다녔지만 3년 동안 아무런 제보조차 없다. 사무실에서 집으로 돌아와 소파에 앉은 서희는 3년을 헤맸다. 조그마한 흔적조차 찾을 수 없다는 사실이 줄곧 믿기지 않았다. 혹시 일본이나 중국으로 갔거나 아니면 월북이라도 했을까? 어디에 있어도 살아만 있기를 바랄 뿐이다. 살아서 돌아오기만 한다면 지난 일들은 하나도 묻지 않고 예전 연애하던 시절로 돌아가 새롭게 출발하리라. 습관적으로 TV를 켰다. 순간 40대 중반의 남자 변사체가 발견되었다는 자막이 흐르고 있었다. 평소라면 너무도 흔한 뉴스라 신경을 쓰지 않았으나 예감이 좋지 않다. 방송국에 전화해 자세히 알고 싶었지만, '잠시 후 7시 뉴스'라는 예보가 나와 조금 기다리기로 했다. 2~3분이 왜 이리 길까. 뉴스가 시작되었다. 매일 그렇지만 특보가 아닌 이상 정치, 경제 뉴스로 도배하는 것이 관행이다. 그리고 사회 뉴스로 넘어간다. 그런데 오늘따라 정치, 경제와 관련한 뉴스가 너무도 길다.
 "다음 소식입니다. 오늘 강원도 횡성에 있는 한 폐가에서 40대 중반으로 추정되는 변사체가 발견되었습니다. 변사체는 회색 점퍼에 국방색 바지, 그리고 회색의 운동화가 옆에 가지런히 놓여있었다고 합니다. 또한 유서로 보이는 메모지에는 수신자도 없이 '모두에게 미안하다.'라는 한 줄만 적혀있었다고 합니다. 경찰은 사체가 많이 부패한 데다가 신분증을 비롯한 소지품이 일절 없어서 정확한 신원과

사인을 밝히기 위해 국립과학수사연구원에 부검을 요청했다고 합니다. 다음 소식입니다."

회색 점퍼와 국방색 바지, 그리고 회색 운동화? 회색 점퍼와 국방색 바지, 회색 운동화는 아름 아빠가 낚시 갈 때 꼭 챙기던 것들이다. 서희가 까무러치는 순간 마침 친구들과의 만남을 마치고 돌아온 아름이 몸을 붙들었다. 아름이가 가져온 냉수를 한 잔 마셨는데도, 정신은 여전히 조금 전 7시 뉴스에 머물러 있다.

제발, 제발, 변사체가 윤석이 아니기를 바라며 서희는 자동차에 시동을 걸었다. 크리스마스가 멀지 않았는지 거리는 온통 성탄을 알리는 불빛과 음악이 사방에 가득하다. 함박눈은 아니지만, 불빛과 음악과 어울릴 만큼의 크기의 눈도 내린다. 옆자리에 누가 있다면 더 좋았을 풍경이다. 횡성이면 지난 몇 년간 가끔 다녀갔던 춘천 가는 길 인근 어디쯤 아니던가? 그런데 내비게이션은 자꾸 원주 방향을 가리켰다. 하지만 어차피 모르는 길 내비게이션에 의지할 수밖에 없다. 어둠이 내리고 동쪽으로 달릴수록 와이퍼의 동작은 빨라졌다. 반대편에서 달려오는 차들의 전조등은 상향등을 켰는지 눈이 부시도록 점점 밝아졌다. 문막휴게소 1km라는 표지판이 보이고 배에서는 꼬르륵 소리가 났다. 하지만 지금 휴게소를 들를 마음의 여유가 없다. 서희는 횡성경찰서를 들러 자세한 내용을 듣고 현장을 확인한 후에나 저녁을 먹기로 마음을 다졌다.

'쿠당탕, 쿠다당탕'

서희는 휴게소에서 나오는 차를 피하려고 브레이크를 재빨리 밟았으나 눈길이 비웃는 듯 작동하지 않았다. 결국 차체가 한 바퀴 미끄러져 돌았고 뒤따라오던 차량이 미처 피하지 못하고 서희의 차를 들이받아 전복시켰다. 무려 15중 추돌사고였다. 구조대는 부상자들을 원주 시내 각 병원으로 이송했다. 전복된 차를 뒤집은 구조대원들은 머리에 피를 흘리며 정신을 잃은 서희를 발견했고 급히 무전기를 들었다. 잠시 후 헬기가 도착해 서희를 싣고 원주 기독병원으로 날아갔다.

X-ray, CT 검사 결과를 살피던 의료진은 '급성 경막하 출혈'로 판단하고 서둘러 수술 준비에 들어갔다. 그런데 피 검사 결과를 받아 든 의료진은 서로를 마주하며 난감한 표정을 지었다.

"RH-O형?"

"과장님, 이걸 어디서 구합니까?"

"연락할 만한 곳은 다 해야죠."

"국내에 몇 사람 안 됩니다."

"아마, 국가에서 관리하고 있을 수도 있어요."

잠시 후 원무과에서 연락이 왔다.

"여기저기 연락해 봤는데 모두 없답니다. 마지막 수단으로 방송국에 연락해 놨으니, 운이 좋으면 연락이 올 것입니다."

급성 경막하 출혈은 외상성 뇌출혈 가운데 가장 위중한 경우로 보통 사망률이 60%를 넘는다. 주로 추락사고, 교통사고 등에서 많이 나타나는데 사망이 아니어도 중증의 후유장애를 남긴다. 응급으로 혈종을 제거하고 감압성 개두술을 시행하여도 사고 이전의 정상적인 생활로 돌아갈 가능성은 매우 낮다. 하지만 사망률이든 후유증이

든 그것은 나중 일이고 지금은 피가 없어 수술 자체를 할 수 없다는 것이 문제다. 안타깝지만 현재 상태에서 의료진이 할 수 있는 일은 아무것도 없다. 티브이에서는 RH-O 혈액형 보유자를 찾는다는 방송이 속보로 나왔고, 이어 자막을 연속으로 내보내고 있다. RH-O형 혈액 보유자가 국내에 몇 사람 되지 않기도 하지만, 선뜻 나서는 사람도 없는 것 같았다.

밤새 내린 눈으로 영동고속도로는 주차장이 되어 있었다. 견인차들이 갓길에 줄지어 몰려들었다. 간간이 119 구급대와 사설 응급차가 병원에 들어오기는 했으나, 속도는 소달구지 수준이다. 속도를 낼 수 없는 도로 상황에서는 사고가 나도 중환자는 거의 나오지 않는다. 그나저나 설사 RH-O형 보유자가 헌혈하겠다고 나서도 도로가 사고로 엉켜 있으니 데려올 방법마저 마땅치 않다.

"여기는 강원소방청! 여기는 강원소방청! RH-O형 보유자 탑승 출발 중, 헬기장 확보 바람, 이상!"

무전을 받은 원주 기독병원 직원들은 옥상에 있는 헬기장을 쓸고 또 쓸었다. 두 명의 소방관 도움을 받아 내린 사람은 20대 중반으로 보이는 청년이었다. 즉시 채혈실에 들어간 청년은 1시간 가깝게 헌혈을 마치고 소방 헬기 쪽으로 다시 걸어가고 있다. 털이 얼굴을 거의 가리는 후드여서 얼굴은 알 수 없지만, 뒤에서 본 청년의 걸음걸이나 체격은 윤석의 젊었을 때 모습을 연상케 했다.

서희는 수술을 무사히 마쳤다. 희귀 혈액인 RH-O형 기증자가 있없고 수술의들의 정성이 보태져 사망률 60%인 생명을 구했다. 수술의들은 수술이 성공적이었다며 종이컵에 담긴 커피를 축배 들듯 부딪히고 있었다. 그러나 서희의 부상은 결국 심각한 후유증을 남겼다. 그녀는 오른쪽 팔과 다리가 마비되고 언어가 조금 어눌한 중증장애인이 되었다.

뉴스에 등장했던 횡성 폐가의 변사체 남성은 윤석이 아닌 것으로 밝혀졌다. 수술 후 마취에서 깨어난 서희는 뒤늦은 확인에 안도의 눈물을 흘렸다.

02. 배다른 남매의 성장

하늘은 제대하자마자 사법연수원에 입소해 1년을 연수한 뒤 검사 임용장을 받았다. 아마도 역대 최연소 검사가 될 것 같다는 말이 들려왔다. 입대 후에도 하늘은 시험 준비를 게을리하지 않았으며 변호사 시험에 합격하고 3차 면접시험까지 모두 마쳤다. 부대 내에서는 각종 시험을 준비하고 있는 병사들에게 배려가 있었다. 그래서 눈치를 보며 공부한 것은 아니었다.

검사 임용장을 받던 날, 금숙은 다리를 가볍게 절며 다가와 하늘이를 안아 주었다. 그리고 휠체어에 몸을 실은 채 꽃다발을 건네고는 손을 만져 주는 서희 아줌마가 고마웠다. 한편으로 생각하면 엄마를 장애인으로 만든 서희가 밉기도 했다. 하지만, 군대에서 지난 날들을 되돌아보며 결코 그녀가 미움의 대상이 아니라는 것을 깨닫게 되었다. 그런데 서희의 휠체어를 밀고 있는 여대생으로 보이는 재는 누구일까? 잠시 의아해하자, 금숙과 서희가 누가 먼저랄 것도 없이 소개에 나섰다.

"하늘아! 네 동생이야."

"아름아! 네 오빠야."

아름은 엄마가 원주 기독병원에 입원해 있을 때 금숙이 면회를 와서 우연히 두어 번 마주친 적이 있지만, 저렇게 잘생긴 아들이 있다는 것은 아예 몰랐었다. 둘은 처음엔 어리둥절했으나, 금세 눈치를 채고 서로 어색한 웃음으로 다시 인사를 건넸다. 금숙이 아름이에게 물었다.

"아름이는 준비 잘하고 있니?"

"네, 이제 준비하려고요."

"근데 너는 검사 할 거야, 판사 할 거야?"

"글쎄요. 아직 정하지는 않았는데 판사 아니면 변호사를 하려고요."

"그래, 열심히 해라. 근데 혹시 법정에서 둘이 다투지는 않을까? 호호."

"엄마! 지금 그 걱정할 때가 아니라 준비나 잘하라고 하세요. 하하."

하늘이 검사보를 거쳐 서울지검의 강력범죄 전담부에서 3년 차 근무 중이던 2016년 2월 아름이도 1차 시험에 합격하고 2017년 6월에는 2차, 2017년 11월 7일 3차인 면접시험까지 합격했다. 최고의 경쟁률이었던 마지막 사법시험을 무난히 마친 것이다. 면접시험까지 끝내자, 서희와 금숙이 꽃다발을 안겼고 현직 검사인 하늘이가 점심을 사며 축하했다. 휠체어에 몸을 의지하고 있던 서희는 아름이가 판사나 검사로 일하기를 기대했으나 그와는 달리 사법연수원에 가지 않고 변호사로 나서겠다는 말에 서운한 마음을 감출 수 없었다.

"아름아! 3차까지 합격했으면 판사나 검사 하는 게 맞지 않니?"

"엄마! 꼭 그래야만 하는 건 아니야."

"아니긴 뭐가 아냐?"

"수사하고 판결하는 사람만 있으면 어떡해?"

"무슨 말이야?"

"억울한 사람 편들어 주는 사람도 있어야지."

아름이는 판사를 선망하긴 했지만, 단독 판사가 되기 위해서는 최소한 5년 이상의 시간이 더 필요하다는 사실을 알고 마음을 돌렸다. 같은 법조인으로서 자기 목소리를 내는 데는 변호사가 더 빠르다고 판단했다. 판사가 속된 말로 좀 있어 보이기는 해도 미련은 없었다.

변호사 시험에 합격한 아름은 아빠인 윤석이 운영하던 변호사 사무실로 실습을 나가기 시작했다. 실습 첫날 일곱 명의 변호사는 모두 환영했다. 그중에도 아빠의 동기인 곽재훈 변호사가 특히 반겼다.

"아름이 왔구나. 아빠 자리 채우러 왔어? 거기 앉아."

"네. 잘 부탁드리겠습니다."

곽재훈 변호사에게는 아름이가 중학생 때 아버지로부터 용돈 받으러 사무실에 몇 번 다녀갔던 기억만 살아 있었다.

"아! 그러고 보니 이제 변호사로 왔지. 실습 열심히 하고 어느 정도 익숙해지면 법정에도 자주 나가야지?"

"네, 열심히 하겠습니다."

하늘과 아름이 법정에서 처음 만난 것은 하늘이 검사 임용 8년 차, 아름이 변호사 3년 차였을 때다. 하늘이 본청에서 의정부 지검 고양지청, 창원검찰청을 거쳐 수원지검 안양지청으로 발령이 난 지 2년째였고, 아름이는 아빠 친구인 곽재훈 변호사 사무실에서 1년의 실습을 마치고 안양 사무실에서 근무한 지 1년이 조금 넘었을 무렵이었다. 상습절도죄로 비교적 가벼운 사건에 속한다고 생각했던 아름과 달리 하늘의 공소장은 날카로웠다. 하늘은 공소장을 낭독하기 시작했다.

"피고 김성호는 이미 5건의 절도, 절도 미수 등으로 불구속 입건된 바 있는 상습범이다. 그것도 성년의 나이인 20세부터다. 옛말에 20세면 돌도 씹어 먹고 소화시킬 수 있을 만큼 육체적으로는 최고의 능력을 발휘할 나이다. 현재 우리나라 청년의 삶을 살펴보면 피고와 같은 또래의 청년들은 학비를 충당하기 위해 또는 가족의 생계를 위해 하루에 아르바이트를 두세 군데 혹은 서너 군데까지 뛰고 심지어는 막노동판에서 육체적인 희생도 감수하며 살아가고 있다. 그러나 피고는 이를 기피하고 손쉬운 절도를 택했다. 이번 사건도 땀 흘리지 않고 살겠다는 생각에서 비롯되었다. 최근 단 하루 취업했던 편의점에서 그날의 당시 매출액인 35만 원을 들고 도망치다가 붙잡혔다. 공소전 여러 검토를 했지만, 이제까지 해 온 행위로 봤을 때 재범의 위험성이 현저히 높아 보인다. 따라서 피고를 위해서나, 사회의 바른 질서를 위해서는 반드시 일벌백계가 필요하다고 본다. 이에 본 검사는 피고인에게 징역 3년을 구형한다."

하늘의 공소장을 탐독한 단독 판사는 아름에게 눈을 맞추며 변론하라고 했다. 이복(異腹)이기는 하지만, 하늘이와 아름이 남매가 이렇게 마주치는 것을 서로가 원했던 바는 아니다. 하지만 배정된 것을 거부할 입장도 아니었다. 물론 오늘이 아니어도 둘 중 누군가 법조계를 떠나지 않는 한 언제든지 만날 수 있다. 공소장을 다시 들여다본 아름은 피고 김성호의 변호사로 나섰다.

"존경하는 재판장님, 피고 김성호는 검사의 공소장 일부를 시인합니다. 다만 여기에서 피고가 절도범이 될 수밖에 없었던 과정을 잠시 소개하고자 합니다. 그렇다고 피고의 행위를 합리화시키고자 하는 것은 아닙니다. 피고 김성호는 핏덩이 때부터 보육원에서 자랐습니다. 그러다가 만 18세가 되어 퇴소하게 됩니다. 당시 500만 원의 퇴소비를 받았으나 하루 만에 사기를 당해 2월의 추운 날씨에 허름한 빌딩의 화장실에서 첫날 밤을 보냈습니다. 날이 새자 바로 아르바이트 자리를 찾아다녔으며 마침 중화요리점에 취업했습니다. 그런데 며칠 만에 동료 아르바이트생이 배달 중 교통사고로 즉사하는 것을 목격했고 그 트라우마를 벗어날 수 없었습니다. 결국 자신도 버스의 측면을 들이받고 공중으로 떠서 맨바닥에 떨어지며 등뼈 열두 개

중 다섯 개, 허리뼈 다섯 개 중 두 개가 골절되는 중상을 입었습니다. 동시에 왼쪽 어깨뼈의 인대도 끊어졌습니다. 그러나 경찰은 사고의 원인을 피고의 신호 위반이라고 단정했고, 가족이 없는 것을 확인한 뒤 보육원에 연락했습니다. 보육원 원장은 사비를 털어 병원비를 보탰고 나머지 비용은 환자의 처지를 생각해 병원에서 도와 달라고 사정했습니다. 머리를 다쳐 피를 흘리기는 했지만, 다행히 헬멧을 쓰고 있었기 때문에 뇌수술까지 갈 정도는 아니었습니다. 그런데 피고인은 부러진 뼈들이 붙기도 전에 의사들의 경고를 무시하고 퇴원했습니다. 16주 진단을 받고도 일주일 만에 퇴원하게 된 것은 병원의 요구 때문이었습니다. 입원한 지 닷새째 되던 날, 원무과 직원이 부르더니 지난번 보육원장이 주고 간 돈은 일주일 입원비에도 미치지 못한다며 계속 치료받으려면 치료비와 입원비를 준비해야 하더라는 겁니다. 한마디로 돈을 마련하지 못하면 나가야 한다는 통보나 다름없었습니다. 안타깝게도 피고인은 의료보험에도 가입되어 있지 않아 보험 혜택도 받을 수 없었던 것입니다. 야속하지만 내는 돈만큼만 치료해 주는 곳이 병원이라, 어쩔 수 없이 복대를 차고 퇴원할 수밖에 없었습니다. 일주일 분의 퇴원 약을 받아서 나왔으나, 약이 떨어진 후 통증은 견딜 수 없었습니다. 그러나 주머니에는 진통제 한 알 살 돈도 없었습니다. 특히 잘 곳이 없어 공원 등에서 노숙자들과 이불도 없이 종이상자 하나 깔고 자다 보니 뼈가 제대로 붙을 리도 없었습니다. 검사께서 예를 든 청년이 할 수 있는 일이란 피고인에게 그 무엇도 남아 있지 않았습니다. 피고인은 정신력으로 통증을 버텨내며 숙식만 제공해 주는 곳이라면 육체노동을 빼고는 무엇이라도 하기로 했습니다. 피고는 서 있기만 하면 되는 줄 알고 아파트 경비도 해 봤지만, 청년의 몸 상태를 모르는 주민들은 주차는 물론 작은 짐 하나도 들어 주지 않는 청년을 좋아하지 않았고 결국 쫓겨났습니다. 상가의 경비는 막노동을 더 필요로 했습니다. 피고는 지난 2년 동안 자신이 할 수 있을 것으로 생각했던 모든 업종을 찾아다녔습니다. 복대를 차고도 허리를 구부리는 일부터 쉽지 않았고 더구나 늘어진 인대는 가벼운 물건을 들기조차 어렵게 했습니다. 힘을 쓰지 못하는 청년을 받아주는 곳은 없었습니다. 결국 노숙자가 되었으나 겉이 멀쩡한 젊은이에게 혀를 끌끌 찰 뿐, 동전 한 푼 던져주는 시민은 드물었습니다. 그러다 너무 배가 고파 석 달 전 편의점에서 빵 한 개와 음료수 한 병을 훔쳤고, 이후 세 차례 역시 더 훔쳤습니다. 지난 석 달 동안 그가 훔쳐 먹은 것은 빵 네 개와 음료수 네 병입니다. 나머지 날들은 장사가 끝난 재래시장을 찾아가 그곳에서 버려진 음식물 찌꺼기를 주워 먹거나, 아파트 음식물 쓰레기통을 뒤지고 다녔고, 약수터에서 맹물로 허기를 달랬습니다. 자살을 시도해 보기도 했습니다만 죽는 것도 마음대로 할 수 없었습니다. 한강 다리에서 뛰어내리려고도 했으나 부러진 허리뼈로는 난간조차 넘을 수조차 없었습니다. 다른 다리를 찾아다니다가 난간이 좀 낮은 곳을 발견하고 간신히 넘어 투신에 성공했습니다. 그러나 곧바로 수상구조대가 달려와서 건져냈습니다. 아파트에 올라가 투신을 하려고 했지만, 번번이 경비원에게 들켜 쫓겨났고 웬만하면 옥상 문이 모두 잠겨 있어서 들어갈 수도 없었습니다. 그러다가 편의점 모집 광고를 우연히 보고 들어가서 즉시 채용되었습니다. 하지만 편의점 일이라고 그냥 서서 계산만 하는 일이 아니었습니다. 피고는 편의점에서도 바로 해고될 것이 예견되어 당일 매출액을 훔쳤습니다. 그러나 양심의 가책을 받아 도망치지 않고 결국 스스로 경찰에 자수하여 붙잡히게 된 것입니다."

방청석 여기저기서 훌쩍이는 소리가 났다. 방청객 중에는 빵 한 개와 음료수 한 병 훔쳤다고 신고한 가게의 주인과 마지막으로 35만 원을 털린 편의점 주인도 와 있었다. 그들은 미안한 얼굴을 하더니 고개를 바닥에 떨구었다.

"존경하는 재판장님, 공소장도 일부 사실과 배치됩니다. 검사는 피고를 상습절도라 했으나 이는 대법원의 판례를 부정하는 것입니다. 대법원 판례까지 무시해 가며 작성한 공소장은 효력이 없습니다. 여러 번의 절도를 하였더라도, 절도 습벽의 발현이 아닌 경우 본 죄가 성립하지 않는다(대법 84도 69 판결)는 판례가 있습니다. 우발적인 동기거나 그 밖의 급박한 경제 사정하에서 이뤄진 것이어서 절도 습벽의 발현이라고 볼 수 없는 경우에는 상습절도를 인정할 수 없다는 것입니다. 절도 행위를 여러 번 거듭한 것만을 가지고 절도 습벽이 발현된 것이라고 단정할 수 없다(대법 76도 259 판결)는 판례도 있습니다. 이상의 판례에서 보듯이 이번 사건을 상습절도로 볼 수 없고 급박한 경제 사정하에서 이뤄진 것으로 봐야 할 것입니다. 특히 피고는 편의점에서 35만 원을 절도한 뒤 도망가지 않고 스스로 구속되기를 바라며 길을 걷던 행인에게 경찰을 불러달라고 했습니다. 다른 이유가 없습니다. 경찰서에 가면 밥은 줄 거라는 절박한 생각이었을 뿐 다른 아무 생각도 없었습니다. 재판장님의 선처를 바랍니다."

금숙과 서희는 서로의 아들과 딸이 원고와 피고의 대리인이 되어 법정에서 다투는 모습이 대견했다. 서희는 지난 사고로 휠체어를 혼자 조작할 수도 없고 휠체어를 타고도 고개가 한쪽으로 쏠렸다. 말도 어눌해서 다른 이들과의 소통에 시간이 걸렸다. 금숙과는 악연으로 시작되었지만, 그때부터의 인연은 서로 눈빛만 봐도 상대의 마음을 읽을 수 있을 정도로 발전되었다. 안양지원은 안양, 군포, 의왕, 과천 등 인구 100만 명을 넘게 관할하는 큰 법원이다. 전국 평균으로 치면 소송이 많은 법원이기도 하다. 그러나 단순 사건들이 많아서 대개의 재판이 대체로 30분 내외로 끝난다.

일주일 만에 선고 공판이 열렸다. 재판장이 주문에 이어 판결 이유를 낭독했다.

〈주문〉
1. 원고의 청구 일부를 수용한다.
2. 피고를 징역 6월에 집행유예 1년에 처한다.
〈이유〉
검사의 공소장 중 상습절도죄는 대법원의 판례에 따라 성립하지 않는다. 다만, 상습은 아니지만, 절도를 한 것은 피고와 피고인의 변호사를 통해 사실로 입증되었다. 따라서 피고는 법에 따라 유죄의 처벌을 피할 수 없게 된 것이다. 이상.

판결문을 낭독한 뒤 재판장이 말을 이어 갔다.

"이하는 판사로서가 아니라 하나의 시민으로서의 소감을 말하겠습니다. 저는 이 재판을 끝으로 법복을 벗을 것이기에 솔직히 제 심정을 말씀드리려고 합니다. 변호사의 변론을 듣고 사실 가슴이 뭉클했으나 재판관으로서 감정이 아닌 법에 따를 수밖에 없는 현실에 자괴감을 느낍니다. 피고가 현행법을 위반해 어쩔 수 없이 유죄를 선고했지만, 사실은 저 청년을 피고인으로 만든 것은 저를 비롯한 우리이고 사회이고 나아가 국가입니다. 핏덩이가 죄인일 수는 없습니다. 누가 핏덩이를 버렸느냐를 문제 삼을 수는 있어도 최종 책임은 핏덩이를 지켜주지 못한 우리 모두에게 있다는 것입니다. 오늘 피고가 집행유예로 석방이 되지만, 피고는 오히려 실망할 것입니다. 개인적인 생각으로는 저 청년이 몸이 회복될 때까지 최소 1년 정도라도 징역형 실형을 내리고도 싶었습니다. 그러나 그런 법은 없습니다. 문제는 이제부터입니다. 일주일을 갇혀 있었지만, 부실하더라도 먹는 것과 잘 곳은 있었습니다. 그러나 오늘 석방으로 피고는 당장 오늘 잠자리부터 고민해야 합니다. 모두 기다리는 석방이 왜 김성호 씨에게는 고민이 되어야 하는지 우리 사회와 국가는 깊이 고민해야 할 것입니다."

판사의 말을 들은 방청객들은 물론 원고들도 눈이 벌게졌다.

6
잡놈 다지기

01. 꼬인 여정

　속옷 몇 개와 티셔츠 세 개, 청바지 두 개를 배낭에 넣고 출발한 윤석은 필리핀 마닐라 공항에 내렸다. 일주일 정도의 일정으로 무작정 떠난 여행이었다. '금숙은 얼마나 다쳤을까? 서희는 어떻게 됐을까?' 궁금증이 뇌리를 맴돌았다. 당연히 사고 현장에 남아 있어야 했다. 하지만, 알 수 없는 두려움이 자기도 모르게 현장에서 도망치도록 만들었다. 물론 일주일 내에 뭔가 해결될 일은 아니다. 당장 서희에게 용서를 빌고 다시 살 것인지, 당분간 별거할 것인지부터 결정해야 할 판이었다. 만약 서희가 받아들이지 않고 이혼하자면 어떻게 해야 할 것인지조차 생각이 정리되지 않는다. 국내 어디로 떠날까도 생각해 봤지만, 마음을 정리하기 위해서는 국내보다는 좀 먼 곳으로 가는 게 나을 것 같았다.
　공항에는 페이스북 친구인 제이가 마중 나와 있었다. 포옹하며 반갑게 인사를 나눈 두 사람은 택시를 이용해 시내 레스토랑에서 저녁 식사를 한 다음 근처 술집을 찾았다. 윤석은 간단하게 소주나 한잔하고 싶었으나 주변에 그런 술집은 없었다. 제이의 안내로 조금은 고

급스러운 건물로 들어가 2차 술자리를 시작했다. 낯선 이름의 양주가 나왔다.

얼마 되지 않아 취기를 살짝 느낄 즈음 제이가 화장실 쪽으로 빠르게 달려갔다. 한참을 기다려도 오지 않아 초조해질 때 웨이터가 다가와 윤석을 화장실 쪽으로 안내했다. 화장실 가는 통로에는 몇 개의 방이 있었는데 웨이터가 그중 하나의 문을 열고 윤석을 밀어 넣었다. 뜻밖에도 거기에 제이가 있었다. 제이는 반나체로 윤석을 맞이했다. 당황스러웠다. 하지만 취기 때문만도 아니게 왠지 제이의 키스를 받아들여야 할 것 같았다.

뭔가 개운치 않았지만, 카운터에 카드를 내밀고 결제를 기다렸다. 결제가 끝난 뒤 카드와 영수증을 받아 보니 술값 2만 5천 페소에 팁으로 2천 500페소를 합쳐 2만 7천5백 페소가 찍혀 있었다. 윤석은 눈이 휘둥그레졌다. 항공료를 포함해 5만 페소(한화 100여만 원)면 넉넉하리라고 생각했던 것이 착각이었다. 언짢은 상태에서 술집을 나오자, 어떤 젊은이가 다가와 비칠거리는 윤석을 부축하며 한국어로 말을 걸었다.

"한국에서 오셨죠?"

"네, 맞아요."

"이런 데서 술 마시면 그냥 바가집니다. 조심하셔야 해요."

"솔직히 너무 비싸더군요."

"괜찮다면 해장국이나 한 그릇 하실까요?"

"필리핀에도 해장국 있어요?"

"그럼요, 한국에 있는 웬만한 건 다 있습니다."

그러더니 젊은이가 갑자기 맞은편 골목 안으로 달려갔다. 윤석은 그제야 지갑이 통째로 사라진 것을 알았다. 카드는 물론 현금, 그리고 여권까지 흔적이 없다. 주머니를 더듬어 보던 윤석이 두리번거리자 골목에서 나온 두세 명의 남자가 달려들어 양팔을 잡더니 다짜고짜 청테이프로 눈과 입을 가렸다. 그중에는 해장국을 먹자며 말을 걸던, 그 청년의 모습도 보였다. 그가 일행에게 말했다.

"형님, 당분간은 작업이 안 될 것 같습니다. 왜냐면 지금 한국과 필리핀 경찰이 공조해 은행 계좌를 들여다보고 있답니다. 이번에 마닐라 B구역이 여유를 부리다가 작살에 꽂혔는데 조직이 해체될 정도랍니다. 난감한 것은 다음이 어디일지 애들도 감이 잡히지 않는다는 것입니다."

"그래서 어떻게 하자고?"

"얘만 처리하고는 좀 쉬어야죠."

"삼엄하다면서 얘는 어디로 치워?"

"사람 구하기 힘든 곳일수록 값이 좋죠. 문제는 시간이 어중간한데 돈 되는 곳으로 가려면 저녁 먹고 좀 쉬다가 한밤중에 출발해야겠습니다. 그래야 내일 아침 9시쯤 도착할 것이고 곧바로 팔고 나올 수 있습니다."

"아는 곳인가 보네?"

"전에 제가 있던 조직에서 이 작업을 많이 했는데 여기저기 100여 명 팔았습니다."

"그럼, 버나디와 파디야 붙여 줄 테니 잘 다녀와. 꼭 현찰로 받고."
"예, 알겠습니다."

윤석은 자기가 팔려 간다는 저들의 말에 경악하며 빠져나가려고 발버둥을 쳤다. 하지만 거구인 두 사람에 의해 대형 승용차의 뒷좌석에 던져졌다. 잠시 후 시동이 걸리자 동시에 CD플레이어에서 찬송가가 흘러나왔다.

"은혜가 풍성한 하나님은 믿는 자 한 사람 한 사람 어제나 오늘도 언제든지 변찮고 보호해 주시네…."

윤석은 마음이 조금은 놓였다. 찬송가를 듣고 다니는 자들이라면 적어도 자기를 해치지는 않을 것이라고 확신했기 때문이다. 그런데 윤석의 팔을 잡은 두 사람은 양쪽에서 더욱 조여 왔다. 다시 발버둥을 치던 윤석은 결국 지쳐 쓰러졌고 한참을 자다가 눈을 떴다.

여기가 어디일까. 바깥이 보이지는 않았다. 가끔 화물차 지나가는 소리가 들렸다. 한참을 더 달리자, 이번에는 갈매기가 까아악, 까아악 울어 댄다. 두려웠다. 필리핀은 섬이 많기로 유명한 나라다. 만약 그곳 어디로 끌고 간다면 탈출할 기회를 잡기가 그만큼 어려워진다. 납치범들은 운전을 교대해 가며 달렸고, 코 고는 소리도 교대했다. 마닐라에서 얼마나 먼 곳이기에 운전을 교대하고 코골이까지 교대하며 달릴까? 차는 비포장도로에 접어들었고 30여 분 더 달린 뒤 멈췄다. 납치범들이 윤석의 눈과 입에서 청테이프를 뜯어 주었다. 어떤 농장이었다. 잠시 후 납치범들이 사장님이라고 부르는 사람이 한 뭉치의 돈을 건넸다. 납치범들은 그 돈을 챙긴 다음 차를 돌려 바람처럼 사라졌다. 그때부터 윤석은 그 농장주의 노예가 되었다.

농장주는 감독관에게 윤석을 인계했다. 감독관은 기다리고 있었다는 듯 서너 명의 남자 일꾼들과 함께 윤석을 둘러쌌다. 그리고 몸을 샅샅이 뒤져 윤석의 모든 소지품을 압수했다.

"잘 들어! 나는 여기 감독관이다. 시키는 대로 하지 않거나 도망칠 생각은 아예 버려라. 내 경고를 무시하다가 땅에 묻힌 놈들이 한두 명이 아니다. 죽고 싶지 않으면 명심하도록! 이상!"

윤석은 기에 눌려 아무 말도 할 수 없었다. 점심시간이 되어 밥차가 돌기 시작했고 윤석도 한 일꾼이 건네준 식판에 밥과 반찬을 담았다. 전날 낮부터 굶었기 때문에, 찬밥 더운밥을 가릴 때가 아니었다. 반찬 맛이 어떻다고 평가할 여유도 없이 쌀밥을 퍼먹었다. 배가 부르니 긴장이 조금 풀렸다.

점심 식사를 마치자, 지휘봉을 든 감독관은 함께 있던 사람 중 한 명과 함께 윤석을 데리고 농장을 돌기 시작했다. 농장은 끝이 보이지 않을 만큼 드넓었다. 논에는 까마득한 곳까지 벼가 보였다. 토마토, 콩, 고구마 등 각종 채소를 심은 밭 역시 그 끝을 헤아리기 어려울 만큼 넓었다. 뒤쪽에 거대한 숲처럼 보이는 곳은 옥수수밭이라고 했다. 윤석을 더욱 놀라게 한 것은 언덕 너머에 방목되고 있는, 그 숫자를 얼핏 가늠할 수 없을 만큼 많은 소와 돼지들이었다. 각 구역에는 조장들이 있는데 감독관의 지시를 받아, 세부적인 지시를 할 수 있는 권한이 있다고 했다.

날이 어두워지자 오던 길로 다시 돌아 나왔다. 감독관은 오는 길에

이 섬 전체가 하나의 농장이고 목장이며 오늘 돌아본 곳이 다는 아니라고 설명했다. 목장에서 2km를 더 가면 바나나와 파인애플 농장이 있는데 그 크기가 중소도시 정도는 된다고 했다. 자기가 여기에서 근무한 지 7년째인데 아직도 정확한 면적을 알지 못한다고도 했다. 그리고 아까 내린 곳이 정문이고 그 옆의 큰 건물이 농장주의 집이라고 알려 줬다. 처음 자기를 소개할 때 으름장을 놓던 때와는 달리, 농장을 친절하게 소개해 주는 감독관의 태도에 윤석은 안도감을 느꼈다.

　윤석은 정문에서 먼 옥수수밭으로 배정되어 새벽 7시부터 저녁 7시까지 온종일 강제 노동을 해야 했다. 일꾼들로부터 들은 얘기로는 돈을 주고 데려온 일꾼의 경우, 정문으로부터 많이 떨어진 옥수수밭이나 언덕 넘어 목장으로 보내어진다고 했다. 첫해 월급은 5천 페소(한화 약 12만 원)이고 3년이 지나면 1만 페소, 5년부터는 2만에서 최고 5만 페소까지 받는다는 말도 들었다. 5만 페소(한화 약 120만 원)면 전문직이나 기술직들이 받는 급여 수준이다. 따라서 연륜을 쌓은 일꾼들은 어떻게든 해고를 피하려고 감독관에게 잘 보이려 한다고 했다. 납치해 온 일꾼들도 연차에 따라 월급은 받지만, 술값과 담뱃값 정도만 주고 최소 5년 이상 농장주가 통장 관리를 한다고 한다. 다만, 통장을 넘겨주는 시기는 농장주의 재량이란다. 그러나 5년이 되면 상대적으로 필리핀 일반 노동자 평균 월급보다 높아 거의 그대로 남는 경우가 많다고 했다. 감독관의 말은 느닷없이 납치당해 끌려와 팔린 윤석의 귀에 잘 들리지 않았다.

　최소한 수십 대는 달린 것 같은 농장 스피커들에서는 시끄러운 음악 소리가 그치지 않았다. 기상과 종업 시간, 그리고 세 번의 식사 시간을 알릴 때 빼고는 종일 필리핀의 빠른 음악이나 팝송 등이 흘러나와 일꾼들의 귀가 쉴 틈을 주지 않았다. K팝도 간간이 들려왔는데 주로 동방신기의 노래들이었다. 느린 음악을 틀면 일꾼들이 느슨해지고, 특히 숲속 같은 옥수수농장 같은 경우 숨어서 잠시 눈을 붙일 수도 있다는 농장주의 판단인 것 같다.

  농장 일꾼들의 주거 공간은 선택 사항이었다. 학생인 자녀가 있는 집은 농장 외 어디에 집을 구하든 상관없고 출퇴근만 정확히 지키면 된다. 아이들이 없어도 부부는 대부분 밖에서 산다. 그러나 집이 농장에서 너무 멀거나 보증금이 없어서 방을 구하지 못한 경우에는 농장주가 농장 내에 살림집을 지어주고 월세를 받는다. 월세가 월급의 3분의 1 수준인데도 교통비가 들지 않고 혼자 버는 것보다는 맞벌이하는 게 낫다는 생각들이어서 농장에 머무는 사람들이 훨씬 많았다. 하지만 윤석처럼 농장주가 납치범들에게 대가를 건네고 데려온 관심 대상자들은 별도의 기숙사에 묵도록 했고 감시도 심했다. 농장 내에서 기숙하는 일꾼들은 일주일에 두 번 일과 후 시간에 바깥출입이 가능하다. 외출하는 날은 정문에서 다리 두 개 건너에 있는 삼거리 함바집 비슷한 건물에서 담배를 사거나 간단한 음주가 가능했다. 노점상에서 옷가지나 신발 등 생필품을 구입할 수도 있다. 일주일에 두 번인 외출은 다른 농장 일꾼들과 겹치지 않게 인근 농장주들끼리 날짜를 정했다. 함바집은 폭우나 태풍이 부는 날을 빼고는 1년 내내 영업을 하는데 그곳에는 항상 건장한 체구의 젊은이 서너 명이 총을 든 채 일꾼들을 감시하고 있다. 그들은 근처의 농장주들이 갹출해 고용한 건달들이라고 했다. 그들은 농장 기숙사에서 숙박하는 일꾼들의 얼굴을 모두 알고 있었고 특히 납치범들에게 끌려온 일꾼들을 집중적으로 감시했다. 윤석이 일하는 농장은 월요일과 목요일 저녁이 외출 시간이었다. 윤석은 그날이면 기다렸다는 듯 폭음을 하며 분노하고 때로는 행패도 부렸다. 몸싸움에 기물 파손도 서슴지 않았는데 감시하는 건달들조차도 혼자서는 윤석을 말리지 못했다. 하지만 윤석이 그렇게 분노를 조절하지 못하는 이유를 아는 사람은 없었다.

기숙사마다 TV가 있긴 해도 하나의 채널에 고정되어 있어서 세세한 바깥소식은 대체로 밖에서 출퇴근하는 부부 일꾼들을 통해 들었다. 출퇴근도 아니고 농장 내 살림집도 없이 기숙사에서 지내는 일꾼들은 대부분 아내와 아이들을 고향에 남기고 온 경우였다. 기숙사는 구역마다 있고 인원수에 따라 크기가 조금씩 달랐다. 기숙사에서 지내는 이들은 일을 끝내고 삼삼오오 모여 앉아 고향 이야기를 시작으로 예전에 나는 이런 사람이었다느니 하는 시답잖은 대화를 이어나간다. 농장은 거대한 형무소 같았고, 기숙사는 마치 감방 같았다.

한편에서는 필리핀의 화투라 할 수 있는 훌라 게임과 비슷한 똥잇으로 무료한 시간을 달랜다. 납치당해 온 일꾼들은 감시가 심하지만, 옆 기숙사를 기웃거리는 것까지 막지는 않았다. 윤석과 같은 기숙사에서 지내는 일꾼들은 열린 문을 통해 어깨너머로 몇 차례 구경했으나 모두 납치되어 온 터라 똥잇은 낯설고 재미도 없어 보였다. 각자 자기들에게 익숙한 게임을 하자고 했다. 마작과 체스, 한국의 고스톱이 후보에 올랐으나 윤석의 유려한 언변에 넘어가 일동은 한국의 고스톱으로 무료한 시간을 보내기로 결정했다.

근처에는 은행이 없었다. 직접 입출금이 어렵기 때문에 월급날을 중심으로 일주일에 한 번, 무장 경호원 둘과 함께 은행원 세 명이 농장 입구에서 일꾼들을 기다린다. 은행원들은 주로 적금 수금과 일반 통장 입출금을 해주었으나 일꾼들이 부탁하는 가벼운 물건을 사다가 주는 반 택배 역할도 했다. 윤석은 같은 기숙사에 있는 일꾼들과 합의한 대로 고스톱에 쓸 한국 화투 구매를 그들에게 부탁해서 받았다. 그러고는 동료들에게 고스톱과 섰다, 도리짓고땡 등 한국의 노름을 가르쳤다. 소문은 옆 기숙사까지 알려졌고 그들은 윤석에게 화투를 배웠다. 그 후 일과 후나 폭풍우 등 기상 문제로 일을 할 수 없을 때를 중심으로 기숙사에는 노름이 번지기 시작했다.

화투에서 오동(11월)과 비(12월) 전체와 1~10까지 각 패에서 피를 제외한 20장을 가지고 두 명 이상이 경기하는 게 '섰다'다. 화투를 잘 섞은 뒤 각자 2장씩 패를 나눠 받아 2장의 패 조합(족보)에 따라 높은 조합과 낮은 조합 및 특수 조합을 겨룬다. 굉장히 간단한 규칙을 가지고 있고 심리적인 싸움이 무척 중요한 노름이다. 대개의 경기는 무척 짧지만, 여러 사람이 높은 패를 동시에 들었을 경우 베팅이 길게 이어지며 큰판이 선다. '섰다'의 족보는 크게는 땡과 끗이다. 광땡은 광으로만 구성된 조합을 말한다. 이 중 3광과 8광을 조합해 3·8광땡이라고 하는데 3·8광땡은 어떤 족보로도 이길 수 없는 최고의 족보다. 이어 8광과 8이 더해질 때 8땡이고 1광과 1이 더해질 때 1땡이다. 오동과 비 광은 애초에 빼기 때문에 광땡은 세 개뿐이다. 다음으로 흔히 말하는 장땡은 광땡이 없을 시 최고의 족보로 9땡을 비롯한 8땡, 7땡 등 모든 땡을 이긴다. 땡이 없을 때는 두 장을 합친 수로 계산하는데 두 장을 합친 후 끝자리가 높은 순으로 승패를 가린다. 즉, 10과 9, 5와 4 또는 6과 3, 7과 2 등 끝자리는 9가 되면 이를 갑오라고 한다. 이어 3과 5는 여덟 끗 3과 4는 일곱 끗으로 계산하는 식이다. 이 외에도 특수 족보로 3과 7의 열 자리로 구성된 땡잡이가 있는데 땡잡이는 1땡과 9땡을 잡을 수 있으나 상대방이 땡이 없으면 0끝인 망통이 된다. 또한 4와 7의 열 자리 조합을 암행어사라고 하는데 암행어사는 1·3광땡과 1·8광땡을 이길 수 있으나 상대방이 땡이 없으면 초라한 1끗일 뿐이다.

윤석은 가장 단순하다고 할 수 있는 '섰다'를 시작으로 도리짓고땡, 고스톱을 차례로 가르쳤고 화투에 빠진 그들은 윤석의 손바닥에서 놀아났다. 한동안은 술, 담뱃값만 남기고 계속 잃어 주기만 하던 윤석은 판돈이 쌓이면 심리전으로 판을 쓸었다. '섰다'에서 한 끗을 잡고 계속 베팅을 한다. 이런 경우 상대는 갑오를 잡고도 윤석이 땡을 잡았을 것으로 판단해 포기하게 만드는 식이다. 그러나 그 정도는 애교로 보일 수도 있다. 문제는 도리짓고땡이나 고스톱에서도 판을 키우게 한 뒤 언제 어디서 배운 건지 어설프긴 해도 간간이 밑장빼기도 서슴지 않았다. 이를 눈치챈 일꾼들도 있었으나 불리하면 판을 뒤집고, 평소 감독관에게도 기죽지 않는 윤석이 무서워서 숨을 죽이고 만다. 그래도 그들은 매일 저녁 다시 모인다.

02. 권력 따먹기

　윤석이 낯선 이국의 농장으로 끌려온 지 5년이 되었다. 농장은 태풍이나 폭우가 없는 한 공휴일에도 쉬는 법이 없었다. 초기엔 한국의 상황이 궁금하고 가족들 생각이 나서 어떻게든 그곳을 빠져나갈 궁리만 했었다. 그러나 정문을 빼고는 빙 둘러 사방이 바다에 막혀 있어서 탈출할 방법이 없다. 어쩔 수 없이 정문을 통해 달아나다가 잡혀 몽둥이질을 당한 적이 한두 번이 아니다.

　어딜 가나 돋보이는 윤석의 뛰어난 외모에 여자 일꾼들은 처음부터 호감을 표시했다. 여성들은 집에서 준비해 온 간식거리를 나눠 주는 등 친절을 베풀며 다가왔다. 설핏 느끼기에도 친해지고 싶어 안달이 난 여자들 같았다. 그러나 윤석은 서희와 금숙의 얼굴이 떠오르고 아름이와 하늘이 생각이 나서 그녀들을 경계했다. '내게는 복잡하기는 해도 처자식이 있다.' '더구나 이곳 여자들은 유부녀. 가깝게 다가갔다가는 귀국은커녕 필리핀 감옥에 평생 갇힐 수도 있다.' '특히 여자 문제로 여기까지 왔는데 다시 여자를 상대로 문제를 일으키는 것은 제정신이 아니다.'……. 윤석은 자신을 거듭 다그치며 유혹을 이겨냈다.

　하지만 많은 시간이 지나면서 윤석의 다짐은 서서히 무너졌다. 계속 눈웃음치며 다가오는 그녀들을 끝내 뿌리치지 못했다. 그녀들은 납치되어 온 윤석이 안타까워 호의로 대했을 뿐인데 외로움 때문만도 아니게 그는 여자들의 마음을 다른 방향으로만 착각하고 있었다.

어쨌든 윤석은 조장이 되기 직전부터 여자 일꾼들을 사냥하기 시작했다. 어느 때부터인가 윤석은 탈출도 귀국도 심지어 가족까지도 관심 속에 담아 두지 않았다. 잡놈으로 변해 가기 시작한 것이다.

윤석은 중학교 졸업을 앞두고 태권도 유단자가 됐었다. 상대적으로 몸이 왜소한 일꾼들 몇 명 정도는 쉽게 제압할 수 있다고 생각했다. 농장에 끌려온 초기 1년 동안 윤석은 이를 믿고 몇 번 탈출을 시도해 봤으나 총을 든 보초 앞에서는 통하지 않았고, 그때마다 붙잡혀 와서 죽지 않을 정도로 매를 맞았다. 결국 불가능한 탈출에 도전했다가 실패하여 매질을 당하느니 적응해 나가는 쪽을 선택했다. 그렇게 마음먹고 나니 세상이 달라졌다. 여전히 거센 일꾼들의 텃세에 반발하다 보면 결국 몸싸움으로 이어졌다. 윤석은 그들과 싸워 한 번도 진 적이 없을 정도로 날쌔고 강한 힘을 발휘했다. 그의 싸움 실력을 지켜본 일꾼들은 맷집이 강한 데다가 탁월한 공격 능력에 놀랐다. 여자 일꾼들은 윤석이 외출 일인 월요일과 목요일 저녁에 함바집에서 말술을 마시고, 감시하는 건달들과 싸움이 붙었을 때도 지지 않았다는 얘기가 헛소문이 아니라는 것을 알게 됐다. 더욱이 능숙한 언변과 감독관을 두려워하지 않는 배짱에 매력을 느낀 일꾼들은 감독관보다도 윤석을 서서히 더 따랐다. 일꾼들은 누구라고 할 것도 없이 그동안 감독관에게 너무도 시달렸다. 감독관은 술을 마시지는 않았다. 하지만, 자기에게 고분고분하지 않은 일꾼이라면 남녀를 불문하고 가차 없이 뺨을 치는 등 수치심을 안기는 험악한 인물이었다.

처음부터 조장들로부터 윤석의 행동거지를 일일이 보고받던 감독관은 일꾼들이 윤석을 더 따른다는 조장들의 얘기를 듣고 결심했다. 이참에 고분고분하지 않고 일꾼들 앞에서도 자신에게 굽신거리지 않는 윤석의 버릇을 고쳐 주기로 한 것이다. 감독관은 윤석이 함바집에서 자주 싸움판을 벌인다는 사실은 소문으로 들어 알고 있었다. 농장 일꾼들과의 싸움을 직접 보지는 않았으나 조장들의 얘기를 들어 보면 보통이 아닐 거라는 생각은 했다. 그러나 감독관 역시 일꾼들 누구에게도 져 본 적이 한 번도 없었다. 윤석이 아무리 싸움을 잘한다고 해도 일찍이 무술을 익힌 데다가 싸움판에서 단련된 자기를 절대 이길 수 없다고 자신하고 있었다.

　감독관은 어느 날 측근 두 명을 윤석에게 보내어 시비를 걸게 하고 자신은 말리는 척 끼어들어 윤석을 반송장이 되도록 두들겨 팰 계획을 세웠다. 점심시간이었다. 감독관의 측근들은 각본대로 윤석에게 다가가 시비를 걸었다. 윤석이 반응을 보이지 않았다. 그러자 그중 한 명이 주먹을 들어서 내리쳤다. 그러나 윤석은 이미 낌새를 눈치챘고 순식간에 공격한 사내의 팔을 꺾어 자빠트렸다. 다른 한 놈이 유도 자세를 취하고 다가왔으나 그는 윤석의 발에 배를 차이고 그대로 거꾸러졌다. 두 사람의 감독관 측근들은 윤석의 털끝 하나 건드리지 못하고 나자빠졌다. 분노가 치민 감독관이 윤석에게 다가왔다. 점심 식사를 마친 일꾼들이 몰려들어 두 사람의 대결을 호기심 가득한 눈으로 지켜보고 있었다.

　"서윤석! 네가 싸움을 잘한다는 소문은 들었다. 하지만 이제까지 네가 상대한 사람들은 무술을 익히지 않은 일반인들이다. 그러나 나는 쿵후 무술인이다. 쿵후를 아는가? 단번에 너의 목숨을 끊을 수도 있다. 기회를 주겠다. 당장 무릎을 꿇을 것인가, 아니면 나와 붙어 볼 것인가? 만약 나의 경고를 무시하고 싸우고 싶다면 받아 주겠다. 대신 나를 이기지 못하면 너는 앞으로 나의 노예가 되어 항상 내게 복종하고 매일 나의 발을 씻어 줘야 한다. 알겠나?"

"그럼, 감독관님이 지면 제게 무엇을 주시겠습니까?"

"하하, 이런 건방진 놈을 봤나. 필리핀 남부 태극권협회장인 내가 너에게 질 리가 없지만, 그래도 내가 먼저 조건을 걸었으니 나도 하나는 주는 것이 무술의 예의이겠지. 내가 지면 감독관 자리를 네게 넘기겠다. 됐나?"

윤석이 자신을 절대 이길 수 없다는 자신감에서 나온 말이었으나 그의 제안은 파격적이었다. 구경꾼들 사이에서 탄성이 나왔다. 나이는 동갑이고 다부진 체격도 서로 비슷했다. 뱃살은 감독관이 앞섰고, 키는 윤석이 10cm 정도 더 크다. 쿵후는 6세기 선종의 창시자인 달마로부터 시작되었다고 한다. 소림사에서 9년간 참선한 달마가 체력을 다지고 내공을 쌓기 위해 만들었다는 전설적인 무술이라고 알고 있었다. 소림권과 쌍벽을 이루는 태극권은 전 세계에 보급된 중국의 가장 대표적인 쿵후 무술이다. 그러나 윤석은 중국 무술에 관심이 없었다. 태권도 외에는 실전을 본 적이 없는 그는 감독관의 으름장에 두려움이 살짝 일었다. 그렇다고 무릎을 꿇을 수는 없는 노릇이었다. 윤석은 당당히 말했다.

"한 수 배우겠습니다."

윤석과 감독관은 약 7~8m 정도의 간격을 두고 마주 섰다. 감독관이 먼저 움직였다. 그런데 춤을 추는 것인지 부채질을 하는 것인지 손바닥을 좌우와 상하로 휘젓고 주먹도 쥐었다 폈다를 반복하며 윤석의 빈틈을 이리저리 노리고 있었다. 그리고 옛날 영화 속 이소룡의 무술에서 본 듯한 동작을 취한 뒤 괴성을 지르며 윤석에게 달려들었다. 윤석은 태권도를 그만둔 지 오래되었으나 몸에 밴 기본기는 그대로 남아 있었고, 농장 일로 다져진 근육이 뒷받침하고 있었다.

"아오이!"

무술을 배운 감독관은 역시 달랐다. 감독관은 쏜살같이 달려와 윤석의 목을 쳤다. 윤석이 비틀거리자, 주먹으로 턱을 가격했고 윤석은 그대로 쓰러졌다. 감독관은 윤석의 옆구리를 차서 마무리 지으려는 동작을 취했다. 옆구리를 맞으면 모든 게 끝난다는 판단이 들었다. 언제까지든 감독관에게 무릎을 꿇고 살아야 하는 치욕으로 이어질 것이다. 윤석은 목과 턱의 통증을 참으며 감독관이 오른쪽 다리를 들어 가격하려는 순간 재빨리 그의 왼쪽 종아리를 잡고 끌어당겼다. 감독관은 비틀거리다가 뒤로 넘어졌다. 그때 윤석이 재빨리 일어나 반격하려 했지만, 감독관의 로킥에 걸려 다시 넘어지고 말았다. 누가 먼저 일어나느냐가 싸움의 승패를 가릴 상황이었다. 윤석이 순식간에 일어나 감독관의 배에 올라타고 주먹으로 얼굴을 사정없이 갈겼다. 감독관이 이를 악물며 가까스로 몸을 일으켜 세웠지만, 이번엔 윤석의 날쌘 돌려차기에 머리를 맞고 그대로 나자빠졌다. 윤석은 감독관의 상체를 일으켜 니킥으로 얼굴을 가격해 완전히 제압했다. 돌려차기가 적중할 때 이미 승부가 갈린 것으로 판단한 일꾼들이 다가가 뜯어말렸다. 하지만 윤석의 가격은 그치지 않았고 감독관의 얼굴을 알아볼 수 없을 정도의 만신창이로 만든 뒤 숨을 몰아쉬었다.

　일꾼 중 한 명이 감독관을 흔들었으나 가쁜 숨소리만 들릴 뿐이었다. 감독관은 윤석의 돌려차기에 자빠졌을 때만 해도 정신은 있었다. 하지만 추가로 가해진 니킥과 앞차기에 턱뼈와 광대뼈마저 부서졌을 가능성이 있었다. 뇌 손상도 의심될 정도로 몰골이 엉망진창이었다. 일꾼 중 한 명이 감독관을 업고 두 명이 뒤를 따르며 정문으로 향했고, 한참 뒤 구급차 소리가 들렸다.

　소위 필리핀 남부 태극권협회장이 프로도 아닌 태권도 아마추어 초단에게 무참히 깨진 것을 본 일꾼들은 놀랄 수밖에 없었다. 엄격히 따지면 태권도도 쿵후도 아닌 종합 격투기였지만 어떤 룰도 정하지 않았으므로 처맞고 실신한 감독관이 졌고 윤석이 승리했다. 일꾼들은 멱살부터 잡고 치고받으며 오랫동안 피 터지게 싸울 줄 알았는데, 5분도 안 돼 끝나버린 결투에 오히려 아쉬운 표정들이었다. 일꾼들의 표정에는 감독관이 나중에 어떤 식으로든 자신들에게 보복하지 않을까 하는 근심도 없지 않았다. 이를 눈치챈 윤석이 일꾼들 앞에 나서서 입을 열었다.

　"여러분! 걱정하지 마십시오. 여러분이 싸움을 부추긴 것도 아니고 감독관 스스로 걸어온 싸움입니다. 만약 여러분께 어떤 식으로든 피해를 준다면 그때는 아예 숨통을 끊어 버릴 것입니다. 그리고 감독관 스스로 자기가 지면 감독관 자리를 내게 내놓겠다고 했습니다. 지금

부터는 내가 감독관입니다. 알겠습니까?"

　일꾼들이 환호하며 충성을 맹세했지만, 자신이 임명한 감독관을 때려눕힌 윤석에게 농장주가 어떻게 나올지 궁금했다. 농장주는 자신에 대한 경호원으로도 필요했기 때문에, 그동안 무술을 익힌 싸움꾼 출신 일꾼 중에서 골라 감독관으로 지명해 왔다. 윤석에게 패한 감독관은 중국인이었고 윤석처럼 납치당해 농장으로 끌려와 감독관까지 오른 사람이었다. 결국 처지가 같은 사람끼리 싸우게 됐고 그중 하나는 중상을 입고 병원으로 옮겨진 셈이었다. 일꾼들 사이에서는 그동안 감독관이 일꾼들에게 저질렀던 포악한 짓들에 대한 보복의 그림자가 서서히 다가오고 있었기 때문에 감독관이 윤석에게 일부러 패한 것일 수도 있다는 말이 나돌았다. 윤석이 한참 일꾼들에게 자신을 믿으라며 자화자찬하던 중에 젊은 일꾼 엔토스가 가파른 언덕길을 자전거 페달을 짓이기며 올라왔다. 엔토스는 윤석에게 고개를 숙이며 상기된 표정으로 말했다.

　"새 감독관님 축하합니다. 농장주께서 승낙해 주셨습니다. 이제부터 이 섬 전체를 총괄 감독하시게 됐습니다."

　"우와~ 우아!"

　사방에서 함성과 박수 소리가 터져 나왔다. 일꾼들은 서윤석에게 큰 기대를 걸고 있는 듯했다. 그러나 엔토스가 윤석 앞에서 꺼내지 못한 말이 있었다. 아니, 윤석의 면전에서 할 말이 아니었다. 농장주는 윤석이 감독관을 하더라도 활동 반경은 농장 내로 한정했다. 외출을 지금보다 더 철저히 막도록 경비대장에게 전하라고 했다. 경비대장은 감독관보다 아래 등급이지만, 농장주의 최측근이고 감독관의 지시를 받지 않는 직책이었다.

농장주는 일방적으로 당한 전 감독관에게 실망했다. 하지만, 그렇다고 언제 튈지 모르는 윤석을 온전히 믿을 수는 없었다. 윤석을 데려오느라고 치른 몸값은 이미 다 뽑고도 한참을 넘었다. 그러나 농장주는 필리핀 일꾼들에 비해 성실하고 힘이 좋은 윤석을 놓치고 싶지 않았다. 그래서 윤석을 감독관으로 인정하면서도 경계를 더 철저히 하라고 한 것이다.

농장 일꾼들은 누구라도 감독관이 된 윤석 앞에서 고개를 숙였고, 설사 윤석에게 잘못이 있어도 눈치만 볼 뿐 이의를 제기하지 못했다. 윤석은 농장뿐만 아니라 목장을 포함해 섬 전체를 총괄하는 감독관으로서 농장주 다음으로 막강한 권력자가 되었다. 일꾼들과 뒤섞여 자던 윤석은 감독관에게 주어지는 관사에서 배정된 가사도우미의 수발을 받으며 지냈다. 윤석은 가사도우미를 수시로 갈아 치웠다.

03. 날마다 쌓는 업보

윤석은 감독관이 된 후 기세등등하게 농장을 누볐으나 머지않아 뭔가 허전하고 하루하루가 무료해지기 시작했다. 일꾼들에 대한 관리나 업무 지시는 조장들이 알아서 하고 일꾼들도 알아서 일한다. 조장들만 관리하면 될 따름, 일꾼을 상대로 일일이 잔소리할 일도 없다. 윤석의 일과는 자전거를 타고 논이나 밭, 과수원, 목장 등 들르고 싶은 구역을 찾아 조장으로부터 형식적인 구두보고나 받는 게 전부였다.

윤석은 농장에 끌려와 처음 배정받았던 옥수수농장에 많이 머물렀다. 가사도우미를 수시로 바꾸는 것으로도 욕구 해소의 양이 차지 않았던 것 같다. 그곳에는 윤석이 조장도 되기 전부터 호감으로 다가온 몇 여자 일꾼들이 있었다. 옥수수밭은 강간하기 쉬운 장소였으나 전 감독관과 일꾼들 눈이 있어서 조장 때까지는 간음에 만족하고 하지 않았다. 그러나 새로 감독관이 된 윤석에게 걸림돌은 없었다. 다만, 옥수수농장 말고 다른 농장에서는 보는 눈들이 많아서 접근하기 어려웠다. 옥수수밭은 달랐다. 다른 농장들과 달리 화장실이 따로 없고 조금 외딴 곳에 옥수숫대로 대충 가린 공간이 몇 개 있을 뿐이었다.

어느 날 저녁노을이 시작될 때쯤 윤석은 농장을 둘러보다가 옥수숫대 사이를 밀어서 비집고 나오는 20대 중반으로 보이는 여자와 마주쳤다. 볼일을 보고 나오는 중이었다. 윤석이 다가가 가볍게 접촉했으나 그녀는 흠칫했을 뿐 대수롭지 않게 여기고 지나가려고 했다. 그러나 몸을 좀 더 밀착하자 소리를 지르려고 했다. 그녀는 예전부터 윤석이, 꼭 한번 가 보고 싶은 나라인 한국 사람이라는 데까지는 호감을 느꼈었다. 그러나 이런 식의 접근은 불쾌했고 두려웠다. 하지만 넓은 밭과 우거진 옥수숫대 그리고 온종일 귀청이 뚫리듯 울려 퍼지는 스피커 소리에 아무리 소리를 질러도 바로 옆이 아닌 이상 들리지 않았다. 윤석은 그녀의 입을 틀어막고 협박해 겁탈했다. 그리고 허탈해하는 그녀를 향해 자기는 아직 미혼이며 언젠가는 한국에 나갈 테니 그때 같이 살자고 말했다. 미혼인 여자 일꾼들에게만 하는 상투적인 말이었다.

윤석은 감독관이 된 후 겁탈이 쉽게 성공하자 점차 대상을 넓혀 나갔다. 미성년자를 포함하여 치마를 두른 여성이면 모두 윤석의 표적이 되었다. 그녀들이 그렇게 당할 수밖에 없는 것은 감독관이라는 직책 때문이었다. 감독관은 일꾼들을 언제라도 해고할 수 있는 권한을 갖고 있었다. 윤석의 요구를 거부하는 것은 곧 생계를 포기하는 것이나 다름이 없었다. 그렇다고 자기 마음대로 일하는 농장을 다른 곳으로 옮길 수도 없었다. 간혹 변경이 있긴 해도 일터 배정은 감독관인 윤석의 권한이었다. 강간당한 여자들은 억울한 피해자임에도 신고조차 할 수 없었다. 전 감독관에게 강간당한 여자 일꾼이 어떻게 되었는지 잘 알기 때문이었다. 언젠가 성폭행을 당했다며 신고한 한 여자 일꾼은 피해자 조사가 필요하다는 연락을 받고 경찰서로 갔다. 그러나 치욕스러웠던 과정을 남자 경찰들 앞에서 낱낱이 다 설명해야 하는 더 수치스러운 일을 당했다. 더구나 경찰서에서 돌아오자마자 해고가 되었다. 결국 경찰에 신고하는 것은 벌거벗겨진 채 해고를 당하는 셈이라 엄두를 못 내는 구조였다. 그런 형편을 잘 아는 윤석은 여자들을 손쉬운 성적 욕구 해결의 도구로 만들어 버렸다. 그러는 동안 윤석은 겁탈 과정에서 격하게 반항하거나 신고하겠다고 대드는 세 명의 여자를 살해했다. 사체 처리는 여자 일꾼을 겁탈하다가 윤석에게 들켜 약점이 잡힌 조장들이 알아서 수행했다. 희생자들은 모두 농장 바깥 바다에 던져졌다.

그렇게 4년 동안 악마 같은 색광의 막장 삶을 살던 윤석에게 어두운 그림자가 다가오고 있었다.

"가르시아."
"왜?"
"어제 아들 돌이었어."
"그래? 축하하네."
"근데 친척들 모두 누구를 닮았는지 모르겠다고 하는데 이거 난감하네."
"그걸 왜 고민해? 마누라 배에서 나왔으면 산토스 아들이 맞는 거지."
"그렇긴 한데 내가 생각해도 우리 일가 중에 아무도 닮은 데가 없어."
"사실 우리 딸도 눈이며 코 이런 데가 다 한국 사람과 닮았어. 그렇다고 뾰족한 수가 있나? 솔직히 나는 이미 알았지만, 그냥 모른 체하고 사는 거야."
"알고도 모른 체 한다고?"
"방법이 있나. 감독관에게 유전자 검사하자고 할 수도 없잖아?"
"그렇긴 하지. 말 꺼내는 순간 해고될 테니까."

그렇다. 그들은 연륜이 있어 필리핀에서 전문직이나 기술직의 대우와 비슷한 최고 수준의 월급을 받고 있다. 이곳에서 해고된다는 것은 상상도 하기 싫은 타격이다.

  우연히 그들 곁을 지나던 조장 하나가 이들의 대화를 듣고 고스란히 윤석에게 전했다. 윤석은 머리카락이 쭈뼛해졌다. 욕정에 눈이 멀어 시간 가는 줄 모르는 사이에 윤석을 닮은 아이들이 하나둘씩 늘어났기 때문이다. 불길한 예감이 현실이 되는 것 같았다. 윤석은 지난 4년간 맞벌이를 위해 남편을 따라 농장에 들어온 옥수수밭 여자 일꾼 중 상당수를 겁탈했다. 물론 남편을 다른 농장으로 멀리 배치한 뒤 일을 벌이는 수법을 썼다. 또한 감독관 관사에 머무는 가사도우미 또는 여자 기숙사에 머무는 미혼의 여자 일꾼 중 상당수도 옥수수농장으로 배정돼 윤석의 노리개가 되어야 했다. 그런데 이제 복수의 칼을 든 남자 일꾼들의 그림자가 눈앞에 아른거린다. 윤석은 결심해야 했다. 이대로 머뭇거리다가는 잔인하게 죽임을 당할 것이 뻔했다. 아무리 농장주 다음의 최고 권력을 가졌다 하더라도 수십 명의 여자 일꾼들을 겁탈하고 임신까지 시킨 놈을 용서할 남자는 없을 것 같다. 납치당한 지 10여 년 세월 중에 4년을 감독관으로 지내다 보니 주변의 도로 사정도 어느 정도 파악하게 되었다. 마음만 먹으면 언제라도 밖으로 나갈 수도 있다고 생각했다. 사방이 바다라는 악조건이 문제였다. 초창기에 탈출하려다 매번 실패한 것도 농장은 빠져나오고도 바다를 건널 재간이 없었기 때문이었다. 그러나 지금은 사정이 다르다. 어떤 방법을 써서라도 도망치는 것 외에는 살아남을 다른 방법이 없다. 농장에서 볼 때 10km는 되어 보이는 다리를 걸어서 건너거나, 아니면 배를 타야만 한다. 외부에서 출퇴근하는 사람들을 태우고 드나드는 폐차 직전인 버스와 배는 특별한 사정이 없는 한 하루에 두 차례만 운행한다. 그래도 지금은 다음 일을 걱정할 때가 아니다. 일단 농장에서 벗어나야 한다.

04. 탈출

만약 농장주가 윤석의 탈출과 그간의 행적을 경찰에 낱낱이 일러바친다면 그는 어쩌면 죽는 날까지 필리핀 감옥에서 보내야 할지도 모른다. 다만, 농장주도 여러모로 약점이 많아서 쉽게 신고하지는 못할 것이다. 며칠을 고민한 끝에 어쨌든 농장 일꾼들에게 맞아 죽는 것보다는, 경찰에 체포되는 것이 낫겠다는 생각에 이르렀다. 무슨 수를 써서라도 농장에서 탈출하는 것이 급선무였다.

한국이라면 눈이 내려야 할 1월 초인데 아침부터 내리던 빗줄기는 날이 어두워지자 점점 거세어졌다. 궂은날은 함바집도 쉬기 때문에 사설 경비원 건달들도 없을 테니 농장에서만 벗어나면 된다. 보초두 거이 초소에 들이가 있을 터이므로 마음 놓고 걸어도 빗소리에 묻혀서 초소까지 발소리가 전달되지도 않으리라. 윤석은 밤이 깊어지자 납치당할 때 메고 왔던 배낭을 어깨에 걸치고 자전거를 타고 정문으로 향했다. 배낭에 든 것은 돈이다. 액수는 정확히 모르지만, 사흘 전 월급날 다섯의 일꾼들을 속여 그들의 월급 절반을 빼앗았으니 적잖은 돈일 것이다. 밖으로 나갈 수 있는 길은 정문 하나뿐이다. 언덕 너머 가축들을 싣고 내리는 부두 쪽으로 후문이 있기는 하다. 하지만 입항과 출항이 고정적이지 않기 때문에 탈출하려는 일꾼들에게 후문은 있으나 마나다. 윤석은 만약을 대비해 단도 하나를 챙겨 주머니에 넣고 출입구로 향했다. 단도는 일하다 목마를 때 옥수숫대를 잘라 거기에 스며 있는 수분을 섭취할 때 쓰는 한 뼘 정도 길이의 칼이다. 정문 경비는 8명이다. 주간조와 야간조 각각 4명씩이다. 정문을 살펴보니 야간조 4명 중 두 명은 폭우에도 초소에 들어가 있지 않고 우비를 입고 서 있다. 당황스러웠다. 그러나 어떻게든 이들을 물리쳐야 밖으로 나갈 수 있다. 일단 시끄러워지면 초소 안에서 대기하고 있는 두 명의 경비와 바로 옆에 사는 농장주가 알게 될 것이다. 무엇보다도 총과 무전기를 소지한 채 오토바이를 타고 다니는 10여 명의 야간 순찰조가 삽시간에 달려올 것이다. 윤석은 태연하게 그들 앞에 자전거를 세웠다.

"수고 많다!"

"아, 예. 감독관님."

"비도 오고 하는데 이런 날은 초소에 들어가 쉬어도 돼!"

"아, 예. 그런데 감독관님, 오늘 외출하는 날도 아닌데, 어디 가시는지요?"

"지금 감독관을 검문하는 거야?"

"아니 그게 아니고 일지를 작성해야 해서……."

사실 경비팀은 윤석이 감독관이 될 때부터 내려졌던, 더 철저히 감시하고 출입을 통제하라는 농장주의 명령에 따르고 있었다.

"퍽!"

"우욱!"

"퍽!"

"아악!"

꼬치꼬치 따져 묻는 경비에게 윤석은 화가 치밀었고 동시에 주먹을 날렸다. 가슴을 단 한 차례 강타했는데 경비원은 세월만큼 늙어서인지 맥없이 쓰러졌다. 윤석은 손을 떨며 권총을 꺼내려는 다른 한 명을 걸어차 넘어트린 뒤 단도로 가슴과 목을 차례로 찔러 숨통을 끊었다. 먼저 쓰러졌던 경비가 꿈틀거리자, 다가가 발로 얼굴을 걷어찬 뒤 권총을 뺏고 다시 가슴에 칼을 찔렀다.

둘을 해치운 윤석은 경비로부터 빼앗은 권총을 주머니에 넣고 대문을 열려다가 생각이 달라졌다. 10여 년간의 품삯을 포기할 수 없었다. 윤석은 농장주의 집에 불이 켜진 것을 확인했다. 농장주는 1남 2녀의 자녀 모두 외국으로 유학 보냈다. 시내에 사는 부인은 1년에 한두 번 얼굴을 내미는 정도였다. 윤석은 담을 넘어 시시티브이와 전화선 그리고 경비원 전원에게 연결된 비상 연락 전선도 끊어 냈다. 그리고 방문을 두드렸다.

"누구야?"

"서 감독관입니다. 빨리 나오십시오. 헛간에서 난 불이 집을 삼키려고 다가오고 있습니다. 지금 바로 나오지 않으시면 큰일 납니다."

깜짝 놀란 농장주는 잠옷 차림으로 문을 열었고 윤석은 농장주를 다시 방으로 밀어 넣었다. 그리고 목에 총을 겨누었다. 농장주는 새파랗게 질리면서도 위엄을 갖추려고 애썼다.

"서 감독관 지금 무슨 짓인가?"

"몰라서 묻는가? 그동안 내가 흘린 피땀 값을 내놔."

"그거야 은행에 있는데 이 밤중에 어떻게 찾나?"

윤석은 총부리를 목에 가까이 디밀며 말했다.

"그렇다면 금고를 열어!"

"서 감독관, 그러지 말고… 그동안 내가 월급 제때 못 준 거 미안하네. 내일 날이 새면 바로 찾아다 주겠네."

윤석은 다른 한 손으로 단도를 꺼냈다. 두 경비원을 살해했던 단도엔 아직 피가 마르지도 않았다. 농장주는 살려만 달라며 무릎을 꿇고 기어가서 금고를 열었다. 금고 안에 필리핀 페소가 아닌 100달러짜리 지폐가 보였다. 윤석은 금고 옆에 세워져 있는 여행 가방에 돈을 넣으라고 했다. 농장주의 금고를 다 털었으나 1만 달러뿐이었다. 주변을 훑어보던 윤석은 레오나르도 다빈치의 〈최후의 만찬〉 그림 액자를 뜯어 내동댕이쳤다. 그림 뒤에 숨겨져 있던 벽장 자물쇠를 열게 했다. 예상대로 100달러짜리 지폐 뭉치가 쏟아져 내렸다. 농장주는 손을 벌벌 떨며 지폐 뭉치를 여행용 가방에 채워 넣었다.

"시키는 대로 하면 목숨만은 살려 주겠다."

"고맙습니다. 시키는 대로 하겠습니다."

"받아 적어!"

"네, 네."

「여보, 미안해. 아들아, 딸아 사랑한다.」

농장주의 자필 메모가 끝나자, 윤석은 그의 급소를 겨냥해 단도를 꽂았다. 피에 젖은 단도는 숨을 거둔 농장주의 오른손에 쥐어 주었다. 그리고 수돗물에 간단히 손을 씻고 장롱을 뒤져서 농장주의 양복으로 옷을 갈아입었다. 댓돌 곁에 있던 사장이 쓰던 우산도 챙겼다. 식은땀을 흘리며 배낭을 메고 돈 가방을 든 채 조심스럽게 걸어 나온 윤석은 피 묻은 자기 옷들을 바다에 던졌다.

소나기 때문인지 농장에서 첫 번째 다리를 건널 때까지는 경비가 없었다. 그런데 세 개의 섬으로 갈라지는 삼거리 초소에서 총을 든 두 명의 청년이 길을 막았다. 윤석의 주머니에는 경비를 살해하고 빼앗은 권총이 있었지만 두 명이 겨누고 있는 권총이 문제였다.

"잠깐! 수고들 많소. 나는 갈매기농장 감독관인데 잠시 한국에 급한 일이 생겨 이렇게 늦게 출발하게 되었소. 아! 매일 근무하느라 수고가 많은데 감사하는 마음에서 드리겠소. 이거면 한동안은 놀고먹어도 될 것이오. 급해서 그러니 시내로 나가는 길 좀 알려 주겠소? 택시를 불러 주면 더 좋고."

윤석은 가방에서 두 다발의 뭉칫돈을 건넸고 액수를 대충 가늠해 보던 그들은 눈이 휘둥그레졌디. 1민 딜러민 56만 페소. 전문직 1년 연봉이다. 그들은 윤석이 자기네 농장 일꾼도 아니어서 그냥 가도록 내버려도 상관없었다. 그런데 각각 1년 치 연봉 거금까지 주며 길을 물으니 거절할 이유가 없다. 둘 중 한 명이 무전기로 택시를 호출했는데 10분이 안 돼 도착했다. 그들은 택시 기사에게 잘 모시라고 했고 기사는 고개를 끄덕였다.

일꾼들의 출퇴근을 감시하는 마지막 초소에서는 두 명의 중년 경비원이 나오지도 않고 택시 기사에게 지나가라는 손짓만 보냈다. 아마도 삼거리 초소에서 무전 연락을 받은 듯했다. 한숨을 돌린 윤석은 택시 기사에게 마닐라 한국대사관으로 가자고 했다. 그러자 기사는 고개를 돌려 뒷좌석의 윤석을 힐긋 바라보며 뭔가 수상하다는 표정을 지으며 말했다.

"마닐라까지는 못 갑니다."

"기사님, 그런데 여기가 어디입니까?"

윤석은 5년여간 자기가 노예 취급을 받았고, 이후 5년여는 여자 일꾼들에게 겁탈과 살인까지 저질렀으면서도 섬의 이름을 몰랐다.

"여기서 오래 살았을 것 같은데 동네 이름도 몰라요?"

"오래는 살았는데 아직도 저는 그 섬이나 이웃 섬들 이름을 알지 못해요."

"하긴, 세부에 속하기는 한데 아주 폐쇄된 집단농장이죠. 행정력이 거의 미치지 않아 우리 기사들끼리는 여기 섬들을 갈매기섬, 제비섬, 독수리섬, 거북섬 등으로 부르죠. 행정명은 우리도 몰라요. 아까 초소 사람들 얘기 들어 보니까 갈매기섬에 계셨더군요."

"그래요?"

"그런데 무슨 일로 한밤중에 마닐라를 가세요?"

"아, 한국에서 나와 산 지 오래됐는데 친척 결혼식이 있다고 해서 겸사겸사 다녀오려고요. 그동안 여권이 없어져서 임시 여권이라도 만들려고 대사관에 갑니다."

"그렇군요. 그런데 지금 가 봐야 사무실 문 다 닫았을 텐데 어떻게 하려고요. 묵으실 호텔은 예약했어요?"

"가다가 호텔 있으면 세워 주세요. 그런데 아까 마닐라까지는 못 간다고 하셨는데 그럼, 지금 어디로 가는 거죠?"

"여기서 마닐라까지는 최소 열 시간 이상 걸려요. 저는 한국에 가야 한다고 해서 한국 영사관까지 데려다주려고 타라고 한 건데 마닐라로 가게요?"

"아! 여기 영사관이 있어요?"

"세부영사관인데 안 막히면 여기서 두 시간 정도 걸려요. 잠깐만이요. 오늘 손님이 많아서 저녁을 못 먹었는데 배가 고프네요. 저 기사식당 들러서 허기 좀 달래야겠어요. 같이 가실래요? 아니면 뭐 좀 사 올까요?"

"아, 저는 됐습니다. 어서 드시고 오세요."

윤석은 10여 년 전 마닐라에서 당한 경험이 있어서 친절한 모든 사람을 경계하기로 했다. 잠시 후 택시 기사와 한 남자가 캔 커피를 마시며 다가왔고 택시 기사는 같은 방향이니 합승시켜도 되겠냐고 물었다. 윤식은 찜찜했시만, 남자가 선한 얼굴에 점잖아 보여서 고개를 끄떡였다. 뒷좌석에 오른 남자는 윤석에게 고마움을 표시하며 캔 커피를 윤석에게 건네며 말했다.

"이 커피는 필리핀이 원산지랍니다. 저는 멕시코나 케냐 커피보다 이 맛이 더 좋아 하루에 열 잔씩을 마신답니다. 한번 마시고 솔직하게 평가해 주세요."

"아, 네 감사합니다."

윤석이 깨어난 곳은 영사관 근처 도로였다. 농장주를 협박해 돈을 담아 가져온 여행용 가방이 곁에 있을 리 없었다. 자세히 세어 보지는 못했지만 적어도 100만 달러는 들어 있을 여행용 가방이었다. 농장주를 살해하면서까지 10여 년간 노예노동의 대가를 받아 온 것인데 커피 1캔에 10여 년 종살이가 물거품이 된 셈이었다. 경찰에 신고해 봐야 오히려 살인 및 살인미수, 특수절도, 사기도박, 공갈 협박죄로 엮일 것이고, 나아가 여자 일꾼들을 겁탈하고 살해하기도 했던 과거가 들통날 수도 있다. 그렇다고 경찰 외에 그 누구에게 하소연할 데도 없다. 일꾼들을 속여서 딴 것이긴 하지만, 그나마 오른쪽 어깨에서 왼쪽 옆구리로 메고 있던 배낭에 있던 얼마간의 돈은 그대로 있어서 다행이었다.

머리를 쥐어뜯으며 분노하고 있는 사이 영사관 문이 열렸다. 영사관에 들어간 윤석에게 또 다른 실망이 다가왔다. 반갑게 맞이해 줄 것으로 기대했던, 영사관 직원들은 윤석에게는 눈길도 주지 않았다. 그들은 하나같이 통화 중이거나 키보드만 두드리고 있었다. 여권 분실이나 재발급을 해주는 창구에 문의했으나 일이 밀렸으니 기다리라고만 했다. 얼마를 기다려야 하느냐고 물어도 모른다고만 했다. 하긴 사기, 마약, 도박, 살인, 인질극, 특히 한국에서 범죄를 저지르고 도망쳐 온 범인의 도피처로 알려진 필리핀에서 윤석의 하소연 따위는 관심을 가질 만한 주제가 못 되었다.

윤석은 영사관 게시판에 있는 한인회에 연락해 사정을 이야기하고 귀국을 도와 달라고 했다. 잠시 후 한인회에서 직접 나온 교민은 명함을 내밀며 자신이 총무라고 했다. 한국명이 이수영인 총무는 윤석을 한인이 운영하는 식당으로 안내해 점심을 함께했다. 총무는 요즘 코로나19 때문에 긴급 여권 발급이 쉽지 않을 것 같다며 일단 신청해 두고 한인회에서 기다려 보자고 했다. 윤석은 총무를 따라가 모여 앉아 있는 몇몇 교민들 앞에서 납치당한 일부터 그간에 있었던 일을 털어놓았다. 물론, 자신이 저지른 파렴치한 짓과 탈출 과정에서 농장주를 상대로 협박과 살인을 저지른 것까지 털어놓을 이유는 없었다. 업무 시간이 지나 하루를 자고 영사관에 연락했더니 코로나19 검사를 한 다음 결과가 음성으로 나와야 한다고 했다. 더군다나 실종신고가 되어 있어서 신원 재확인이 필요하다며 시간이 좀 더 걸릴 수 있다고도 했다. 하루라도 빨리 필리핀을 빠져나가야 하는 윤석은 속이 탔다. 총무와 함께 근처 은행에서 환전한 다음 기분 전환을 위해 전통시장을 구경했다. 윤석은 두어 벌의 옷과 필요할 것 같은 물품 몇 가지를 챙겨 담았다.

경찰서를 찾아간 윤석에게 경찰은 별다른 질문을 하지 않고 한국 경찰에서 접수한 실종자 명단을 검색한 후 신원 확인증을 내밀었다. 총무가 코로나19 음성확인서와 경찰서에서 받은 신원 확인증을 영사관 담당관에게 건네며 여권 발급을 서둘러 달라고 부탁했다. 대사관 담당 부서는 뒤늦게 그를 딱하게 여겼는지 빠르게 움직이는 듯했고, 다음 날 오후에 오라고 했다. 교민회에서는 임시 여권이 나오기까지 2박 3일 동안 윤석에게 무료로 숙식을 제공했다. 그에 더해 총무는 막탄(Mactan) 공항까지 윤석을 데려다주는 친절까지 베풀었다.

05. 제 버릇 개 줄까

 마스크를 받아 쓰고 기내에 올라 좌석표를 살폈는데 윤석의 자리에 어떤 젊은 여자가 창밖을 내다보며 앉아 있었다. 비켜 달라고 하기에도 멋쩍어 그 옆자리에 그대로 앉았다. 그런데 여자가 윤석을 돌아보고는 자기가 잘못 앉았다는 생각이 들었는지 윤석에게 미안하다며 일어서려고 했다.
 "아, 아니 괜찮습니다."
 "그래도…."
 "아니요. 어차피 이륙하면 볼 것도 없을 텐데요. 하하."
 "감사합니다."
 "실례지만 필리핀에 사세요?"
 "아니요. 시험 끝나고 바람 좀 쐬러 며칠 다녀가는 거예요."
 "무슨 시험인지 궁금하네요."

"변호사 시험이요."

"아, 그래요? 그럼, 사법시험 1·2차 다 합격한 거네요?"

"사법시험은 이미 폐지됐죠. 지금은 로스쿨 3년 이수하면 변호사 시험 응시 자격을 줘요."

"아, 많이 달라졌군요. 우리 때는 사시 1·2차 합격하고 3차 면접시험이 있었는데…."

"혹시 선생님, 법조인이세요? 잠깐만요. 판검사는 아닌 것 같고 변호사 맞지요?"

"네? 어떻게 알았어요? 아차, 명함을 다 썼네요. 사무실 전화번호 알려 드릴게요. 언제 저녁이라도 먹어요."

참 희한한 일이다. 여자는 아니면 말고 식의 말 걸기를 하고 있다. 즉, 이야기를 이어 가고 싶다는 속셈이 분명하다. 마스크 때문에 얼굴을 다 볼 수는 없어도 눈이 유난히 반짝이는 여자였다.

"네. 근데 선생님 존함은요?"

"아, 서윤석이라고 해요."

"저는 김솔이라고 합니다."

"김솔이?"

"네."

그때 한국인인지 필리핀인인지 알 수 없지만, 마스크를 쓴 여자 승무원이 기드에 기내식과 음료를 싣고 윤석 옆에 섰다. 그리고 미소를 띤 얼굴로 무엇을 먹겠느냐고 물었다. 윤석은 탑승 전 저녁밥을 먹은 상태였고, 솔이도 생각이 없는지 손을 저었다. 그런데 승무원이 발을 옮기려는 순간 윤석이 카트를 세웠다. 승무원이 눈을 크게 떴고 윤석은 와인 두 잔을 달라고 했다. 와인을 받아 든 윤석은 한 잔을 솔이에게 건넸다. 술을 한 번도 마셔 보지 못한 솔이는 손사래를 치다가 윤석의 진지한 눈빛에 마음을 바꿨다. 그리고 윤석이 하자는 대로 가볍게 잔을 부딪쳤다.

"솔이라…. 이름도 멋있고 얼굴도 우리 딸처럼 예쁘네요."

"그래요? 그럼, 딸처럼 대해 주세요. 호호."

"그래도 될까?"

"그럼요. 법조계 대선배님이 딸로 봐주시겠다니 제게는 큰 영광입니다."

"아는지 모르겠는데 법조계는 승진이 중요하지. 딸 같아서 하는 말인데 줄을 잘 서고 놓치지 않는 게 중요해."

"어떻게요?"

"쉽게 말하면 윗사람들에게 잘 보이고 충성하라는 거지."

"근데 저는 그런 줄이 없으니 걱정입니다."

"걱정 안 해도 돼. 내 말만 들으면 좋은 줄에 세워 줄 수 있어."

"그럼, 제가 어떻게 해야 하죠?"

"당장은 나랑 친해지는 게 중요하지. 지금 잘나가고 있는 판검사들, 모두 내가 만들었다고 보면 돼."

술이라고는 처음인 와인을 벌써 석 잔째 마신 솔이는 얼굴이 발개지며 윤석의 어깨에 머리를 기댔다. 윤석의 팔은 어느 순간 그녀의 팔베개로 변해 있었다. 혹시 숙취해소제가 필요하냐는 승무원의 물음에 윤석은 손을 내저었다. 솔이의 머리를 쓰다듬던 윤석은 이마에 가볍게 키스했으나 그녀는 별다른 반응을 보이지 않았다. 윤석에게 개도 못 줄 제 버릇이 꿈틀댔다. 딸인 아름이보다 어린 솔이가 어느새 여자로 보이기 시작했다. 윤석의 다음 동작은 가슴과 다리를 만지는 순으로 이어졌다. 솔이는 윤석의 손을 걷어 내려고 했으나, 만취한 몸은 손을 생각대로 움직일 수 없게 했다. 솔이는 윤석의 그런 행동이 자신의 출세와는 아무 상관이 없다는 것을 잘 알았다. 그럼에도 어떤 마법에 걸린 것처럼, 착륙 후 잠시 쉬어 가자는 윤석의 말에 동의하고 금세 호텔 방 침대 위에 함께 누워 새근거렸다.

7
심판

01. 연이은 희생들

"안녕하세요. 여기는 필리핀 세부영사관입니다. 전화를 받는 분이 강서희 씨 맞는지요?"

"아, 네. 제가 강서희입니다. 무슨 일이죠?"

"다름이 아니라 부군이신 서윤석 씨가 오늘 밤 12시쯤 인천공항에 도착할 예정입니다."

"네? 거기가 어딘데요?"

"조금 전, 말씀드렸는데, 여기는 필리핀 세부영사관이고 모든 절차가 완료되어 오늘 오후 막탄 공항에서 출발합니다."

"어떻게 필리핀에 있어요? 몸은 괜찮은가요?"

"네, 건강에 이상은 없고, 가족 외에는 알리지 말라는 부탁이 있어서 이렇게 전화로 알려 드립니다."

서희는 꿈인지 생시인지 뺨을 꼬집어 보았다. 9년, 아니 10년 만에 아름이 아빠가 돌아온다고? 서희는 급하게 이금숙에게 전화를 걸었다. 둘은 2011년 사고 이후 자주 만나면서 어느새 언니, 동생이 되어 있었다. 악연이 만들어 낸 자매인 셈이다.

"언니! 놀라지 마세요. 아름이, 하늘이 아빠가 오늘 밤 귀국한대요."
"어! 무슨 뜬금없는 소리야?"
"방금 필리핀 세부영사관에서 전화가 왔는데 오늘 오후 비행기로 출발한대요."
"그럼 어떻게 해야 하나?"
"언니, 밉든 곱든 애들 아빠잖아요. 애들에게 몇 시 도착인지 알아보라고 해서 함께 나가도록 하죠."
"글쎄, 나까지 나가야 하나?"
"하늘이 아빠잖아요."

서희는 2011년 춘천에서의 교통사고 직후 한마디 말도 없이 현장에서 사라진 윤석에 대해 서운함이 적지 않았다. 그러나 행방불명이 길어지자, 걱정과 그리움이 동시에 세월만큼 커졌다. 기약은 없지만 언젠가는 꼭 돌아오리라는 믿음도 없지 않았다. 표정을 감출 수밖에 없었으나 금숙 역시 윤석에게 아무 일이 없기를 가슴속으로 빌었다. 서희는 딸인 아름에게, 금숙은 아들인 하늘에게 전화를 걸었다. 아이들은 인천공항에 몇 시 도착 예정이냐고 물었고, 공항 안내 직원은 밤 12시 30분 도착 예정이며 코로나 검사에서 양성이 아니면 새벽 1시쯤이면 로비에 나올 수 있다고 알려줬다. 금숙은 바로 TV를 끄고 춘천에서 출발했다. 서희는 아름이가 호출해 준 장애인 택시를 탔다. 하늘이는 내일 아침 재판이 있어 지금은 갈 수 없고 재판이 끝나면 바로 집으로 찾아오겠다고 했다. 아름이는 한달음에 달려가 10년 만에 만나는 아빠를 만나고 싶었지만, 그날 맞은 코로나19 예방주사로 몸 상태가 좋지 않아 집에서 기다리기로 했다.

　금숙은 인천국제공항까지 밤 11시에, 서희는 밤 11시 반에 도착해 서로 만났다. 새벽 1시쯤이 되자 입국자들이 쏟아져 나왔다. 그런데 입국자와 마중 나온 사람들이 모두 흩어지고 로비가 텅 비었는데도 윤석은 보이지 않았다. 서희와 금숙은 혹시 윤석이 코로나 검사에서 양성이 나온 게 아니냐며 눈이 휘둥그레졌다. 둘은 안내 창구로 향했다.

"네?"

"서윤석 씨 입국하셨고 코로나 검사 결과 음성이어서 이미 나오셨습니다."

"우리가 1시간 반 전부터 기다렸지만 보지 못했는데요? 지금 시간에 막탄 공항에서 한국에 오는 비행기가 이거 하나뿐인가요?"

"그렇습니다."

　서희와 금숙은 맥이 풀렸다. '언제 어디로 나온 걸까?'

　한편 윤석은 인천공항 착륙 예정 방송이 나오자, 가방을 열어 막탄 세부공항 근처에서 구매한 가발과 중절모를 쓰고 구레나룻까지 붙였다. 옆에서 지켜보던 솔이는 초조하면서도 야릇한 표정을 지었다. 입국 심사는 코로나19 음성확인서 검사와 임시 여권을 확인하고 공항경찰단으로 이동해 간단한 신분 조사를 받았다. 경찰은 우선 귀가하고 일주일 이내 관할 경찰서에 출석해 추가 조사를 받으라고 했다.

　윤석은 10여 년 만의 귀국이라 기자들 눈이나 귀에 들어갈 수도 있겠다는 판단에 세부영사관 근처에서 변장에 필요한 물건을 구매했었다. 그런데 착륙 후 트랩을 내려오다 보니 남녀노소 불문하고 모두 마스크를 쓰고 있었다. 따라서 구레나룻은 떼어 버릴까도 생각했지만, 떼는 것이 더 번거로울 것 같아서 그대로 입국 심사대로 향했다. 윤석은 다른 입국자의 뒤에 바짝 붙어서 로비로 나왔다. 그런데 우연일까? 윤석이 타고 온 비행기에 필리핀 순회공연을 마친 몇몇 새내기 가수들이 함께 마스크를 쓰고 나오기 시작했고 이들을 환영하기 위한 마스크들이 몰려들어 정신없이 떠들썩했다. 기자들의 카메라는 모두 새내기 가수들에 집중되었다. 윤석은 괜한 걱정을 했다며 긴 한숨을 내뱉었다. 어수선한 로비를 빠져나오며 힐긋 살펴보니 휠체어를 탄 서희와 함께 실망한 표정의 금숙이 보였다. 마스크를 쓰고는 있었지만, 윤석은 뒷모습만 봐도 둘을 알아볼 수 있었다. '서희가 왜 휠체어를 타고 있을까?' 하지만 윤석은 솔이와 뜨거운 시간을 보내기 위해 궁금증을 누르고 외면해 버렸다.

집은 그대로였다. 무엇을 타고 어떻게 왔는지 기억이 나지 않았다. 윤석이 집 앞에 이르러 감회에 젖은 채 잠시 두리번거리고 있을 때쯤 공항에서 몇 시간 동안이나 윤석을 기다리다가 포기하고 돌아선 서희와 금숙이 함께 도착했다. 대체 얼마 만인가? 9년 4개월 동안 생사조치 몰랐던 애들 아빠가 돌아왔다. 서희는 장애인 택시 기사가 내려준 휠체어를 타고 윤석의 손을 잡으며 흐느꼈다. 금숙 역시 윤석의 다른 손을 잡으며 눈물을 감추지 못했다. 조금 전까지만 해도 비행기에서 만난 솔이와 호텔에서 꿈같은 시간을 보낸 윤석은 감정이 복잡했다. 서희와 금숙 둘을 껴안고 미안하다는 말만 거듭했다. 서희는 눈물을 훔치며 나머지 이야기는 집에 들어가서 하자며 초인종을 눌렀다. 그런데 집 안에 있는 아름이는 문을 열어 주지 않았다. 몸이 좋지 않다며 공항에도 나가지 않았으니 외출했을 리는 없다. 서희는 아름이가 잠이 들었을 것으로 생각하고 몇 차례 전화를 걸었다. 하지만 신호는 가는데 계속 받질 않는다. 불길한 예감에 떨리는 손으로 핸드백 깊이 넣어 둔 열쇠를 찾아 대문을 열었다.

거실문을 연 서희는 침대 위에 엎드려 있는 아름이를 향해 "아름아! 아빠 오셨다. 빨리 일어나!"라고 큰 소리로 말했다. 하지만 아름이는 일어날 줄을 몰랐다. 윤석이 달려가 아름이의 머리를 만지고 팔다리를 주물러 봤지만, 체온이 식어 가고 있었다. 119를 호출했으나 평상시라면 5분이면 도착할 구급차는 애가 타는 가족들의 심정을 아는지 모르는지 소식이 없었다. 한참 만에 도착한 구급차는 아름이를 구급차에 싣고 산소호흡기를 씌우고 출발했다. 윤석은 구급대원이 건네준 방역 마스크를 쓰고 뒤쪽 보호자석에 앉았다. 10년 만에 만나는 딸과 아직 한마디도 나누지 못했다. 만약 잘못되면 어쩌나 하고 가슴을 조이며 딸을 살피는 순간 아름이 눈을 떴다. 아름이는 윤석을 한 번 쳐다보며 잠깐 눈물을 흘리더니 그대로 눈을 감았다.

"아름아! 아름아!"

윤석이 애타게 불렀으나 혈압계의 바늘이 뚝 떨어지며 멈춰 서고 말았다. 앰뷸런스가 병원에 도착할 때까지 구급대원이 심폐소생술을 했으나 소용이 없었다. 윤석은 10년 만에 만난 딸이 말 한마디 없이 눈물만 몇 방울 떨어뜨리고는 숨을 거둔 상황이 도무지 믿어지지 않았다.

아름이가 숨을 거뒀다는 전화를 받은 금숙은 낑낑대며 서희를 뒷좌석에 태운 뒤 휠체어를 접어 트렁크에 실었다. 어렵사리 도착한 병원에는 여기저기 통곡 소리뿐이었다. 방역 당국의 지침에 따라 수시로 관만 어딘가로 이송될 뿐 조문객은 아무도 보이지 않았다.

관은 모자라고 화장장은 포화 상태라 아름이는 만 하루를 기다린 후 번호표 순서에 따라 불가마로 빨려 들어갔다. 화장이 끝나고 아름이 유골함을 받아 든 서희는 옆에서 받쳐 주지 않았다면 휠체어가 넘어질 뻔할 정도로 심하게 휘청거렸다. 금숙도 이따금 만나면 자연스럽게 이모, 이모 하던 애가 하루아침에 저렇게 허무하게 갈 줄은 상상조차 하지 못했다.

금숙은 아름이 장례를 마치고 서희와 윤석을 집까지 바래다주고 위로한 뒤 춘천으로 돌아가고 있었다. 기대하지 않았던 윤석의 귀국에 잇달아 길게 치러진 아름이의 장례로 며칠을 뜬눈으로 지낸 탓인지 상당히 피곤했다. 하지만 춘천까지는 빤히 아는 길이다. 중고이긴 해도 실내는 새 차처럼 깨끗하고 아늑하다. 지루한 느낌이 들어서 영상과 자막이 동시에 뜨는 내비게이션을 켰다. 서행으로 채널을 찾던 중 뉴스 속보가 삽혔다. 어디에서 화재가 발생해 인명 피해가 이어지고 있다는 소식이었다. 금숙은 흔히 있는 뉴스로만 생각하고 다른 채널을 찾으려다가 조금 전 자막에 떴던 '안양'이라는 글자가 생각났다. 자막은 사라지고 없었다.

　금숙은 갓길에 차를 세우고 영상이 나오는 뉴스 채널을 뒤졌다. 다행히 24시간 뉴스만 전문으로 하는 방송이 잡혔다. 그 방송은 기자까지 동원해 현장을 중계하고 있었는데, 화면을 보던 금숙은 화들짝 놀랐다. 불이 난 곳은 P 오피스텔이었다. 여러 대의 소방차가 동원됐으나 불길은 아직 잡히지 않고 연기가 평촌역 근처를 휘감고 있는 화면이 비쳤다. P 오피스텔이면 하늘이가 묵고 있는 건물이다. 그 건물 9층에 하늘이의 주거 공간이 있다. 어제 아침에 오기로 했지만, 코로나19 양성이 나와 오피스텔에서 며칠 쉬겠다고 했던 하늘이가 저 안에 있을 수도 있다. 전화를 걸었으나 받지 않았다. 또 걸었다. 신호음이 끝나도록 여전히 받지 않았다. 금숙은 급한 마음에 서울 쪽으로 불법 유턴해 반대편 차선에 진입했다. 유턴에 성공해 한숨을 돌리려던 순간 앞서 달리던 화물차가 급제동을 걸었다.

　'쿵! 쨍그랑! 푹, 콰광!'

　순간, 화물차 적재함에서 떨어진 건축용 철근 더미가 금숙의 운전석 유리창을 뚫었다. 이어서 뒤에서 따라오던 다른 화물차가 후미를 들이받았다. 결국 금숙의 차는 폐차장에서 납작하게 압축한 차량처럼 찌그러졌다.

　경찰은 화물차 기사가 도로로 뛰어든 멧돼지를 발견하고 멧돼지를 치면 차가 전복될 것으로 판단해 급정차한 것으로 보고, 정확한 경위를 조사하겠다고 했다. 한편 승용차에 갇혀있던 금숙은 구급대가 절단기를 이용해 간신히 꺼냈지만 이미 숨진 상태였다. 서희와 윤석은 아름이 장례식을 마치고 돌아와 소파에서 두 가지 뉴스를 모두 봤다. 머지않아 P 오피스텔 화재로 하늘이 숨졌고, 잇달아 춘천 가는 길에서 발생한 교통사고로 금숙이도 사망했다는 비보를 들었다. 서희와 윤석 두 사람은 서로 얼굴만 쳐다볼 뿐 아무 말도 하지 못했다. 윤석은 새삼 인생의 허무를 절감했다.

자신이 귀국한 지 사흘 만에 주변 세 사람의 목숨이 잇달아 사라진 비극이 오직 자신의 탓인 듯 죄책감이 들었다. 생중계를 보며 소리 없이 눈물을 흘리던 서희가 갑자기 괴성을 지르며 윤석의 멱살을 잡았다.

"모두 네 탓이야! 네가 안 왔으면 이런 일은 일어나지 않았어! 너는 거기서 죽었어야 했어. 네가 돌아와서 준 선물이 바로 이런 거였어? 어떻게 이렇게 줄줄이 학살할 수가 있어? 네놈이 오기 전까지 우리는 서로 의지하며 잘 지냈어. 그걸 네놈이 깨트려? 너는 불행을 낳고 다니는 악마야! 너는 눈에서부터 악마의 피가 흐르고 있어. 다음은 내 차례, 그다음은 네 차례라는 음성이 들려! 무서워! 어어엉, 아름아! 하하하…. 서윤석! 나까지 죽이기 싫으면 빨리 꺼져! 아름아! 어어엉, 하하하…."

서희는 결혼 후 십수 년이 지나도록 윤석을 거의 선배님으로 호칭했고 어쩌다가 한 차례씩 아름이 아빠라고 불렀다. 윤석에 대한 신뢰와 존경이 몸에 배어 있었다. 그랬던 서희가 코로나19로 숨진 아름이를 살려 내라는 말도, 줄줄이 학살이라는 말도 서슴지 않고 내뱉는다. 윤석은 이제까지 상상해 보지 못한 서희의 악에 받친 행동에 당황하면서도 딱히 변명할 말이 없었다. 서희는 사흘째 식사도 거부하고 울고 웃기를 반복했다.

윤석은 아직 귀국 인사도 하지 못한 상태에서 서희의 상태를 처가에 알렸다. 서희의 바로 아래 동생인, 작은 처남이 팔순에 가까운 장인 장모를 모시고 왔다. 서희의 행동에 대해 한참을 고민하던 장모가 말을 꺼냈다.

"아무래도 이번 일로 충격이 너무 커서 그런 것 같은데 우선 심리적인 안정이 필요하니 일단 우리가 데려가서 지켜보겠네."

윤석은 무슨 말을 해야 할지 몰라서 생각하시는 대로 따르겠다고 했다. 서희 엄마는 자신이 몸담았던 S대 정신의학과 P 교수를 찾았다. 담당 교수는 조울증의 하나이며 불안과 초조, 분노가 뒤엉켜 폭발한 것이라고 했다.

"검사 결과로는 며칠 두고 보는 것이 좋을 것 같습니다."

"며칠 두고 본다면, 입원해야 하는 건가요?"

"그렇죠. 직접 관찰하는 것이 가장 정확한 진찰이죠."

"입원은 언제부터 하는 게 좋을까요?"

"빠를수록 좋습니다. 시기를 놓치면 사위에게 했던 행동들이 반복적으로 일어날 수도 있거든요."

"네, 접수해 놓고 가겠습니다."

서희 엄마는 원무과에 다음 날 오전으로 입원 예약을 해 두었다. 그저 서희가 이전처럼 건강해지기만 바랐다. 입원을 얼마나 해야 할지는 알 수 없어 불안하기 짝이 없었다.

서희 엄마는 딸에게 입원 전에 바람이나 함께 쐬자고 했다. 서희도 밝게 웃었다. 서희 엄마는 평소에도 자주 가던 집 근처 공원으로 출발했다. 공원 입구까지는 평지여서 부담이 없었으나 약간 경사진 곳에 이르자, 서희를 태운 휠체어가 앞으로 좀처럼 나아가지 못했다. 옆에서 걷던 중년의 남자가 서희 엄마가 잡은 손잡이 한쪽을 거들어서 모녀는 공원 마당까지 도착할 수 있었다.

  공원의 나무에서 잎새들이 시나브로 뚝뚝 떨어지고 있었다. 서희는 옛날 대학 1학년 첫 엠티 때가 문득 떠올랐다. 대수롭지 않은 환각으로 생각해 망각의 늪에 던져 버렸던 장면이 생각났다. 생화가 아닌 조화가 들판을 수놓은 봄, 누군가를 찾아 헤매다 통제선에서 실랑이하는 여름, 단풍이 물들기도 전에 낙엽이 흩날리는 가을, 뿌리조차 얼어 버린 정자 옆 거목이 기어이 쓰러지고 마는 겨울이었다. 서희는 지난 삶을 되돌아보며 그때의 풍경들이 곧 자신의 미래였다는 것을 새삼 깨달았다. 그렇다면 이제 겨울 풍경이 남았다. 기어이 쓰러지고 마는 거목은 누구일까? 부모님 중 한 분일까. 아니면 자신일까? 소름이 돋았다.

  "서희야, 서희야 왜 그러니?"
  별안간 서희의 눈동자가 하얗게 뒤집혔고 엄마는 급하게 흔들어 댔지만, 휠체어가 넘어실 늣 머리가 뒤로 젖혀진 딸은 알 수 없는 소리만 지를 뿐이다. 서희 엄마는 다음 날 입원시키겠다며 예약해 둔 병원의 P 교수에게 연락했다. 얼마 지나지 않아 서희를 태운 앰뷸런스가 응급실에 도착했다. P 교수는 간호사를 시켜 안정제를 투여하게 하고 교수실로 돌아왔다. 뒤따라온 서희 엄마가 P 교수에게 급히 물었다.

"교수님, 아무래도 조현병 증세 같은데 어떤가요? 왜 저렇죠?"

"예. 조현병으로 보이기도 하는데 선생님도 아시다시피 조현병은 대체로 10대 전후나 20대에 발병하잖아요. 50대의 나이에 이런 증상이 나타나는 것 자체가 드문 일이죠. 지금은 안정제를 맞고 좀 진정되긴 했습니다만 병명을 밝히기 위해서는 더 두고 봐야겠습니다."

서희는 응급실에서 2인실 병실로 옮겨졌다. 서희 엄마가 입원 절차를 밟기 위해 원무과로 간 사이 저녁 식사가 들어왔다. 한 숟가락의 국물을 떠먹던 서희는 상을 엎어 버리고 50대 중반으로 보이는 옆 침대의 환자에게 시비를 걸었다.

"지금 밥이 들어가냐?"

"지금 무슨 말씀이세요?"

서희는 바로 일어나서 옆 침대 환자의 식판도 쓸어 버리고 들고 있던 포크로 그녀의 얼굴을 난도질했다.

"이 악마 새끼야! 밥이 들어가냐고!"

비명을 듣고 달려온 간호사와 간호조무사가 뜯어말리려 했으나 서희는 포크로 간호사의 얼굴도 그어 버렸다.

간호조무사가 뛰쳐나가 상황을 알렸고 남자 직원 두 명이 뛰어와 흥분된 서희를 간신히 제압할 수 있었다.

P 교수는 원무과에 연락해 서희 엄마를 불러 조금 전 일어났던 서

희의 돌발행동에 대해 상세하게 설명했다. 그리고 말을 이어 갔다.

"아무래도 다른 조치를 취할 수밖에 없습니다."

가슴이 철렁해진 서희 엄마가 되물었다.

"다른 조치라면 무엇을 말하는 것인지요?"

"아까 응급실에 도착해 찍어둔 엑스레이, CT, 뇌파검사까지 다 분석해 봤는데 특별한 증상은 보이지 않습니다. 조현병에서 흔히 나타나는 분노 조절 장애인데 다른 환자들에게 피해가 너무 심해서 우리가 감당하기에는 벅찹니다. 현재 상해를 당하신 환자의 가족들이 몰려와 항의 중이어서 업무가 마비될 지경입니다."

"그럼 어떻게 해야 하죠?"

"우선 약을 처방해 드릴 테니 퇴원시켜서 꾸준히 관찰하십시오. 다만, 단둘이 있다가는 교수님도 피해를 당할 수 있으니 차라리 요양병원 같은 곳을 알아보시는 게 좋을 것입니다."

"요양병원이요…? 네, 알겠습니다."

서희를 퇴원시켜 집으로 돌아온 그날 밤 서희의 행동은 완화되기는커녕 더욱 포악해졌다. 때로는 식칼을 엄마의 목에 대며 아름이를 살려 내라며 소리치고 악마 새끼 잡아 오라며 악을 쓰기도 했다. 서희 엄마는 늙은 몸으로 도저히 감당할 수 없다고 판단해 요양병원을 수소문해 입원시켰나.

"원장님, 저 환자 도저히 감당하지 못하겠습니다."

"왜 그래요?"

"심해도 너무 심해요."

"어떻게요?"

"스스로 머리를 다 뽑고 때로는 제 팔을 물기도 해요."

"수갑 채워요."

"그것도 문제지만 낮에는 물론 밤에도 계속 소리를 질러 대서 옆 환자들이 잠을 못 자겠다며 항의를 계속하고 있어요."

"그렇다고 어떤 방법이 있는 것도 아니잖아요."

"어쨌든 바꿔 주세요. 저 환자 저는 못 봐요."

원장은 간병인들이 기피하는 환자를 계속 입원시킬 이유가 없었다. 자칫 조용히 적응하고 있는 환자들이 병원을 나갈 수도 있기 때문이다. 원장은 서희를 쫓아내기 위해 묘수를 짜냈다. 진료내역서에 '폐렴'이라고 써서 129 민간 호송차를 불렀다. 서희는 어쩔 수 없이 며칠 전 입원했던 병원으로 다시 보내졌다. 그 병원은 서희의 행동을 잘 알지만 거절하면 법적인 문제가 발생할 수 있어 받을 수밖에 없었다. 그러나 검사 결과 폐렴은 발견되지 않았다. 응급실에서는 링거에 안정제를 섞어 재우면서 하룻밤을 보내고 서희 엄마에게 환자의 퇴원을 종용했다. 서희 엄마는 가슴이 답답했으나 받아들일 수밖에 없었다.

퇴원해 집에 돌아온 서희는 모처럼 제정신으로 돌아온 듯 엄마를 부르며 다가왔다.

"엄마, 그동안 힘들었지?"

"서희야! 서희야! 이제 정신이 돌아왔구나."

서희 엄마는 서희가 제정신으로 돌아왔다고 생각하며 서희를 감싸 안고 울음을 터트렸다.

"엄마, 나 별안간 치킨 먹고 싶어. 시원한 맥주도 있으면 더 좋고. 바삭바삭하고 깔끔한 맛을 위해서는 배달보다는 엄마가 직접 다녀오는 게 좋을 것 같아."

"그래, 그래. 뭔들 못 해 주겠니. 내 당장 나갔다 올게."

서희 엄마가 시장으로 나간 지 10여 분 만에 서희네 집은 불길에 휩싸였다. 5분도 안 돼 소방차와 구급대가 출동했으나 긴 골목길 양쪽에 세워진 차들 때문에 진입을 할 수 없었고 근처엔 소화전도 없었다. 대여섯의 소방관들이 소화기를 양손에 들고 달려갔으나 집은 이미 전소된 뒤였다. 친정으로 온 지 채 일주일도 되지 않아서다.

서희의 장례를 마친 윤석은 독백을 거듭했다.

'아름이도 하늘이도 금숙이도 서희도 모두 내가 죽인 것일까? 서희 말대로 나는 악마의 피가 흐르고 불행을 낳고 다니는 몹쓸 인간에 불과한가. 필리핀에서 죽었어야 마땅했을 놈일까? 온갖 불행이 모두 내가 귀국하는 첫날부터 차례로 일어났으니 어쩌면 맞을지도 모른다. 핏덩이로 버려진 내가 다시 핏덩이를 만들고 그 핏덩이들이 내 앞에서 부서지는 것을 막지 못했다. 비록 나는 핏덩이로 버려졌을망정 내가 만든 핏덩이들은 지키고 싶었다. 하지만 이제 그 핏덩이를 품었던 어미들마저 내 곁을 떠났다. 아무래도 내 몸에 악마의 피가 흐른다는 서희의 말이 맞는 것 같다. 그럼, 내가 할 수 있는 일은 무엇인가?'
 금숙과 하늘이의 장례는 어떻게 치러졌는지 소식조차 듣지 못했다.

02. 이상한 가계도

 윤석은 사흘째 술을 끼니로 삼고 있었다. 인터폰이 울려 문을 열자, 곽재훈 변호사가 들어섰다. 집 안 여기저기 술병들이 쌓여 있었고, 그중 깨진 것들도 적지 않았다. 윤석의 팔에는 피 칠갑이 된 자해의 흔적들이 보였다. 난장판을 목격한 곽 변호사는 깜짝 놀라 황급히 구급차를 불렀다.
 윤석은 가지 않겠다며 떼를 썼다. 곽 변호사는 구급대원들과 함께 강제로 윤석을 태워 가까운 병원으로 이송했다. 깨진 병들로 자해한 상처는 출혈을 멈췄고, 내과 검진 결과 간을 비롯한 다른 장기에도 이상이 없다고 했다. 의사는 다만, 이대로 계속 과음을 하게 되면 위험해질 수 있다고 경고했다. 영양 상태가 좋지 않으니 일주일 정도 입원하는 게 바람직하다고도 했다. 처음 입원을 거부하던 윤석은 결국 의사의 거듭된 설득에 입원을 받아들였다.

일주일 뒤 곽재훈 변호사는 윤석을 퇴원시켜 그의 집으로 데려갔다. 거실에 늘어져 있던 집기와 술병 등은 미리 치우고 정리해 놓아서 집 안은 깔끔했다. 곽 변호사는 자신의 이름으로 개통한 스마트폰을 윤석에게 건네며 말했다.

"서 변호사, 심신이 많이 지쳤으리라고 짐작하네. 그래서 하는 말인데 푹 쉬면서 몸도 정신도 건강해지면 그때부터 출근하는 게 좋겠어. 건강이 우선이지. 동료 변호사들의 충원 요청에도 한동안 버티다가 어쩔 수 없이 3년 전에 두 명을 채용했고 사무실도 좀 더 큰 데로 이사했어. 지금은 원활히 돌아가고 있네만, 대표인 자네 승낙 없이 인원을 늘리고 사무실을 옮기고 한 부분에 대해서는 정말 미안하네."

윤석은 할 말이 없었다. 따로 사무실을 내고 동료 변호사를 챙겼더라도 뭐라고 탓할 일이 아니다. 의리 하나로 10여 년 동안 꾸준히 사무실을 지키며 여전히 자신을 대표로 대우하고 있는 그가 오히려 고마웠다.

"곽 변호사, 나는 할 말이 없어. 사무실을 10여 년이나 비웠는데 여전히 대표라고 하니 민망하네. 이참에 자네가 대표를 맡는 게 좋겠어. 모든 걸 인계해 주겠네. 나는 이제 변호사로서 감각도 무뎌지고 의욕도 없네. 뒤에서 자네 보조나 하겠네."

"아니, 이 사람이 병원에서 일주일 누웠다가 오더니 약을 잘못 먹었나, 주사를 잘못 맞았나? 지금 대표 변경 이야기가 왜 나와? 이렇게 돌아와 준 것만도 너무도 고맙고 반가워서 일단 몸이나 충분히 추스르라고 했더니 웬 엉뚱한 소리야?"

"자네 마음 충분히 알아. 그래서 하는 말이야. …그렇다면 대표직 얘기는 천천히 하세. 나는 며칠 더 쉰 다음 사무실 구경도 하고, 그동안 궁금해하던 이들에게 찾아가 인사나 해야겠네."

윤석이 정신을 가다듬고 사무실에 출근한 지 두 달가량이 됐다. TV는 연일 코로나19 뉴스로 도배를 하고 있었다. 매화는 활짝 피었는데 거리엔 사람이 거의 없었다. 서희의 장례를 마치고 제정신이 아니던 윤석을 살린 것은 곽재훈을 비롯한 동료 변호사들이다. 퇴원 후에도 격려와 용기를 북돋운 동료들이 아니었다면 윤석의 현재가 어떻게 되어 있을지는 아무도 모를 일이었다.

윤석은 출근을 위해 전철을 타고 사무실이 있는 교대역에서 하차했다. 그때 솔이로부터 퇴근 후 시간이 되느냐는 문자가 왔다. 사실 윤석을 살린 것은, 첫째 동료 변호사들이지만 심신을 온전히 가다듬게 한 것은 변함없이 지속된 솔이와의 만남 덕분이었다.

윤석이 병원에 입원해 있을 적에 소식을 듣고 솔이가 병실을 찾았었다. 윤석은 오래전 이혼한 전처와 그 자식들이 모두 죽어 충격을 받아 입원했다고 둘러댔다. 솔이는 그 말을 액면 그대로 믿고 위로했다. 퇴원 후에는 곽 변호사가 마련해 준 스마트폰으로 솔이와 매일 통화나 문자를 주고받으며 생기를 찾았다.

그들은 일주일에 한 번꼴로 자주 만나 그들만의 밀회를 즐겼다. 서희의 장례를 치른 지 보름도 안 되었을 무렵부터였다. 그야말로 무덤에 흙이 채 마르기도 전에 윤석은 서희와 금숙, 아름이와 하늘을 잊어 가고 있었다.

 무슨 일일까? 불과 이틀 전 만났었는데 저녁에 시간이 되느냐고 묻는 솔이가 궁금했다. 윤석이 답장하려고 스마트폰을 더듬는 순간 식당 이름과 지도가 찍힌 문자가 다시 도착했다.

 식당은 한옥 건물의 2층이었다. 현관문을 들어서자, 솔이가 달려와 반기며 자리를 안내했다. 코로나19로 손님이 거의 없는 식당에서 왜 모르는 손님들과 합석하자는 것일까? 윤석이 두리번거리며 서 있자, 솔이가 손님들을 가리키며 자기의 엄마와 오빠라고 소개했다. 당황스러웠다. 솔이의 갑작스러운 행동이 의아스럽기만 했다. 계속 그러고 서 있을 수도 없어서 윤석은 솔이의 엄마와 오빠라는 사람에게 명함을 건네며 자리에 앉았다. 오빠라는 사람으로부터 받은 명함에는 '서울중앙지방검찰청 국제범죄 수사부 검사 김민호'라고 또렷이 인쇄되어 있었다. 김민호가 일어서서 허리를 굽히며 인사를 했다.

 "이런 곳에서 뵙게 되어 영광입니다. 사실은 어머니께서 한번 뵙는 게 좋겠다고 하셔서 끌려오다시피 했습니다. 그런데 이렇게 대선배님을 만나는 자린 줄 알았으면 제가 먼저 나섰어야 했는데 죄송합니다. 앞으로 잘 부탁합니다."

 주문한 음식들이 나오기 시작했다. 윤석은 상에 올라온 음식들이 무엇인지 보이지 않았고, 뭐가 어떻게 돌아가는지 좀처럼 갈피를 잡지 못했다. 어쨌든 김민호 검사로부터 인사를 먼저 받았으니, 뭔가 답인사는 해야 했다.

 "서윤석입니다. 우선 이렇게 초대해 주셔서 정말 감사합니다. 사실

이런 자리인 줄 모르고 솔이와 둘이 간단하게 저녁을 먹자는 건 줄 알고 왔습니다. 그런데 어머니도 계시고, 특히 촉망되는 김민호 검사님을 만나게 되어 더욱 반갑습니다. 감사합니다."

윤석이 자리에 앉자, 엄마라는 중년 부인이 윤석과 김민호 검사를 번갈아 보며 입을 열었다.

"서윤석 씨, 혹시 저 기억하세요? 87학번 김혜수인데요."

윤석의 눈이 휘둥그레졌다. 김혜수는 윤석이 춘천에서 상경해 휴학하고 있을 때 잠시 사귀던 1년 선배였다. 30여 년이 지난 일이라 당시 얼굴 모습이 남아 있지 않았다. 만약 밝히지 않았더라면 생각이 나지 않았을 존재였다. 생리적인 욕구 충족을 위해 만나다가 막 정이 들어갈 무렵, 강서희가 나타나서 멀어진 인연이었다. 윤석은 강서희와 공식 커플이 된 후로도 이따금 김혜수를 만났었다. 그러나 김혜수는 윤석이 양다리를 걸치고 있다는 사실을 알고는 점점 멀리했고 끝내 휴학계를 제출하고 사라졌었다.

"아, 예, 오랜만입니다."

"저는 윤석 씨가 피랍되기 전 변호사로서 살던 시절과 강서희 장례를 치른 일까지 다 알아요. 또한 이금숙 씨를 직접 만난 적은 없으나 그녀와의 사이에서 낳은 서하늘 검사와 서희와 사이에서 낳은 변호사 아름이가 나오는 공판을 가끔 다닌 적도 있어요. 윤석 씨와 닮은 그 애들을 멀리서라도 지켜보고 싶어서요. 모두 똑똑하더군요. 특히 서하늘 검사는 우리 민호랑 쌍둥이라고 해도 믿을 정도였어요. …말이 좀 길어지는데 이해해 주세요. 오늘 아니면 시간이 없을 것 같다는 예감에…. 제가 오늘 이 자리에 윤석 씨를 모신 것은 살날이 얼마 남지 않았다는 것을 알기 때문이죠."

김혜수의 말을 듣던 윤석은 눈을 감았고, 민호는 씁쓸한 표정으로 천장을 바라보고 있었다. 다만 솔이는 눈이 휘둥그레져 있었다. 김혜수는 말을 이어 갔다.

"윤석 씨는 이제 귀국하셨으니, 앞으로도 변호사 일을 계속하시겠죠? 그래서 오늘은 애들 보는 앞에서 사실을 털어놓으려고 한 거예요. 한 하늘 아래에서 부자가 남남으로 산다면 제가 죽어서도 한이 될 것 같아서요. 특히 법정에서 부자간의 다툼이 있을 수도 있는데 미리 알고 있어야 기피 신청이라도 하겠죠. 그래서 오늘부터라도 서로 알고나 있으라고 큰맘 먹고 이 자리를 마련했어요."

김혜수는 흐르는 눈물에 개의치 않고 말을 이어 갔다. 유언일 수도 있다는 뉘앙스로 담담히 털어놓는 그녀의 말을 아무도 막을 수가 없었다.

"저는 윤석 씨를 보내고 배가 점점 불러와 휴학계를 내고 친정에서 출산했지요. 학원 강사도 하고 대입을 앞둔 입시생들 모아 교습을 하며 살았어요. 민호는 친정엄마가 초등학교 때까지 키웠지요. 중학교 때부터 대학까지는 스스로 아르바이트도 하고 장학금도 받았기 때문에, 학비는 전혀 들어가지 않았어요. 다만, 중학교 때까지도 아빼를 찾있어요. 싱을 서 씨가 아닌 김 씨로 한 것은 어쩔 수 없었는데, 이제 친자 확인이 되겠네요. 앞으로는 김민호가 아닌 서민호였으면 좋겠어요."

미안함과 부끄러움이 함께 몰려와 윤석은 결국 손수건을 꺼냈다. 민호는 천장을 계속 쳐다보며 눈물을 감추려고 애썼는데, 그동안 아버지 없이 자라면서 겪어야 했던 불행한 기억들이 한꺼번에 떠오르는 듯했다. 혜수는 솔이를 가리키며 다시 말을 이어 갔다.

"얘는 내가 혼자 사는 것이 너무 힘들어서 늦게 결혼해 얻은 아이예요. 그런데 얘도 아비 복이 없었는지 애가 중학교 1학년일 때 그만 교통사고로 세상을 떠났지요. 솔이 아빠는 김 씨였어요. 어쨌든 민호랑 솔이가 씨는 다르지만 모두 내가 배 아파 낳은 남매죠. 이야기가 길어졌는데 이제 정리할게요. 윤석 씨! 늦었지만 이제부터라도 민호를 아들로 받아 주고 솔이도 친딸처럼 보살펴 주세요. 그리고 민호야! 그동안 원망이 많았겠지만, 그래도 너의 유일한 뿌리란다. 앞으로는 아버지로 호칭해. 솔이야. 오빠의 아빠면 네게도 아빠 맞지?"

민호는 30여 년을 써 보지 못했던 아빠, 아버지라는 단어가 낯설었다. 원망이 깃든 호칭이기도 했다. 그러나 자신에게도 뿌리가 있다는 사실이 야릇한 흥분으로 다가왔다. 그가 일어나서 큰절을 올렸다. 윤석은 당황하면서도 민호의 어깨를 툭툭 치며 그동안 미안했다는 말을 보탰다. 민호가 큰절을 마치자, 김혜수는 솔이를 향해 너는 뭐 하고 있느냐는 표정을 지었다. 윤석과 솔이는 별안간 머리가 주뼛해지고 혼란스러웠다. 이 상황을 어떻게 대처해야 하나? 지금 솔이의 뱃속에는 윤석의 씨가 자라고 있다. 이틀 전에도 만나 그 얘기를 나눴는데, 솔이는 자기에게 들어온 첫 생명이라며 낙태를 반대했다. 윤석은 솔이의 의견을 존중하기로 했다. 그런데 김혜수의 부탁대로 솔이가 딸로 정리되면 태어날 아이와 윤석의 관계는 아빠와 자식이 아닌 외할아버지와 외손주 사이가 된다. 또한 민호의 입장에서는 윤석이 아버지기도 하면서 매제가 된다. 더 황당한 것은 솔이가 여동생이면서도 의붓어머니가 되는 셈이다. 어떻게 이런 황당한 가계도가 있을 수 있을까?

그때 두 명의 낯선 남자가 식당에 나타나 윤석을 불러냈다. 윤석은 식은땀을 닦으며 자리에서 일어나 그들에게 다가갔다. 그런데 그들은 신분증을 보여 준 다음 체포영장을 제시했다. 영장에는 '살인 및 살인미수, 강간, 미성년자 성폭력, 노동자 협박과 폭행, 사기도박, 사체 유기죄' 등의 죄목이 길게 나열돼 있었다. 두 남자는 마지막으로 윤석에게 미란다원칙을 설명하고 손목에 수갑을 채웠다.

낯설고 가계도가 헷갈리는 관계이긴 하지만, 가족들이 보는 앞에서 수갑을 찬 윤석은 절망의 표정을 지었다. 김혜수와 김민호, 김솔이의 얼굴도 흙빛으로 변해 있었다.

뒤늦게 윤석이 탈출했다는 소식을 들은 일꾼들은 삼삼오오 모여 윤석이 그동안 저질렀던 악행에 대해 성토하고 무슨 수를 써서라도 복수하기로 했다. 우선 윤석 밑에서 조장을 맡았던 수상한 몇을 불러 윤석이 부녀자를 겁탈하고 일부를 살해한 후 바다에 버린 범행을 알고 있다는 자백을 받아 냈다. 그리고 남자 일꾼들은 귀가해 자기의 아내에게 서윤석에게 당한 일을 모두 실토하라고 압박했다. 그러나 아내들은 아무 일도 없었다며 남자들의 속을 태웠다. 이튿날 한자리에 모인 남자 일꾼들은 여자들을 강압적으로 몰아붙이지 않고 달래기로 했다. 서윤석에게 당한 것이 여자들의 잘못이 아니며 앞으로 그런 일이 재발하지 않도록 조사를 하는 것뿐이라며 설득했다. 겁탈당한 사실을 이유로 이혼 등 어떤 불이익도 주지 않겠다는 각서를 써 준 것이 여자들의 마음을 움직였다. 물론 내막이 세상에 알려지는 것이 창피하고 남편이 두려워 침묵하는 여자들도 있었다. 하지만 열흘 만에 무려 열 명이 넘는 피해 여성들의 서명이 확보됐다. 옥수수밭 3조 조장은 탄원서를 모은 뒤 외부에서 출퇴근하는 3조 일꾼 중 하나에게 경찰에 전달해 달라고 부탁했다.

 탄원서를 받은 경찰은 농장주의 사망이 자살인지 타살인지를 가리기 위해 부검을 의뢰했다. 경비원 두 명도 타살이 분명해 보이나 확실한 원인을 찾지 못해 부검 결과를 기다리고 있었다. 경찰은 농장주와 경비원 두 명의 사망 원인을 밝히기 위해 협조를 요청했을 때는 모두 모른다고만 하던 사람들이 이제 와서 도와 달라고 매달리니 짜증이 나기도 했다. 그래도 제출된 탄원서를 검토하고 농장으로 출동해 일꾼들의 증언을 들었다. 반항하다가 살해된 여성들이 수장(水葬)되었다는 지점도 확인했다.

 수사를 통해 어느 정도 실태를 파악한 필리핀 경찰은 한국 경찰에 조사 내용을 팩스로 보냈다. 한국 경찰은 필리핀 경찰로부터 받은 팩스의 내용이 사실인지 확인하기 위해 윤석에게 출석요구서를 계속 보냈으나 윤석은 나타나지 않았다. 어쩔 수 없이 경찰은 검찰에 체포의 필요성을 설명했고 검찰은 바로 법원에 체포영장을 신청했다. 그런데 영장을 신청한 사람이 다름 아닌 김민호 검사였다.

03. 진술 거부

　경찰서에서 일주일간 조사를 받은 윤석은 경기도 의왕에 있는 구치소로 넘겨졌다. 구치소에서는 소지품을 모두 압수하고 팬티까지 벗도록 하여 신체검사를 하고 수의를 제공했다. 카키색 수의 오른쪽 가슴에는 '2상10', 왼쪽 가슴에는 '1040'라는 숫자의 식별표가 붙어 있었다.
　감방에는 여섯의 미결수들이 있었다. 그중 한 명은 빨간 명찰을 달고 구석에 앉아 있는 사형수였다. 사형수는 감형되지 않는 한 미결수다. 사형수에게 기결은 곧 사형 집행이기 때문이다. 한국은 사형제도 국가이긴 하나 20년이 넘도록 사형 집행이 없었으므로 그는 죽을 때까지 영원한 미결수일 가능성이 높다.
　"어떻게 왔어?"
　윤석은 한참을 망설이다가 "살인."이라고 짧게 대답했다. 예전 윤석이 변호사로 활동하면서 알게 된 바로는 감방의 미결수 중 강력범 일수록 범죄의 경중에 따라서 대하는 태도가 달랐다. 특히 사형수에게는 모두가 예우해 심경을 건드리지 않는다고 했다. 그러나 강간으로 왔다고 하면 눈빛이 달라지고 얕본다고도 했다. 윤석이 강간을 일삼았지만, 살인을 한 것도 사실이다.

"몇 명 했는데?"

"예닐곱쯤 됩니다."

"일곱이면 저 구석에 계시는 분보다 딱 하나 부족하구먼. 내가 여기 방장인데 잘 지냅시다."

"아, 네. 많이 가르쳐 주십시오."

옆에 있던 '2상10', '1023'이라는 사람이 끼어든다.

"아니 일곱 치운 사람이 다섯 치운 사람에게 뭘 더 배워?"

"야! 1023! 너는 내가 둘 더 치우고 왔어야 한다는 거냐?"

"아니, 그냥 해 본 소린데 뭐 그리 역정이십니까?"

"1023 잘 들어. 방도 좁은데 다시 숫자 놀이하면 제삿날인 줄 알아!"

"선 넘지 마십시오."

금방이라도 한판 붙을 기세였다. 출소자들 얘기를 들어 보면 구치소 내에서도 수시로 주먹질이 오간다고 했다. 충돌이 심한 경우 징벌방을 간다는데, 징벌방의 구조는 다녀온 사람만 안다고 했다. 수감자 중에서는 종교를 갖고 있는 사람들도 적지 않다. 서로가 이단이니 뭐니 하며 목소리를 높이다가 몸싸움으로 이어지기도 한단다. 교도관들도 수감자를 이름 대신 왼쪽 가슴에 달린 수인번호로 부른다.

텔레비전에서 7시 뉴스가 시작됐다. 국내의 정치, 경제, 사회 뉴스 후 필리핀 여성단체에서 주최하는 행사 장면이 나왔다. 주변에는 유치원생 정도의 어린이 서넛이 있었고, 서너 살쯤 되는 아이들도 보였다. 소위 코피노라고 불리는 아이들이었다. 뒷줄에는 갓난아이를 안은 여인들이 있었다. 어른, 아이 할 것 없이 모두 한국어와 영어가 섞여 쓰인 피켓을 들고 있었다. 피켓에는 '한국인 아빠를 찾습니다', '한국인 닮았다고 엄마랑 쫓겨났어요', '아빠 보고 싶어요', '양육비라도 보내 주세요', '나를 잊지 말아요', '한국 가고 싶어요' 등등의 문구들이 적혀 있었다.

지켜보던 방장이 입을 열었다.

"어떤 새끼들이기에 책임도 못 지면서 싸지르고 다녀서 나라 망신시키는 거야?"

그러자 1029번이 거든다.

"그러게요. 저런 새끼들은 잡아다가 모두 잘라 버려야 합니다."

꾸벅꾸벅 졸고 있던 1020번이 실눈을 뜨며 혼잣말처럼 내뱉는다.

"저런 놈들 낳고도 에미는 미역국 먹었겠지?"

방장이 별안간 윤석을 향해 말을 걸었다.

"1040번. 아까 보니까 너를 닮은 애들이 있는 것 같던데, 혹시 필리핀 다녀온 거 아니야?"

윤석은 흠칫 놀라다가 애써 태연한 표정을 지으면서 말했다.

"저는 평생 비행기 한번 타 본 적 없습니다."

다음 날 아침 수갑과 포승줄에 묶여 검찰청 호송버스에 올랐다. 포승줄에 묶인 피의사는 윤석을 포함해 네 명이었고, 나머지는 수갑만 차고 있었다. 명찰 색깔도 각각 달랐다. 일반 재소자와 강력범죄 재소자를 함께 태운 것이었다. 흰색 명찰은 일반 수감자, 파란색은 마약 관련자, 노란색은 관심 대상자로서 중대 범죄 피의자였다. 윤석은 노란 명찰을 달고 호송차에 올랐다. 검찰청에 도착해 대기실에서 포승줄은 풀어 줬지만, 수갑은 그대로였다.

수사관과 함께 엘리베이터를 타고 14층에 내리자 '국제범죄 수사부'라는 간판이 보였다. 좌우로 늘어선 검사실 왼쪽 중간쯤에 '검사 김민호'라는 표찰이 보였다. 윤석은 멈칫하며 걸음을 멈추려는데 수사관이 등을 살짝 떠밀었다.

문을 열고 들어가자, 김민호가 정면 멀찍한 곳 책상 뒤에 앉아 있었다. 오른쪽 책상에는 무언가를 분주히 기록하고 있는 사람도 보였다. 윤석은 민호에게 눈길을 주지 않고 조금 전 자신을 데리고 온 수사관 앞에 앉았다. 그는 윤석에게 종이컵에 담긴 커피 한 잔을 내밀었다. 그리고 경찰에서 넘겨받은 조서를 펼쳐 놓고 질문을 하기 시작했다. 윤석은 경찰서에서 형사가 원하는 대로 답변을 하고 지장을 찍었었다.

"이름과 주소, 생년월일 직업 모두 확실한가요?"

"그렇습니다. 오늘도 진술을 거부합니다. 계속 말씀드렸지만, 경찰에서 진술한 내용이 모두 사실이니 그대로 기소하십시오."

수사관은 어이가 없다는 듯 윤석을 째려보며 말을 이었다.

"피의자이긴 하지만 법조계 선배님이기도 해서 이렇게 공손히 대하는 것입니다. 더구나 현직 변호사이면서 이렇게 비협조적으로 나오시면 정말 곤란합니다."

"……."

수사관은 윤석의 입을 열기 위해 회유 반, 협박 반으로 독촉했으나 굳게 다문 윤석의 입은 다시 열리지 않았다. 그때 김민호 검사가 나섰다.
 "모두 나가 있으세요."
 수사관들이 나간 검사실에 침묵이 잠시 흘렀다. 김민호가 천천히 입을 열었다.
 "이런 것을 두고 운명의 장난이라고 하는 것 같습니다. 정말 기막힙니다. 어떻게 아버지가 피의자가 되고 아들이 담당 검사가 될 수 있습니까? 사실 저는 사건을 배정받고 회피 신청서를 냈습니다. 그러나 국제부가 맡은 사건은 많으나 수사 검사 수가 부족해 대체할 검사가 없고, 더구나 저와 아버님이 부자지간이라는 객관적인 자료가 전혀 없으니, 승인이 날 리 없지요. 죄송합니다."
 윤석이 아무 말도 하지 못한 채 고개만 떨구고 있자 민호는 화제를 돌렸다.
 "아버님, 그런데 변호사 선임도 안 하시고 면접도 일절 거부하신다고 들었는데 왜 그러시는지요? 조금이라도 도움이 되실 텐데요?"
 윤석이 드디어 입을 열었다.
 "친구 변호사가 몇 번 다녀갔다고 들었는데 내가 무슨 낯으로 그들을 보겠나? 그래서 거부했고, 어떤 결과가 나오든 항소할 생각도 없네."
 "…알겠습니다. 그 부분은 더는 제가 개입할 일이 아닌 것 같습니다. 이제 사적인 얘기 좀 하겠습니다. 솔이가 우울증에 빠져 면접 준비도 안 하고 아무 데도 나가지 않고 방구석에만 처박혀 삽니다. 더구나 사흘에 한 번씩 편지를 보냈으나 아직 한 장의 답장도 못 받았다며 속상해하더군요. 답장 정도는 해주실 수 있지 않습니까?"

윤석은 솔이의 얘기가 나오자, 소리 없이 눈물을 뚝뚝 흘렸다. 사실 윤석은 사흘마다 솔이의 편지를 받기는 했었다. 그러나 내용이 무엇인지 읽지도 않고 찢어 버렸다. 모든 것을 잊으라는 무언의 메시지였다. 민호는 말없이 옆에 있는 티슈 통을 윤석 앞으로 밀었다. 눈물을 닦아 내면서 마음을 가라앉힌 윤석이 말했다.

"내가 죄를 자꾸 보태는구나. 나름대로 솔이의 미래를 위해서 고민했던 거지. 나야 형량이 얼마가 되든 상관없지만 면회하고 편지를 주고받다 보면 정을 떼기가 어렵겠기에 그리했네. 그러지 않으면 솔이의 미래가 더욱더 캄캄해진다는 걸 잘 알기에 한시라도 빨리 포기하라고 그렇게 해 왔어. 나라고 그 아이가 왜 궁금하지 않겠나?"

"이해가 갑니다만, 솔이를 아직 잘 모르셔서 그렇게 생각하시는 것 같습니다. 걔는 아버님이 무기징역형이 나와도 포기하지 않을 겁니다. 나중에 안 일이지만 솔이에게는 태중의 아이가 있잖습니까? 아버님이 원하시는 대로 솔이가 포기한다면 아이는 어떻게 되는 것입니까? 보육원으로라도 보내는 겁니까?"

윤석은 민호가 태중의 아이를 말하자 머리가 하얘졌다. 솔이의 미래만 생각했을 뿐 아이의 미래는 미처 생각하지 못했다. 낙태죄가 폐지됐다지만, 자기에게 들어온 첫 생명이라고 임신을 진지하게 받아들인 솔이가 스스로 낙태 수술을 할 리도 없다. 낳아야 하는데 그러면 그 아이는 누가 키우나? 법조인의 꿈을 포기하더라도 새출발을 위해서는 솔이의 태중 아이는 걸림돌이다. 윤석은 강보에 싸여 버려졌던 자신의 과거를 떠올렸다. 지금이라도 친부모가 누군지 알고 싶고 과거는 묻지 않고 무조건 껴안고 싶은 마음인 것도 사실이다. 윤석은 끝내 마땅한 답을 찾지 못한 채 호송버스에 올라 구치소로 돌아왔다.

04. 우리가 증거다

　5월 20일 오전 10시 결심공판이 열렸다. 윤석은 추가 진술을 위해 세 차례 더 호송버스를 타고 검찰청을 왕복했으나 할 말이 더 이상 없어서 침묵만 하다가 돌아왔다. 다만, 아들인 김민호 검사의 요청을 받아들여 변호사도 선임하고 솔이와 편지도 주고받았다. 법정에 들어서면서 10여 명의 방청객과 함께 초조한 표정으로 방청석에 앉아 있는 솔이와 김혜수를 보았다. 재판장은 김민호 검사에게 공소장을 낭독하게 했다.
　김민호 검사는 덤덤한 표정으로 공소장을 낭독했다. 그런데 그 많은 죄명에도 불구하고 낭독 시간은 채 5분이 걸리지 않았다. 수백 장, 아니 적어도 수십 장은 되어야 할 공소장이 너무도 쉽게 넘어갔다. 그럴 수밖에 없었던 이유가 있었다. 경찰은 물론 검찰도 아무런 증거를 확보하지 못했고, 검찰은 경찰이 나열한 죄명을 중심으로 공소장을 작성했기 때문이다. 김민호 검사의 구형은 '무기징역'이었다. 재판장은 검사 김민호를 잠시 바라보다가 피고인 측을 향해 변론하라고 했다. 피고인 측 변호사로 선임된 김경식 변호사는 공소장을 일일이 반박했다.

"존경하는 재판장님, 검사의 공소장은 사실에 근거한 것이 아니라, 필리핀 경찰의 불명확한 자료를 그대로 옮겨 기록한 것에 불과합니다. 피고는 경찰에 체포되자 일주일간 자포자기 심정으로 조사를 받았고, 검찰 조사 때는 세 번이나 공소장대로 기소하라고 했습니다. 한마디로 한국 경찰과 검찰은 피고로부터 아무런 진술도 받아 내지 못했습니다. 공소장은 필리핀 경찰이 보내온 신뢰할 수 없는 팩스 내용에 살만 조금 붙인 수준에 불과합니다. 피고는 귀국하자마자 자식 남매와 부인 등 네 명이 일주일을 전후해 차례로 죽어 가는 것을 목격했습니다. 그는 모든 비극이 자기 탓이라고 자책하고 있었습니다. 결국 자살까지 시도했다가 병원에서 퇴원한 후 주변의 설득과 응원으로 다시 재기하려고 하던 차에 경찰이 체포영장을 내민 것입니다. 가족관계인 사람들 앞에서 수갑까지 채워진 피고인은 너무 큰 충격을 받아 경찰조사에서는 쓰고 싶은 대로 쓰라며 아무런 이의도 없이 서명했습니다. 세 번의 검찰 심문에서도 경찰에서 진술한 대로 기소하라며 묵비권을 행사했습니다. 아무런 증거나 물증도 없이 체포하고 구속하는 것부터 불법입니다. 구속돼 있는 동안 경찰과 검찰은 필리핀 경찰청에서 보내온 팩스 내용 외에는 단 하나의 사실관계도 확인한 바 없습니다. 그렇다면 무엇을 근거로 피고인을 법정에 세웠는지 되묻고 싶습니다. 저희 변호 팀은 필리핀 현지를 방문해 일꾼들의 증언을 직접 낱낱이 들었습니다. 하지만, 피고가 여자 일꾼을 겁탈하고 바다에 버렸다고 한 지점은 찾지 못했습니다. 아무런 흔적도 없었기 때문입니다. 일꾼 중 일부가 피고인을 따르던 조장들을 불러 흉기를 들이밀며 협박해 만들어진 진술이라는 증언도 확보했습니다. 따라서 피고가 여성 일꾼 세 명을 살해해 바다에 버렸다는 것은 상상으로 만들어 낸 모함일 뿐 그 어디에도 증거가 없습니다. 현지 경찰은 일꾼들의 말만 믿고, 탐지선이나 수색조도 없이 파도만 바라보다가 소설을 써서 한국 경찰에 보낸 것입니다. 또한 겁탈당했다고 확인서를 써 준 20여 명의 여인을 면담하며 탐문한 결과도 다릅니다. 그녀들은 남편이 보상금을 받을 수 있다고 사정해서 불러 주는 대로 썼을 뿐 겁탈당한 일이 없었다고 증언했습니다. 그녀들은 덧붙여 말하기를 피고가 농장의 일꾼들과 다툼이 잦았기 때문에 이에 앙심을 품은 남자 일꾼들이 사건을 꾸민 것 같다고 했습니다. 피고 서윤석은 이미 떠나간 감독관이니 앞으로 올 감독관을 겁박하기 위한 것으로 안다는 말도 했습니다. 참고로, 피고인이 첫 감독관이 되던 해 필리핀 휴대폰 보급률은 인구 100명당 107.3대였고, 2020년 1월 농장을 탈출할 무렵에는 인구 100명당 124.5대였습니다. 이는 전체 국민이 휴대폰을 보유하고 있음을 뜻합니다. 지난달 저희가 방문했을 때도 휴대폰을 소지한 일꾼들이 대다수였습니다. 공소장대로 몇 년간 그런 일이 계속되었다면 누군가는 밖으로 알리거나 신고했을 겁니다. 저희가 현지 관할 경찰서를 방문했을 때 경찰도 그런 신고는 없었다고 했습니다. 또 중요한 것은 피고로부터 폭행당했다는 탄원서는 있는데 진단서는 한 장도 없다는 사실입니다. 그러므로 검찰의 공소장은 아무런 근거가 없습니다. 물증이 있을 때나 가능한 형량을 대충 나열해 놓은 것으로 볼 수밖에 없습니다. 만약 물증이 있다면 피고인은 무기형 그 이상도 받아들이겠다고 했습니다. 따라서 본 변호인은 피고인의 무죄를 주장하는 바입니다. 재판장님의 현명한 판단을 기대하겠습니다. 이상입니다."

"아니야! 다 거짓말이야!"

변론이 끝나자, 방청석에 있던 두 명의 남녀가 번갈아 소리쳤다. 재판장은 얼굴을 찌푸렸고 법정 경위는 다가가 다시 떠들면 경범죄 처벌을 받을 수 있다고 경고했다. 재판장은 장내가 조용해지자, 피고인 서윤석을 향해 최후 진술하라고 명령했다. 윤석의 머리는 혼란스러웠다. 자신이 행했던 일들이 변호사를 통해 모두 부인됐다. 최후 진술을 뭐라고 해야 하나?

"솔직히 할 말이 없습니다. 재판장님과 변호인, 그리고 검사님께 심려를 끼쳐 드린 점 대단히 죄송합니다."

재판장은 그로부터 한 달 뒤 열린 선고 공판에서 검사의 공소를 기각하고 윤석을 무죄로 판결했다. 솔이는 한층 더 불러 오른 배를 어루만지면서 안도의 한숨을 쉬었다.

8
다가오는 종점

01. 피할 수 없는 물증

구치소에서 옷을 갈아입고 소지품을 챙긴 윤석이 구치소 정문으로 나오자 솔이는 윤석을 껴안고 울었고, 김혜수도 조용히 눈물을 흘렸다. 변호사 사무실 소속의 변호사 한 명은 윤석의 입에 두부를 밀어 넣고 있었다.

그때 도로 한편에 세워져 있던 승합차가 정문을 향해 달려와 변호사들이 타고 온 승용차를 가로막았다. 차에서 내린 사람은 남자 둘, 여자 다섯, 유치원생으로 보이는 남자아이 하나에 서너 살 정도의 남녀 아이 둘, 다른 여자의 품에 안긴 돌이 갓 지난 듯한 영아도 있었다. 남자 둘 중 하나는 한국 주재 필리핀 대사관 직원이었고, 다섯 명의 여자 중 한 명은 자신이 여성단체에서 일하는 한국인으로서 통역을 담당하고 있다고 자신을 소개했다. 그들은 순식간에 윤석을 둘러싸고 분노에 찬 얼굴로 윤석을 쏘아보았다. 잠시 후 그들 중 누군가가 윤석에게 소리치듯 말했다.

"감독관님, 아니 서윤석! 증거가 없고 물증이 없어서 무죄라고? 우리가 증거고 애들이 물증이다. 의심스러우면 유전자 검사라도 해라.

언제까지 그런 식으로 버틸 거냐? 무죄 판결을 받으면, 있던 죄도 없어지는 거냐? 그리고 변호사 너, 필리핀의 휴대폰 보급률이 몇 대라고? 터지지도 않는 곳에서 100명당 천만 대면 뭐 하냐? 그 농장이나 다른 섬의 농장들도 휴대폰은 터지지 않는다. 오가며 전봇대를 많이 봤을 것이다. 그 전봇대는 농장을 밝히거나 방송을 위한 전기선과 농장주 직통 유선 전화선들이다. 감독관이나 조장들조차 휴대폰은 아예 구할 생각도 안 하고 무전기로 소통한다. 변호사는 그 농장에서 누군가와 통화해 본 적이 있는가?"

윤석과 김경식 변호사는 당황하며 눈만 껌벅일 뿐 할 말이 없었다.

"서윤석! 우리는 수십 명의 피해자를 대표해서 왔다. 우리가 한국에 올 수 있었던 것은 피해자들과 여성단체의 십시일반 모금 덕분이다. 너의 변호사에게 뒷돈을 받고 허위 사실을 진술한 일꾼들도 용서를 빌며 여비를 보탰다. 항소하더라도 최종심까지는 몇 년이 걸릴지 모른다. 따라서 우리가 당장 할 수 있는 일은 오직 하나다. 우리는 네가 지난 세월 저지른 악행들을 우선 한국과 필리핀 언론에 알릴 것이다. 젊은이들에게 부탁해 SNS를 통해 세계의 모든 이들에게 너의 죄상을 낱낱이 퍼트릴 것이다. 아무 일 없었다는 듯 뻔뻔하게 살아갈 너를 도저히 용서할 수 없기 때문이다."

윤석은 수십 명을 대표해 왔다는 여자의 말에 숨 막혔다. 윤석은 처음 구속되면서 공소장에 적힌 죄목이 사실이고 그에 따른 처벌을 달게 받겠다고 다짐했었다. 그러나 아들인 김민호 검사의 제안을 받아들여 변호사도 선임하고 솔이와 편지도 주고받다 보니 생각이 바뀌었다. 그러자 무죄를 받아 낼 묘수가 필요했다. 윤석은 변호사를 불러 미리 계획해 놓은 방법을 설명했다. 윤석의 변호사 김경식 변호사는 현지에 가서 관할 경찰서를 미리 들러 서장에게 자신을 소개하고 두툼한 봉투를 건넸다. 그리고 윤석이 감독관으로 있던 농장도 방문했다. 그러나 방문한 장소는 윤석이 4년간 겁탈을 일삼았던 옥수수밭이 아닌 다른 논밭이었다. 김경식 변호사는 그곳의 남녀 일꾼들을 옥수수농장 일꾼들로 둔갑시켰다. 그리고 즉석에서 대가를 지급하고 꾸며 낸 거짓 증언을 토대로 변론을 준비했다. 윤석의 계획은 재판장을 속이는 데 충분했고 무죄 판결을 받아 내는 데 성공했던 것이다.

 그러나 이제 변호사의 변론이 거짓이었다는 폭로와 물증들이 눈앞에 나타나 윤석을 포위하고 있었다. 뒤늦게, 카메라를 들고 영상을 찍고 있는 여러 명의 기자가 시야에 들어왔다. 윤석은 필리핀에서 왔다는 사람들의 얼굴을 훑어보고 자기가 성폭행했던 여자들임을 확인했다. 아이들도 자신의 어렸을 적 모습과 많이 닮아 있었다. 윤석의 변호사들이 막아서며 열심히 설득했지만 그들의 분노는 쉽게 가라앉을 기미가 보이지 않았다. 그러던 중에 함께 온 필리핀 남자 한 명이 순식간에 품에서 꺼낸 단도를 윤석의 목에 갖다 대고 진실을 말하라고 협박했다. 윤석은 깜짝 놀라며 한 발짝 물러나면서 단도를 든 남자의 배를 걷어차 넘어트렸다. 그리고 변호사들과 피해자들이 실랑이하고 있는 틈을 타 괴성을 지르며 정문에서 100여 미터 떨어진 도로를 향해 뛰었다. 김경식 변호사도 곁에서 함께 뛰었다. 솔이도 배를 부여안고 그 뒤를 따랐다. 윤석은 달리는 차들을 향해 외쳤다.

"정지! 정지! 야! 나 감독관이야. 내 말 안 들려?"

하지만, 도로를 달리는 차들은 윤석의 말을 비웃듯 바람처럼 지나쳐 달렸다. 갑자기 소나기가 쏟아졌다. 윤석의 눈에 수십 명의 농장 일꾼들이 단도와 농기구를 들고, 달리는 차와 똑같은 속도로 달려오고 있었다. 윤석은 당황하며 한 발짝 물러서는가 싶더니 별안간 중심을 잃고 차도로 거꾸러졌다. 순간, 대형 승용차 한 대가 윤석을 들이받았다. 윤석은 공중으로 붕 떴다가 보닛 위로 쿵 떨어지더니 다시 앞바닥으로 내동댕이쳐졌다. 솔이는 두 손으로 눈을 가렸고 당황한 김경식 변호사가 급히 뛰어들어 급정거한 승용차 앞에 널브러진 윤석의 상태를 살폈다. 윤석은 머리에 피를 흘리고 있었다. 다행히 숨은 쉬고 있었다. 그러나 김경식 변호사가 윤석을 일으키려는 찰나 승용차를 뒤따라오던 레미콘 트럭이 승용차를 들이받으면서 김 변호사와 윤석을 깔아뭉갰다. 스마트폰을 들여다보며 운전하던 레미콘 기사가 뒤늦게 급브레이크를 밟았으나 빗길은 용서가 없었다. 레미콘 트럭은 승용차를 완전히 찌그러트린 다음에야 겨우 질주를 멈췄다.

02. 헐값의 처분

곽재훈 변호사는 윤석의 장례를 빈소 없이 치르자고 했고 재판을 끝낸 직후에 사표를 제출한 김민호 검사도 동의했다. 윤석은 법적으로 무연고자였다. 김민호 검사가 실제 아들이긴 하지만 공식적으로 확인이 안 돼 그저 담당 검사였을 뿐이다. 솔이는 뱃속에 윤석의 씨를 키우고 있으나 그녀 또한 법적으로 아무런 관계가 아니다. 핏덩이로 버려진 윤석에게 일가친척이 있을 리 없다. 10여 년을 다른 변호사들과 접촉하지 않았고 활동도 없었던 윤석을 또렷이 기억하는 사람조차 없다. 코로나19가 아니었다면 아직 윤석이 대표로 되어 있는 사무실 변호사들은 물론 변호사협회 회원들, 고등학교, 대학교 동창들, 김민호 검사의 동료 등 최소한 수십 명은 올 수 있었을 것이다. 하지만 평범한 죽음도 아니고, 누구에게 알릴 일도 아니다.

곽재훈 변호사는 장례에 필요한 서류를 챙겨 안양의 H 병원으로 찾아가 상주를 대리해 장례지도사와 상담했다. 코로나19로 인해 장례 절차는 빨라졌다. 원래 사망 24시간 이후 염습하는 관례는 12시간으로 줄었다. 아침 일찍 사망한 경우, 당일치기 장례도 가능하게 된 것이다. 문제는 화장이었다. 수도권의 모든 화장터는 대기자가 많아 하루 이상 기다려야 하는 곳도 있다는 뉴스가 떴다.

다음 날 일찍 싸늘히 식은 윤석의 시신을 태운 리무진은 수원에 있는 화장터 연화장으로 향했다. 서울보다는 화장이 빠를 것으로 생각해 예약하고 왔으나 긴 행렬은 그곳이라고 다를 바 없었다. 기다리는 동안 곽재훈 변호사와 김민호 검사는 유골을 어떻게 처리할 것인지에 대해 논의하기 시작했다. 그때 솔이가 말했다.

"오빠, 그리고 변호사님. 저는 이제까지 이런 걸 알지 못해서 두 분이 하자는 대로 따르기만 했어요. 하지만 유골 처리는 제가 알아서

할게요. 아시겠지만 저는 서윤석 대선배님의 여자예요. 제가 하룻밤 정도 보관하고 있다가 자연장을 할게요."

열 시간 만에 화장이 완료되었다는 불이 들어왔다. 납골함을 받아 든 솔이는 윤석이 불가마로 들어갈 때처럼 무덤덤했다.

곽재훈 변호사와 김민호 검사는 솔이의 배를 바라보며 '저 아이는 어디에 버려질 것인가?' 무언의 걱정을 주고받았다. 한참을 망설이던 김민호 검사가 조심스럽게 말했다.

"그래, 솔이야, 자연장도 괜찮겠구나. 그런데 어디에 하려고?"

"바다에다 할 거예요."

"뭐? 자연장은 대체로, 수목장으로 하던데 왜 하필 수장이야?"

"대선배님이 퇴원 후 저와 함께했던 첫 외출이 바다였거든요."

수원 연화장에서 택시를 타고 수원역 근처에서 내린 셋은 점심 겸 저녁밥을 먹었다. 솔이는 수원이 서해에 가깝다며 자기는 여기서 자고 내일 서해로 가서 유골을 뿌리고 올 테니 먼저들 올라가라고 했고, 셋은 각자 흩어졌다. 솔이는 근처 백화점에서 유골함을 넣을 수 있는 크기의 캐리어 가방을 구해 윤석의 유골함을 조심스럽게 넣었다. 그리고 택시를 잡아타고 기사에게 제부도로 가자고 했다.

"제부도요? 물때가 맞을는지 모르겠네요."

"지금 가면 저 내려 주고도 넉넉히 오실 수 있어요."

"어떻게 알아요? 거기 사세요?"

"네, 제 친척이 거기 사는데 물때 알아보고 출발한 거예요."

솔이는 백화점 옆에 있는 카페에서 커피를 마시며 제부도 물때를 검색했고 그날 저녁 6시부터 내일 새벽 두 시 반까지 모세의 기적이 일어난다는 것을 알게 됐다.

택시에서 내리자, 마스크를 쓴 경찰이 검문을 시작했다.
"동네 분은 아닌 것 같은데 어디를 가시죠?"
"둘레길을 한번 돌아보려고요."
"캐리어 한번 열어 보세요."
"아, 이건 저의 쌍둥이 여동생 유골인데 대낮에 뿌리면 주민들이 오해하실 수도 있을 것 같아 저녁을 택했습니다."
"신분증 주시죠."

솔이는 유골함에 동생의 유골이 들었다고 둘러댔고 경찰은 손 세정제를 바르고 치안센터 의자에 앉은 솔이에게 신분증을 요구했다. 경찰은 정보망을 뒤져 뭔가를 찾아보고 있었다. 아마도 수배자나 밀항 등을 의심하는 것 같다. 이곳저곳 한참 검색하던 경찰은 솔이를 바라보며 물었다.

"혹시 변호사세요?"
"시험에 합격만 했습니다."
"그럼, 앞으로 검사나 판사…."
"아직 확정하지는 않았습니다."
"아, 내가 지금 뭘 하고 있지? 제가 안내하겠습니다."
"아니요. 저 혼자 가겠습니다."
"아, 그럼. 어두워지기 전에 나오십시오."

솔이가 캐리어 가방을 들고 둘레길에 들어설 즈음에 가는 빗방울이 떨어지기 시작했다. 그 길은 올봄 퇴원한 윤석과 함께 걷던 제비꼬리길이었다. 한낮이기도 했지만, 갈매기 떼들이 끼룩끼룩거리며 새우깡을 달라고 보챘던 기억이 난다. 그런데 비 때문일까? 아니면 코로나19 때문일까? 날이 저문 것도 아니고 저녁 7시도 안 됐는데 인기척은커녕 풀벌레 소리 하나 들리지 않았다. 캐리어를 끌고 천천히 걷는데 가늘게 내리던 비가 갑자기 소나기로 변했다. 우산도 없고 피할 곳도 없었다. 설사 우산이 있고 피할 곳이 있었더라도 지금의 솔이에게 굳이 필요했을까 의문이긴 했다.

세찬 소나기 사이로 희미해진 가로등이 보였다. 솔이는 길지 않았던 윤석과의 지난날을 되돌아봤다. 법조계의 대선배, 자신을 진심으로 아껴 주던 연인, 밉든 곱든 뱃속에서 꿈틀대는 아이의 아빠다. 그래서 무죄 판결을 받았을 때 안도의 눈물을 흘렸고 윤석이 구치소에서 출소하자 껴안고 울었다. 그러나 뒤늦게 피해 여성들로부터 그가 저지른 악행의 내막과 진실을 모두 알게 된 솔이는 충격을 금할 수 없었다. 변호사와 공모해 무죄를 받아 낸 파렴치한이라는 사실도 확실히 알게 됐다. 피해 여성들과 윤석을 닮은 아이들을 바라보며 눈이 붉어진 솔이는 윤석을 차갑게 쏘아보았다. 그런 인간을 요즘 흔한 50대의 노총각, 아니면 이혼남 정도로 생각하고 무조건 사랑했던 자신이 미웠다. 솔이는 윤석이 이 여성들 앞에 무릎 꿇고 사과하고 자수하여 죗값을 치르는 것이 유일한 해결책이라고 생각했다. 또한 배상이 필요하다면 무슨 일을 해서라도 갚아나가자고 윤석을 설득하기로 마음

먹었다. 그런데 갑자기 윤석이 도로를 향해 뛰어갔다.

03. 기로에 서서

 잘한 일일까? 맞아! 그 길밖에 없었어. 이미 되돌릴 수 없는 일이 되었지만, 솔이는 걸음을 내디딜 때마다 자신이 저지른 일에 대해 의문 부호를 달면서도 자신을 합리화시켜 갔다. 도롯가에서 비겁하게 주춤대는 윤석을 차도로 밀어 버린 사람이 있었고, 그건 바로 자신이었다. 윤석을 밀치는 모습을 확실하게 본 사람은 김경식 변호사뿐이었다. 그러나 그는 윤석과 함께 죽었다. 윤석과 함께 출소한 사람과 가족 10여 명이 근처에 있었으나, 그들은 끔찍한 사고에 잠시 놀랐을 뿐 소나기를 피하기에 바빴다. 솔이의 행동을 눈여겨본 사람은 없었다. 경찰이 장례식장으로 찾아와 솔이에게 목격자 진술을 요청했다. 솔이는 순간적으로 일어난 일이라 자기는 모른다고 했다. 경찰이 물러서지 않고 재차 진술을 요청하자 고개를 돌리며 장례 끝나고 경찰서로 찾아가겠다고 대답했다. 솔이는 구치소 앞에서는 분노에 치를 떨었다. 윤석을 도로에 밀치고는 온몸을 떨었다. 그리고 경찰이 진술을 요청했을 때는 식은땀이 등골을 적셨다.

 솔이는 무거운 몸으로 제부도 둘레길을 걸으며 지난 일을 되돌아봤다. 윤석은 죄의 무게를 감당할 수 없어서 속죄하는 마음으로 자살한 것도 아니고, 오히려 죽을까 봐 차를 피해 뒤로 물러서려고 했던 사람이다. 결국 이 유골은 죗값이 될 수 없다.

한참을 걷다 보니 멀리 비에 젖은 희미한 가로등 밑에 표지판 하나가 보였다. 그곳을 알고 있었고, 이미 생각을 정리했기 때문에 추락 방지망이 없었다면 여기까지 와야 할 필요는 없었다. 중간에 해수욕장으로 내려가는 길이 있었는데도 죄의식의 골짜기를 헤매다가 결국은 여기까지 오게 된 것이다. 해수욕장으로 내려간 솔이는 캐리어에서 윤석의 유골함을 꺼내어 보자기를 푼 뒤 입이 마르도록 침을 뱉었다. 죗값이라고 치더라도 너무도 헐값이라는 생각이 떠나지 않았다. 일어나 유골함을 걷어찬 솔이는 배를 어루만지며 태중의 아이에게 미안하다는 말을 되풀이했다. 그리고 아직은 까마득한 밀물을 마중 나갔다. 그런데 태아의 발길질이 유난히 심해졌다. 솔이는 빠져나간 정신을 다시 불러들였다. 이 아이에게 무슨 죄가 있을까? 눈물이 터져 나왔다. 그때 서치라이트의 강한 불빛이 해변의 어둠을 휘저었다. 뒤따라 호루라기 소리가 빠른 속도로 가까워지고 있었다.

04. 죽었나, 죽였나

"솔이야! 솔이야, 엄마야! 이제 괜찮아?"

"김솔이 씨! 정신 좀 드세요?"

솔이가 눈을 뜬 것은, 구급차에 의해 옮겨진 응급실에서 하룻밤을 새운 뒤였다. 1인 병실이었고 엄마인 혜수와 경찰이 옆을 지키고 있었다.

"엄마! 내가 왜 여기에 있어?"

"솔이야, 엄마가 있잖아. 다른 걱정 하지 말고 푹 쉬어."

"내가 왜 이런 데 있냐고?"

"그건 천천히 얘기하고 지금은 편안하게 쉬면 돼. 경찰 아저씨! 얘 몸 좀 추스른 다음에 천천히 얘기 나누시면 안 되나요?"

"알겠습니다. 로비에서 기다리겠습니다."

잠시 후 의사가 들어와 태아에게 이상은 없다며 환자는 하루 정도만 더 쉬고 퇴원해도 된다고 했다. 혜수는 눈물을 흘리며 의사에게 몇 번이고 고맙다는 인사를 했다.

혜수는 솔이가 잠든 사이 일련의 과정들을 경찰에게서 들었다. 가슴이 철렁했지만, 정신적으로 많이 지쳐 있는 솔이에게 사실 여부를 물을 수는 없었다.

다음 날 혜수가 딸의 퇴원 수속을 마치자마자 경찰 두 명이 기다렸다는 듯 솔이에게 다가와 체포영장을 내밀었다. 혜수는 솔이를 안정시키기 위해 하루쯤 여유를 달라고 사정했지만, 경찰은 대답 없이 솔이를 안양경찰서로 연행했다. 솔이는 조사실에서 자포자기 심정으로 경찰의 물음에 고개를 끄덕였고 조서에 날인했다. 경찰서 유치장에서 열흘을 보낸 솔이는 다시 경기도 의왕시에 있는 서울구치소로 이송됐다.

날카로운 눈빛의 여성 교도관이 솔이의 전신을 훑어보며 차가운 목소리로 명령하듯 말했다.

"소지품 책상 위에 모두 꺼내 놓고 상, 하의와 속옷까지 모두 벗어요!"

"네."

"지금 대여섯 달쯤으로 보이는데 맞아요?"

"네."

검사를 마친 솔이는 속옷을 다시 입고 교도관이 건네준 연녹색의 수의를 받아 입었다. 두 명의 여성 교도관은 걱정스러운 눈으로 솔이의 배를 응시했고 친절하게 수감 수칙을 알려줬다. 한 명의 교도관이 따라오라는 손짓을 했다. 도착한 곳은 1층 첫째 방이었는데 독방이었다.

사흘간 독방에서 지낸 솔이는 교도관의 지시에 따라 다인실인 115번 방으로 옮겨졌다. 그곳에는 일곱 명의 수감자가 있었다. 교도관은 3927번 임신 중이니까 신경 쓰라고 당부한 뒤 감방 앞을 떠났다. 모두 자기보다 나이가 많다는 것을 직감하고 고개부터 숙였다.

"뭐여! 어린 것이 왜 이 방으로 와?"

"……."

"앉아!"

"……."

"이년이 말이 말 같지 않냐?"

솔이는 태어나 처음으로 뺨을 맞았다. 엄마는 물론 그 누구로부터도 맞아 본 적이 없다. 억울했다. 주변에서 말리는 것 같았지만, 살살 하라는 말 외에는 다른 행동은 없었다. 그중 30대 초반으로 보이는 여자가 바짝 다가와 조용히 말했다.

"여기 왔으면 방장 언니 말 잘 들어야지. 네가 밖에서 뭣을 했든 이 방에서는 다 껍데기야. 참고로 이 방은 잡범들 방이 아니라는 것도 명심해!"

방금 솔이의 뺨을 때린 이가 방장이란다. 아마도 여기서 최고의 실력자인 것 같다. 그런데 잡범들 방이 아니라는 건 또 무슨 얘길까? 고개를 들어 보니 방장이 솔이를 쏘아보고 있었다. 방장뿐만 아니라 일곱 명 모두의 눈에 살기가 가득했다. 그 사이에서 솔이는 움츠러들 수밖에 없었다.

잠시 후 복도가 소란스러웠다. 배식 시간이었다. 배식판을 보니 경찰서 유치장에 비해 식단이 괜찮아 보였다. 솔이는 배가 고프지는 않았지만, 유치장과 다른 식단에 호기심이 들어 플라스틱 숟가락으로 밥을 한입 떠먹었다. 하지만 모래를 씹는 듯한 느낌은 구치소라고 다르지 않았다. 솔이는 저녁 식사 후 모든 사실을 털어놓았다. 방장이 솔이에게 방과 화장실 청소를 맡으라고 지시했다. 생전 해 보지 않았던 노동이었다. 때로는 식은땀을 흘리며 주저앉기도 했다.

"야! 3824번, 이년아, 어디다 발을 올려? 다리몽둥이를 부러뜨려 줄까? 내일부터 3927번이 하던 방 청소, 화장실 청소 네가 다 해!"

자는 시간에 3824번이 솔이의 종아리에 다리를 올린 것이 화근이었다. 기를 꺾기 위해 솔이의 뺨을 때렸지만, 담당 교도관의 말도 있었고 해서 방장은 첫날 이후 과분할 정도로 친절해졌다. 임산부는 잘 먹어야 한다며 자기 영치금으로 좋은 음식을 시켜서 먹이기도 했다. 영치금이 있으면 술, 담배와 자해 도구가 될 수 있는 물건을 제외하고는 필요한 물품을 주문할 수 있었다. 먹거리가 주종을 이루는데 솔이는 일주일에 한 번씩 푸짐하게 주문해서 다 같이 나누어 먹었다.

방장이 3824번에게 짜증을 내고 방 청소 화장실 청소를 하라고 한 것은 솔이를 배려했다기보다는 아직 한 번도 수감자들에게 먹거리를 사 준 적이 없는 3824번을 향한 경고였다. 3824번은 가족이 없을까? 아니면 가족이 있어도 영치금 한 푼 넣어 줄 만한 형편이 안 되는 걸까? 솔이가 생각에 잠겨 있을 무렵 구둣발 소리가 점점 가까이 다가왔다.

"3927, 내일 출정이다."

경찰서 유치장부터 한 달 열흘만인 7월 1일 첫 재판 날이었다. 솔이는 20여 명의 피의자와 함께 호송버스에 올랐다. 아는 얼굴은 하나도 없었다. 수감 이튿날부터 운동시간마다 운동장엘 나갔지만, 몸이 힘들어서 앉아만 있다가 들어왔다. 다른 방 사람들과 한마디 얘기도 나누지 못했으니 낯익은 얼굴이 있을 리 없었다. 모든 피의자가 수갑을 차고 있었다. 동승한 세 명의 교도관이 피의자 모두의 안전벨트를 한 명 한 명 점검했다. 솔이는 그동안 서울지검 형사 3부에 압송돼 세 차례 심문을 받았었다. 재판정에 가는 것도, 검찰청에 호송되던 때와

형식은 똑같았다. 다만, 오늘은 심문에 시달려야 했던 검사실이 아닌 법원이다. 결과가 어떻게 나오든 마음은 가벼웠다. 버스가 법원에 도착하자 법원 경위 세 명이 나와 솔이를 비롯한 피의자들을 3인 1조로 나누어서 대기실로 떠밀었다.

앞선 재판이 길어져서 두 시간 가까이 대기하다가 법정 경위의 호출로 재판정에 들어섰다. 방청석을 흘깃 바라보니 엄마와 오빠, 그리고 몇몇이 지켜보고 있었다. 재판이 시작되자 판사가 입을 열었다.

"피고 측 변호인 변호하세요."

솔이의 살인 및 태아 살인미수 혐의를 주장하는 김규태 검사의 공소장 낭독이 있은 다음 솔이의 변호사 장태석에게 변호를 지시했다. 솔이는 두 달간 장태석 변호사와 총 네 차례 만났다. 엄마인 혜수와 오빠인 민호는 매주 수요일에 가족 면회를 왔다.

"네, 시작하겠습니다."

김규태 검사는 사고 당시 시시티브이를 증거로 내밀며 피고인의 행위는 명백한 살인이며 태아 살인미수도 이의 연장선에 있으나 실패했을 뿐이라고 했다. 반면 장태석 변호사는 공소장은 오류투성이이고 검사가 제출한 시시티브이도 너무 흐릿해 누구를 특정할 수 없다고 했다. 검사가 제출한 시시티브이 녹화물은 사고 현장이었던 구치소 반대편과 측면에 있는 카메라가 찍은 것들이었다. 변호사의 반론이 끝나기 무섭게 재판장은 다음 공판기일을 지정하고 방망이를 가볍게 두드렸다.

구치소는 정말 찜통이었다. 쇠창살이 쳐진 창문으로는 더운 바람이 들어올 뿐이었다. 교도관 구두 소리가 멀어지면 웃통을 다 벗기도 하는데 이는 찜질방에 옷을 벗고 들어가나 입고 들어가나 다를 게 없는 것과 마찬가지였다.

　8월 3일, 삼복더위가 한창이었다. 선고 공판에 출석하기 위해 호송버스를 타면서 엄마와 오빠 민호와 함께 동해안으로 휴가를 갔던 풍경이 눈앞에 그려졌다. 오빠는 시험을 위해서는 머리만 싸맨다고 되는 것이 아니라 가끔 바람을 쐬어야 뇌가 맑아진다고 했다. 작년까지만 해도 오빠의 말에 따라 엄마랑 셋이 휴가를 갔었다.
　호송버스 자리에 앉자 차에서 나오는 에어컨 바람에 숨통이 트였다. 호송버스 안이나 법원 도착 후 풍경은 에어컨의 유무 외에는 달라진 게 없었다. 대기실에서 1시간여를 기다렸다. 법정 경위의 호출이 있었고 솔이는 법정 피고인석에 앉았다. 자신에게 내려진 검사의 징역 10년 구형이 그제야 무겁게 떠올랐다. 엄마와 오빠를 보려고 잠깐 고개를 돌려 두리번거리자, 판사가 자기를 바라보며 한차례 호통을 친 후 주문을 읽어 갔다.

〈주문〉
1. 검사의 공소를 기각한다.
2. 상기 1에 따라 피고인은 무죄이다.

　방청석에 있던 엄마인 김혜수가 가벼운 박수와 함께 소리 내어 울었다. 옆에 있던 오빠 김민호가 김혜수의 등을 어루만졌으나 그녀의 눈물은 쉽게 멈추지 않았다. 그때 법정 경위가 다가가 조용히 하라며 경고했고 판사는 무죄 이유를 읽어 내려갔다.

〈이유〉
검찰의 공소장은 사실과 부합하지 않고 검사가 증거물로 제출한 시시티브이 역시 피고인의 유죄를 입증할 만한 증거라고 볼 수 없다. 피고인은 서윤석 씨가 피해자인 여성들 앞에서 사죄하고 죗값을 치르는 것이 유일한 해결책이라고 생각하고 서윤석 씨를 설득하고자 했다. 사실 피고인은 서윤석 씨와 법적으로 아무 관계도 아니다. 따라서 서윤석 씨를 대신해 피해자들에게 사죄하거나 정신적, 물질적인 배상을 해야 할 의무가 없다. 그럼에도 피고인은 피해자인 여성들과 서윤석 씨를 화해시키기 위해 방법을 찾고 있었다. 그리고 필요하다면 배상금도 피고인이 무슨 일을 해서라도 마련하겠다고 다짐했다. 이는 서윤석 씨가 아직 법적인 배우자는 아니지만, 법을 떠나 진심으로 사랑했고 현재 그녀의 복중에는 둘만의 결실이 자라고 있다. 피고인은 태어날 아이를 위해서라도 서윤석 씨를 꼭 설득하고 살려야 했다. 10년이든 20년이든 죗값을 치르고 떳떳한 아빠가 되어 주기를 간절히 바랐다. 위와 같은 사실로 볼 때 피고인이 서윤석 씨를 사망에 이르게 하여 얻을 이익은 없다고 할 것이다.
고(故) 서윤석은 감당할 수 없는 현실에 정신착란을 일으키며 도로를 향해 뛰어들었다. 차들의 경적에 본능적으로 흠칫하며 물러섰다가 다시 뛰어들어 자살한 것이다. 구치소 반대편에 있던 시시티브이를 분석한 결과 비가 많이 내려 선명하지는 않았으나 서윤석이 스스로 차도에 뛰어든 것이 분명해 보인다. 뒤에 보이는 피고인은 너무 놀라 입을 가리고 있을 뿐이다. 검사 측에서 제출한 다른 시시티브이를 검토한 결과 피고인의 손이 서윤석의 등에 닿아 있었던 것은 사실이다. 그러나 시시티브이를 완전히 복원해 재검토한 결과 피고인은 서윤석 씨가 다시 도로로 뛰어들지도 모르겠다는 판단에 윗도리를 잡아당기고 있다. 그러나 서윤석은 순식간에 피고인의 손을 뿌리치고 앞으로 나가다 거꾸러지며 교통사고에 의해 사망했을 뿐이다. 피고인이 사망자를 밀친 흔적은 검사가 제출한 2개의 시시티브이 그 어디에서도 찾을 수 없다. 잡아당긴 것과, 밀친 것을 동일시하는 증거는 채택할 수 없다.

태아 살인미수 건에 대한 공소장은 검토할 가치조차 없다. 피고인은 이제 의지할 곳이 없다는, 충격에 빠져 자살까지 생각한 것은 맞다. 그러나 태아는 피고인을 가만두지 않았다. 피고인이 개펄로 들어가려던 찰나 더욱 심하게 피고의 배를 발로 찼고 피고인은 그 자리에 주저앉았다. 그리고 그때 비로소 정신을 차리고 후회했다. 태아의 생명권은 자신이 아니라 태아에게 있다는 사실을 깨닫고 일어서려는 순간 구출됐다. 태아 살인미수 건에 대해 검토할 가치조차 없다고 한 것은 검사 측이 당시 제부도의 물때를 완전히 무시했기 때문이다. 피고인이 해수욕장으로 내려간 시간은 당일 저녁 19시경으로, 간조 시간대였다. 태아를 살해하기 위해 썰물을 좇아간다는 것은 이

치에 맞지 않는다.

이에 본 재판관은 검사의 공소를 모두 기각하고 피고인 김솔이에 대해 무죄를 선고한다. 이상.

9
종점을 넘어

01. 혼란의 나날

　솔이는 구치소에 들러 옷가지를 챙기면서 그동안 자기에게 관심을 두고 배려해 준 동료 수감자들에게 감사 인사를 했다. 특히 임산부라며 특별히 챙겨 준 방장과는 포옹하며 눈물을 글썽이기도 했다. 방장이 물었다.
　"김솔이! 너, 무죄 받고 석방되는데 얼굴이 왜 이렇게 죽상이냐?"
　"그냥요. …언니들 건강하세요."
　"그래, 아이 잘 낳고 잘 키워라. 우선 네가 건강해야 해. 알았지?"
　"네."
　솔이는 무죄 판결을 받고도 얼굴이 어두웠다. '나는 분명히 서윤석 대선배를 도로 쪽으로 밀쳤다. 그런데 무죄라니….' 솔이는 판사가 제정신이 아니라는 생각마저 들었다. 구치소 정문에서 출소를 기다리던 엄마 김혜수나 오빠 김민호가 위로의 말을 건네어도 솔이의 얼굴은 마냥 굳어 있었다. 근처 식당으로 간 솔이는 혜수에게 술 한 잔 마시고 싶다고 했다. 혜수는 깜짝 놀라며 임신한 애가 술이 뭐냐며 나무랐다. 그래도 솔이는 보챘고 혜수는 눈을 흘기며 맥주 한 병을 시켰다. 민호는 차 때문에 술을 입에 대지도 않았고, 솔이에게 술을 따라준 혜수가 입을 열었다.

"솔이야, 무죄로 석방되면 다들 기뻐서 얼싸안고 난리던데 너는 출소하고도 엄마 품에 안기지도 않고 무덤덤했어. 왜 그러니? 그동안 엄마나 오빠가 얼마나 애탔는지 알아?"

민호가 거들며 나섰다.

"솔이야, 왜 그러니? 이유가 뭔지 들어나 보자."

다른 이유는 없었다. 자기가 왜 무죄인지에 대해 궁금할 뿐이었다. 살인 및 태아 살인미수가 어떻게 모두 무죄로 나왔는지 이해가 되지 않았다.

"오빠! 제가 왜 무죄죠? 나는 분명히 서윤석 대선배님을 도로로 밀었어요. 그리고 개펄에서도 나는 태아를 생각할 틈이 없었어요. 그렇다면 태아 살인미수도 맞는데 어떻게 모두 무죄가 나와요?"

"솔이야, 그건 모두 너의 착각이야. 네가 아직도 대선배라고 부르고 내게는 생물학적 아버지인 그분의 사고는 액면 그대로 교통사고였어. 전문가들이 복원한 시시티브이에 그대로 나와 있어. 판결도 너와는 아무 상관이 없다고 했잖아. 그리고 네가 수시로 번복하긴 했지만, 태아에 대한 너의 애착은 경찰이나 검찰에서 이미 확인한 거야. 그런데 공소장에는 너의 간절함은 아예 빠졌어. 다는 아니지만 일부 피고인들은 공소 사실을 아예 부인하거나 형량을 낮추기 위해 진술하는데 너는 왜 없는 죄를 있다고 우기는 거야? 억울하게 두 달을 살았으면서도 왜 아직 헤어나질 못해? 내일 바로 병원에 가 보자."

민호는 솔이와 혜수를 태워 집에 내려 주고 볼일이 있다며 바로 사라졌다. 솔이는 제발 정신 좀 차리라는 혜수의 말에도 오빠 말이 다시 떠올랐다. 자기가 검사 앞에서 자백한 내용과 오늘 오빠가 한 말 중에 뭐가 맞는지 아리송했다. '내가 분명히 밀었는데 시시티브이에 찍히지 않았다고? 정말 밀지 않은 건가? 또한 나는 해변에서 태아에게 계속 미안하다며, 배를 어루만졌다. 이 정도만 해도 태아 살인 예비죄는 돼야 하지 않는가?'

민호는 솔이와 혜수를 태워 H 대학병원 정신의학과를 찾아갔다. 백발에 뿔테 안경을 낀 담당 교수는 솔이와 잠깐 대화를 주고받은 뒤 민호에게 물었다.

"언제부터 이런 증상이 있었습니까?"

"지난 5월 말부터 그런 것 같습니다."

"무슨 큰 충격을 받을 만한 일이 있었나 봅니다."

"네. 좋지 않은 일이 있었습니다."

"그렇군요. 현재 상태는 외상 후 스트레스 장애로 심리 치료가 필요합니다. 병원 내 심리 치료실이 있으니, 일주일에 두 번 정도 나와서 치료를 받으세요. 심리 치료와 함께 약을 잘 먹으면 완치될 수 있습니다. 그리고 긍정적인 생각을 습관화하고 가볍게 산책을 하는 것도 도움이 됩니다."

"네, 이해됩니다만, 얘가 현재 임신 중인데 아무 약이나 먹어도 될까요?"

"예, 약은 복용이 가능한 것으로 처방하겠습니다."

민호와 혜수는 의사와의 상담으로 원인은 알았지만, 한숨만 나왔다. 산책이야 혜수가 함께 할 수 있어도 긍정적인 생각을 갖도록 하는 일이 고민이었다.

02. 신작로

솔이는 태아를 위해서라도 잘 먹어야 한다는 혜수의 말에 억지로 먹긴 했다. 하지만 맛이 있을 리 없었다. 그래도 의사의 말대로 심리치료와 약을 계속 먹고 산책하면서 증상이 많이 호전되어 갔다.

"솔이야! 솔이야!"
웬일일까? 평소에는 전화를 잘 받지도 않고 하지도 않던 오빠가 별안간 전화를 걸어왔다.
"듣고 있니?"
"네 오빠."
"다른 게 아니고 엄마가 저번에 동네 종합병원에서 대장암 말기라고 했잖아? 근데 오늘 너 다니는 상급병원에 모시고 와서 재검진했는데 말기가 아니라 2기래. 2기는 수술하고 약만 잘 쓰면 생존율이 아주 높고 완치도 가능하다고 하더라. 수술 대기자가 없어서인지 바로 내일로 수술 날짜를 잡았다. 빠르면 빠를수록 좋다고 했는데 다행이지 뭐. 그래서 말인데 네가 오늘 저녁부터 엄마 퇴원할 때까지 간병 좀 해라. 나중에 오빠가 잘해 줄게. 알았지?"

"네, 알았어요. 오빠."

민호가 나중에 뭘 잘해 주겠다는 건지 모르겠지만 엄마가 오래 살 수만 있다면 오빠에게 바랄 것은 아무것도 없었다. 사실 솔이는 자기가 구속된 후 오빠와 함께 가족 면회를 왔을 때마다 엄마가 점점 야위어 가는 모습을 발견했었다. 엄마가 운명할 날이 얼마 남지 않았다고 직감하기도 했었다. 구치소 언니들이 해준, 만약 구속 중 엄마가 돌아가시면 사흘간 형집행정지로 나갈 수 있다는 말도 새겨 놓았었다.

오빠의 전화는 솔이에게 오랜만에 생기를 불어넣었다. 바로 수건, 치약, 칫솔, 스킨로션 등 생필품과 병원에서 입을 추리닝도 한 벌 가방에 넣었다. 병원은 직원, 환자, 보호자 모두 마스크를 쓰고 있었다. 병실에 들어가기 위해서는 코로나19 검사를 별도로 받아야 하고 명찰도 걸어야 한다. 솔이는 병원 편의점에서 엄마가 좋아하는 간식과 음료수를 챙긴 다음 안내를 받아 1201호실로 갔다. 2인실이어서 공간이 넓었다.

"엄마, 나, 왔어. 괜찮아?"

"응, 왔구나. 그 몸으로 뭐 하러 와? 간병인 부르면 되는데."

"난 엄마가 오늘 병원 온 것도 몰랐어. 오빠 전화 받고 알았지. 나더러 간병하라고 하던데?"

"오빠가 여자 몸을 몰라서 그래. 간병인 부르면 되니까, 집에 가서 쉬어."

"일단 왔으니까, 오늘 한밤 자 보고 결정할게."

솔이는 가방을 열면서 혜수의 침대 머리맡에 '절대 금식'이라고 쓰인 표찰을 발견했다. 어쩔 수 없이 간식은 식사가 가능하다는 옆 환자에게 일부를 덜어 주고 남은 음식으로 저녁 식사를 때웠다.

밤 9시 뉴스가 끝나고 침대 밑에서 간이침대를 꺼내 하룻밤을 지내려고 했는데 부른 배 때문에 눕기도 앉기도 불편했다. 일반인들도 힘들어한다는 간병을 임신부가 한다는 것이 쉬울 리가 없었다. 수술 후에도 보름 정도 입원해야 한다는데 어떡하지?

날이 밝아 오전 10시가 되자 수술이 시작됐다. 세 시간 만에 수술실을 나온 의사는 만족한 표정을 지었다. 솔이는 민호에게 만삭인 자기의 몸으로는 벅차다며 간병인을 신청해 달라고 했다. 간병인이 급하게 투입됐다. 혜수와 민호는 솔이를 보내고 미소를 지었다. 진작 예정된 수술치료였으나 민호는 정신의학과 의사의 조언에 따라 엄마의 병세를 수술 직전에 솔이에게 알렸다. 긍정적인 충격요법으로 솔이가 외상후 스트레스 고통에서 깨어나도록 이끌었던 것이었다. 솔이는 집으로 돌아오는 길에 마트에 들러 저녁 반찬거리를 준비해 왔다. 구치소에서 방장 언니도 그랬고, 출소 후 엄마인 혜수도 아기를 위해서는 때를 거르지 말고 잘 먹어야 한다고 했던 말이 떠올랐다. 음식을 만들기 위해 손에 물을 적시기는 난생처음이었다.

03. 버팀목

    가로수 은행나무 이파리가 유난히 노랗다. 일주일에 두 번씩 다니던 심리 치료를 월 2회로 줄였고, 식욕도 정상으로 돌아왔다.
    솔이는 예정일보다는 열흘 일찍 사내 아기를 출산했다. 조산이었으나 수술로 낳은 아이가 건강해서 걱정했던 것보다 일찍 퇴원했다. 솔이는 아이를 품에 안고 젖을 물리며 기쁨의 눈물을 흘렸다. 씨가 누구인지는 중요하지 않았다. 오직, 품에 안겨 있는 아기가 세상 전부라는 생각밖에 없었다. 혜수, 민호와 상의하여 아기의 이름을 '세종'이라고 지었다. 세종대왕처럼 훌륭한 사람이 되라는 의미였다.

    세종이 첫돌이 지나자, 솔이는 혜수에게 세종을 맡기고 오빠인 김민호 변호사 사무실로 출근하기 시작했다. 세종을 키우면서 건강을 되찾았고 변호사도 되었다. 주로 성폭력 피해자와 국내에 체류 중인 해외 여성 노동자들의 인권 상담을 담당했다. 비영리 법인을 설립해 여성 인권 운동을 개발도상국까지 넓히는 일이 그녀의 최종 목표가 되었다.
    혜수는 무럭무럭 자라나는 세종이 "할머니! 할머니!" 부를 때마다 웃음을 참지 못한다. 그렇게 즐겁게 지낸 영향인지는 몰라도 그녀의 암 병증은 거의 완치 단계에 이르렀다.

    어느새 세종이 네 살이 되었다. 맞춤법이 좀 틀리기는 해도 한글은 세 살 때 이미 터득했고, 영어와 중국어도 상당한 수준에 이르렀다. 역사에도 관심이 많았다. 혜수의 영향이 컸지만, 네 살이라고 보기에는 놀랍도록 똑똑했다. 어느 날 혜수가 아이에게 물었다.

"세종아, 너 크면 뭐가 되고 싶어?"

"대통령. 아니, 경찰관. 아니, 소방관."

"왜 되고 싶은데?"

"아니, 아니, 변호사."

"뭐?"

"엄마가 변호사고 좋은 일 하는 거라고 할머니가 얘기했잖아요. 나도 변호사 돼서 좋은 일 할 거야."

생각지도 않았던 대답이었다. 씨도둑은 못 한다던 옛말이 떠올랐다. 서윤석, 그리고 배는 다르지만, 서아름, 이하늘, 그리고 자기가 낳은 아들 민호, 딸 솔이도 모두 다 법조인이다. 그래서 오히려 세종이라도 법조계와는 상관없는 길을 걷게 하고 싶었다. 그런데 녀석의 입에서도 변호사가 되고 싶다는 말이 나오다니….

"할머니!"

"왜?"

"내가 변호사 하겠다니까 할머니 낯빛이 확 변하는데 싫으면 하지 않을게."

"그래, 그래. 아휴, 내 새끼! 그런데 할머니 낯빛이 확 변했다고? 호호호. 세종아, 너, 네 살 맞아? 아이고 귀여운 것 호호."

"그런데 지금 할머니나 엄마가 벌써 내가 뭐가 되었으면 하고 바라고 있잖아요. 그런데 내가 좀 더 크면 더 많은 사람이 이랬으면 저랬으면 하겠지요?"

"그럴 수도 있겠지."

"으음, 할머니. 저번에 부처님 오시기 전날에 티브이에서 아기 스님들 나오고 하니까 할머니가 귀엽다며 좋아했잖아요?"

"그랬었지."

"그래서 말인데 나도 대통령, 경찰, 변호사, 이런 거 안 하고 그런 데 가서 살면 안 돼? 근심, 걱정 없이 참 행복해 보이던데? 그리고 거기 할아버지 스님들도 다 착해 보였어."

"뭐라고? 얘가 못 하는 소리가 없네!"

혜수는 가슴이 덜컹했다. 또래들에 비해 똑똑하다는 생각은 했는데, 네 살배기 입에서 벌써 근심, 걱정, 출가 따위의 얘기가 왜 나올까?

"근데 할머니 나는 왜 아빠도 없고 할아버지도 없어? 친구 애들은 아빠가 데리러 오기도 하던데?"

혜수는 가슴을 두드리기만 할 뿐 뭐라고 해야 할지 생각이 나질 않았다. 이제까지 아빠는 일 때문에 외국에 나가 계신다며 넘어갔는데, 머잖아 전화번호나 주소를 알려 달라고 할 게 뻔하다. 이를 어찌해야 하나?

"알았어, 알았어. 할머니가 가슴 치는 거 보니 내가 말을 잘못했나 봐. 미안해. 이제 다른 얘기 할게. 나는 작년에는 과학자도 되고 싶었고 선생님도 되고 싶었어. 그러다가 할머니가 변호사 하는 엄마 칭찬하고 해서 변호사가 되고 싶다는 생각을 해 본 거야. 그런데 내가 변호사 되고 싶다니까 할머니 얼굴이 파래지던데 왜 그런 거야? 변호사가 나쁜 거야?"

혜수는 세종이 평생의 첫 손자이고 똑똑해서 건강하게 자라기만 바랐다. 그런데 커 가면서 점점 어려운 답을 요구하더니 이제는 애늙은이를 넘어서 할머니를 갖고 노는 수준이 됐다. 혜수는 벌렁거리는 가슴을 다독이며 입을 열었다.

"그래, 세종아, 아빠에 관한 얘기는 네가 대학생이 되면 그때 해줄게. 그리고 과학자, 선생님 다 좋지. 변호사가 나쁘다는 건 아니야. 네가 크는 동안 열심히 공부하면서 네가 하고 싶은 거 알아서 하면 돼. 할머니가 더는 뭐가 되거라, 하지 말거라 하지 않을게."

"알았어, 할머니. 고마워!"

혜수는 저 또래의 아이들이 자기의 미래에 대해 또박또박 자기 의견을 내세우고 상대 의견을 존중하는 경우가 또 있을까 하는 생각이 들었다. 차라리 뭘 사 달라고 떼를 쓰면 얼마든지 사 주고 싶었다. 하지만 세종이는 티브이 속 어린이 프로그램도 찾지 않는다. 혜수가 연속극이나 뉴스를 볼 때 말없이 따라서 볼 뿐 채널을 고집하며 투덜대지도 않는다. 오히려 역사나 과학 등을 다룬 동화책을 더 좋아한다. 멋모르고 사들였던 장난감들은 포장지만 뜯긴 채 서재 구석에 쌓일 뿐이었다. 혜수는 가끔 세종의 한 마디 한 마디에 깜짝 놀랄 때도 있지만 세상에 하나밖에 없는 손자가 너무 대견했다.

솔이는 오늘도 평소와 같이 퇴근길에 재래시장에 들렀다. 오빠 민호는 매일 저녁을 먹고 오기 때문에, 엄마 혜수와 아들 세종이가 좋아하는 생선과 나물 위주로 장바구니를 채웠다. 4년 전까지만 해도 샤워실 외에서는 손에 물을 묻힌 적이 없는 그녀가 이제 주방에서 보내는 시간을 즐기고 있었다.